獣人騎士と
幸福の稀人

JN230938
抜き身の剣を顔の前に掲げたブレットは、真っ直ぐに青い双眸を遥斗に向ける。
「正式に誓う。私が神とハルトをこの身に代えても守る。イガルタ王国騎士団長の名にかけて」

獣人騎士と幸福の稀人

月森あき

ILLUSTRATION：絵歩

獣人騎士と幸福の稀人

LYNX ROMANCE

CONTENTS

獣人騎士と幸福の稀人

＊＊＊＊＊

「お疲れさまでしたー」

勤務先である動物病院を出て、有村遥斗は腕時計を確認した。

「うわ、もうこんな時間！　急がないと」

時刻は夜の七時を回っており、ここから三駅離れた自宅を目指し、クロスバイクに跨がった。

九月も中旬を過ぎ、季節は秋へと移ろいつつある。ずいぶんと涼しくなった風を頬に感じながら病院の前の道を走り出したところで、大柄な身体を寒さに縮めて歩いてくる男性が視界に入った。彼の手には赤いリードが握られ、その先にはトイプードルが繋がれている。

男性の背格好と連れている犬から、常連の羽柴と愛犬のメロだとわかり、速度を緩めて声をかける。

「こんばんは。お散歩ですか？」

「ああ、有村先生、こんばんは。メロがすぐ散歩に連れていけって騒ぐもんで、スーツのまま散歩です」

羽柴は困ったように笑うが、メロを見るその目尻が、どうしようもないほど下がっている。メロは遥斗を見て、隠れるように羽柴の足に寄り添った。

正直なメロの態度に、遥斗は苦笑してしまう。

「メロちゃん、今日は痛いことしないから、そんなに警戒しなくて平気だよ」

「そうだぞ、メロ。それに先生は、いつもお前の体調をよくしようとしてくださってるんだから」

メロはわかったのかわかっていないのか、小さな声で「クゥーン」と鳴く。

「すみませんね、先生。いつもお世話になってるのに、愛想がなくて」

「いえいえ。獣医師の宿命みたいなものですから。では、僕も早く帰って散歩に行かなきゃなので」

愛犬家の鏡のような羽柴とメロに別れを告げ、再びペダルを踏む。

人通りの多い道を避け、少し遠回りをして自宅マンションに到着した。

獣医師になって一年も経たない頃、少し背伸びをして借りたマンションだったが、この辺りでペット可の物件は2LDK以上しかなく、その中で一番家賃が安いこの部屋に決め、以来ずっと住み続けている。当時の給料では一階の部屋しか借りられなかったが、自転車通勤をしている遥斗には、愛車をすぐに出し入れ出来るこの部屋はかえって好都合だった。

遥斗がクロスバイクと共に室内に入ると、その音で主の帰宅に気がついたらしいレオが、玄関を上がったところでちょこんとお座りして待っていた。

遥斗と目が合うと、フサフサした尻尾を目一杯左右に振ってお出迎えしてくれる。

レオのその姿を見ただけで、一日の疲れが吹き飛ぶようだった。

「ただいま、レオ。すぐ準備するから、待ってて」

「ワンッ」

「いい子」

小さな頭を一撫でし、遥斗は部屋に上がることなく、玄関脇に置いてあるリードをレオの首輪に繋ぐ。

「さあ、散歩に行こう」

「ワンッ」

玄関を出て、いつものコースをレオと歩く。

ぴったりと遥斗の横につき、歩調を合わせて短い足を懸命に動かしチョコチョコ歩くレオを見て、遥斗は本当に賢い子だな、と思った。

フサフサとした顔周りの毛並みがライオンのようにも見えるレオは、八歳になったポメラニアン。そして遥斗は彼の三人目の飼い主だ。

一人目はある老夫婦で、その老夫婦からレオという名前をつけてもらったらしい。

二人目の飼い主は、遥斗の父親だった。

老夫婦が息子と同居することになり、引っ越し先では犬を飼えないため、レオの主治医をしていた遥斗の父に相談を持ちかけたそうだ。父は妻を早くに亡くし、一人息子の遥斗も大学進学と同時に家を出て一人暮らしをしていたため、老夫婦からレオを譲り受け、以来、一年ほど一緒に生活していた。

父がレオを引き取った頃、遥斗は獣医師の国家試験に向けて猛勉強中で、無事に免許を取得した後も大学附属の動物病院での仕事に追われ、実家には帰省出来なかった。

時々電話やメールはしていたので、父がレオを引き取ったという話は聞いていたが、遥斗が実際にレオと会ったのは、四年前の父の葬式の後だ。

あの時のことは、今も鮮明に覚えている。

田舎で動物病院を開業していた父は、深夜に急患の知らせを受け往診に行った帰りに、事故に巻き込まれ他界した。

深夜、警察から連絡を受けた遥斗は、すぐに電車や飛行機を乗り継いで実家に帰ったが、父の最期には間に合わなかった。

なんとか葬儀をすませ、気がつけば家主のいなくなった家に父の遺骨と共に帰宅していた。

シンと静まりかえった家の中。

玄関から一段高くなった廊下に、薄茶色の毛玉が落ちていた。

なんだろう、とぼんやりその毛玉を見つめ、しばらくして父が老夫婦から譲り受けたというポメラニアンであることに気づいた。

「レオ」

名前を呼んでみると、レオはとても不思議そうな顔で遥斗を見上げた。

周囲の人に、外見は母親似だが声は父にそっくりだと言われていたから、レオも主と同じ声をしていながら姿形が違う遥斗を訝しんだのだろう。

しばしそのまま見つめ合い、先にレオが動いた。

玄関の上がり框から降り、立ち尽くす遥斗の足元にやってきてちょこんとお座りした。

「……レオ」

もう一度、父の愛犬を呼ぶと、レオはゆっくりと尻尾を振ってくれた。

それだけの出来事だったけれど、この数日、たった一人で堪えていた悲しみがどっと押し寄せてきて、遥斗の両目からパタパタと止めどなく涙がこぼれた。

するとレオが後ろ足で立ち上がり、遥斗の足に前足を置いてきた。

「座って」と言われているような気がして、ずるずるとしゃがみ込むと、頬を温かい舌でペロリと舐められた。

「レオ、父さん、死んじゃったよ……」

遥斗は震える声で告げた。

レオは主の死を悟っているのか、父の遺骨の入った箱の匂いを嗅ぎ、そして「クゥン」と小さな声で鳴いた。

レオの潤んだ真っ黒な瞳が、まるで悲しみの涙を湛えているかのように見え、遥斗は遺骨を置くとレオを抱きしめた。

「レオ、これからは僕がレオの家族だから。二人で仲よくやっていこうな」

「クゥ……」

その温もりは、父を失って開いてしまった胸の空洞を、優しさで埋めていってくれるようだった。

後で聞いたことだが、父が亡くなって数日の間、近所に住む方がレオの面倒をみてくれていたらしい。

遥斗は父の遺骨を先祖の眠る墓に入れ、世話になった方々に挨拶をすませると、父が営んでいた動物病院をいったん閉めてレオと共に都内に戻ることにした。

遥斗はまだ獣医師になって一年目。病院を継ぐにはまだ経験不足だったからだ。

そうして遥斗は新たにペット可の物件を探して引っ越し、レオとの生活をスタートさせた。

レオと暮らし始めて四年。

遥斗は二十八歳、獣医師になって四年目を迎え、レオは八歳になった。

まだまだ仕事で戸惑うこともあるけれど、一人で診察をするようになり、少しずつ自信がついてきた。

この調子でいけば、遠くない将来、レオを連れて故郷に戻れるだろう。また父の動物病院を再開したい。それが遥斗の夢だった。

駅とは反対方向の人通りの少ない住宅街に、レオの爪がアスファルトに擦れるチャッチャッという音と、遥斗の靴音が微かに響く。

街灯のおかげで陽が落ちても真っ暗ということはないが、今日はまた一段と明るい気がする。

頭上を仰ぎ見ると、丸い月が昇っていた。

「銀色の月……」

今夜の満月は、これまで見たどの月よりも大きく、そして澄んだ銀色をしていた。

遥斗が満月に見とれていると、リードがグイッと引かれる。レオが先を急かすようにリードをくわえ引っ張っていた。

「ああ、ごめん。散歩の途中だったね」

再び歩き始めると、レオは満足そうな顔で遥斗の隣に寄り添い短い足を動かす。

そうして住宅街を一周し、深夜まで営業しているスーパーが見えてきたところで、遥斗はレオに声をかけた。

「あ、そうだ。冷蔵庫の中、空だった。そこのスーパーに寄ってもいい？」

「…………」

聞こえているだろうに、散歩の足を止めたくないのか、レオは無反応だった。

そこで遥斗が「レオの好きな缶詰も買うから」とつけ足すと、レオはスーパーの前でピタリと足を止め、犬を繋ぐポールの前にお座りする。その現金な態度に、クスリと笑いをこぼしてしまう。

「レオは人間の言葉がわかってるみたいだね。僕もレオの言葉がわかればいいのになぁ」

レオは訓練の必要がないほど聞き分けがよく、だから遥斗は特に警戒もせず、独り言を呟きながらリードの持ち手をポールに通そうとした。

ところがその時。

突然レオが目の前の大通りめがけて走り出したのだ。

「レオ！」

「ワンワンッ」

「レオ！　止まれ！」

普段なら絶対に命令を無視したりしないのに、レオは車の行き交う道路に飛び出す。

レオが一目散に走っていく先、大通りを渡った反対側を、父に背格好のよく似た男性が歩いていた。

「レオ！　レオ！」

ガードレールを摑み叫ぶと、その男性が遥斗の声に反応して振り返る。父とは似ても似つかない初老の男性で、レオもそれに気づき足を止めた。しかし、踵を返しこちらに戻ってこようとしたレオに、大型トラックが迫ってきていた。

「レオ！」

遥斗は反射的にガードレールを飛び越え、レオに向かって走り出す。

周りを見る余裕はない。

遥斗はレオだけを見つめ、全速力で駆け寄った。

「レオ！」

薄茶色の毛玉が胸に飛び込んでくる。

小さな身体をしっかり抱きとめた次の瞬間、大きなクラクションが間近で響く。

――間に合わない……！

遥斗は力一杯レオを抱きしめ、目を瞑る。

トラックのライトだろう、強烈な光に照らされ、遥斗はこの後訪れる衝撃を覚悟した。

＊＊＊＊＊

腕の中でレオが苦しそうに「クゥン」と鳴いた。
慌てて腕の力を緩め、レオの無事を確認する。
どこにも怪我は見あたらず、遥斗は安堵の息をついた。

——助かった……。

予想していたような痛みを受けることはなく、レオも無事だった。
おそらくぶつかる寸前でトラックが止まってくれたのだろう、と思いながら顔を上げる。

「………え？」

遥斗は眼前の景色に目を瞠った。
先ほどまで外を散歩していたはずなのに、今は天井の高いがらんとした室内にいる。

「え？　何？　どういうこと？　ここは？」

遥斗を取り囲むように等間隔で並んでいる、背の高い燭台。そこに灯された蠟燭の他に明かりと呼べるものは見あたらず、その光だけを頼りに薄暗い室内に目をこらす。
視線を下げると、足元に何か模様が描かれていることに気がついた。
アスファルトではなく、石が敷き詰められた床に、白い絵の具のようなもので丸い円が描かれ、見たことのない文字らしきものも書かれている。

「何か匂いがする……」

室内に立ちこめる甘い花のような香りは、燭台の下に置かれている香炉状のものから立ち上っているようだった。

「えっと……、どういうこと？」

さっきのトラックはどこに行ったのだろう？　ここはどこ？　なぜ一瞬のうちに、違う場所に来たのだろうか？

「ワンッ」

遥斗が呆然と立ち尽くしていると、腕の中のレオが暗闇に向かって一声吠えた。
すると、それに呼応するかのように、それまでシンと静まりかえっていた室内に、数人のざわめきが広がる。よくよく見れば、部屋の奥の方で人影が動いていた。

「神が……神が降臨なされた！」

突如として高らかに響く男性の声。

遥斗には部屋の奥に何人いるのかは見えなかったけれど、それに続けて数人のどよめきが室内を駆けめぐった。

そしておそらく跪いたのだろう、衣擦れの音があちこちから聞こえてきて、暗闇の中に壁のように並んでいた人影が、いっせいに身を低くする。

──え？　神？

予想だにしなかった言葉を向けられ、遥斗は口をポカンと開けたまま目を瞬かせる。すると暗がりから一つの影がこちらに向かってきて、燭台の手前で足を止め、床に膝をつき頭を下げた。

遥斗は蠟燭に照らされたその人影を見て、言葉を失う。

その人影が予期しない姿形をしていたからだ。

驚愕に目を見開いて声を発することすら出来ずにいると、人影は跪いた状態のまま顔を上げ、黒い瞳でこちらをじっと見つめてくる。

正面からはっきりとその顔を確認し、遥斗の口から思わず「ひっ」と悲鳴のような声が漏れた。

──な、なんだ、この人⁉

いや、人、と言っていいのかすらわからない。

目の前にいる者は、暗がりの中では一見人間のように思えたが、自分とは全く異なる姿をしていたからだ。

頭の上にピンと立つ肉厚の耳、前に突き出た鼻、大きく裂けた口。神官などが身につける白色の祭服から出ている部分は、厚い被毛に覆われていた。

二足歩行して衣服を身に纏っているものの、犬と非常によく似た容姿をしている。

けれど、犬とはどことなく雰囲気が異なっている。犬より目つきが鋭く野性的で……『狼』という単語が頭に浮かんだ。

遥斗は未知の生物に対する恐怖心から、無意識のうちに数歩後ずさりしてしまう。

幼い頃にプレイしたゲームの中に、同じようなキャラクターがいたことを思い出す。そのキャラクターは『獣人』と呼称をつけられていた。

まさか、と思う一方で、どうしても目の前の存在を受け入れられない。

着ぐるみや特殊メイクなのでは、と思いつつも、見れば見るほどリアルで、とても作り物とは思えなかった。

遥斗は混乱と恐怖から顔を強ばらせ、腕の中のレオをギュッと抱きしめる。

息を殺して見つめていると、同じく遥斗の姿を確かめた獣人の顔つきが、次第に険しくなっていく。

「なんという、おぞましき姿……。騎士団、前へ出よ！」

すぐに蠟燭の明かりの届かない闇の中から、西洋の鎧のようなものを身につけた獣人が進み出てきた。

どの者も狼の頭を持ち、毛色は黒色。よく見ると顔つきに違いはあるものの、狼と人間が合わさったような体軀は共通していた。

祭服の獣人よりも背が高くがっしりとした身体つきをしている鎧の獣人たちは、あっという間に遥斗を取り囲んだ。

「召喚の儀式は失敗だ！　まさかこのような者を招き入れてしまうとは……。この異形の者を捕らえよ！」

鎧の獣人たちがいっせいに腰に差していた剣を抜き、遥斗に突きつけてくる。

——何っ？　どういうこと!?

先ほどは神と言われ跪かれたというのに、今度は敵意を向けられている。

それに、召喚の儀式とはいったい……？

わからないことだらけだったが、このままでは危険だということだけは雰囲気から察知できた。

遥斗は渇いた喉から絞り出すように声を上げる。

「ま、待ってくださいっ。僕は不審な者ではありませんっ」

けれどそれだけでは彼らの警戒は解けないようで、さらに黒い獣人たちが一歩前へと進んでくる。その後ろで祭服の獣人が叫んだ。

「貴様のような姿をした者は、この世界には存在しない。異形の者の言葉に耳を貸せると思うのかっ」

「そんな……。で、でも、僕は本当に……」

「黙れ！　……ああ、なんということだ。神を召喚するはずが、まさかこのような恐ろしい生き物を呼び出してしまうとは……」

祭服の獣人は頭に手を当て、嘆いている。

しかし、泣きたいのは遥斗の方だ。

このまま捕らえられたら、いったい何をされるか……。考えただけで恐ろしい。

すると突如、腕の中のレオがけたたましく吠え始めた。

「ウーッ……、ワンワン、ワンッ」

「レ、レオっ」

主である遥斗の窮地に立ち向かおうとしたのだろう。今にも噛みつかんばかりの勢いのレオを静めるため、毛が逆立っている背中を撫でる。

「なんということだ……」

祭服の獣人がそう呟いた声が、遥斗の耳にも届いた。

「あの異形の者が捕らえているお方を見よ！」

獣人たちの視線が指し示された先にいるレオに集中する。

祭服の獣人がレオを見つめ、感極まった声でこう言った。

「この太陽のような毛並みは……。なんと高貴なお姿か……！　このお方こそ、神であられる！」

その声が合図のように、突きつけられていた剣が下ろされ、鎧の獣人たちが跪く。その間を縫うように遥斗の眼前に進み出て、祭服の獣人がひれ伏す。

「神よ、どうか我らの願いをお聞き届けください。死に瀕しているイガルタ王国をお救いください……！」

するとその願いに応じるかのように、腕の中のレオが、部屋中に響きわたる大きな声で「ワンッ」と一声鳴いた。

一瞬、辺りが静まりかえり、そして数秒間の静寂の後、目の前に跪いていた獣人が高らかに言った。

「神が我らの願いを聞き届けてくださった……！」

その声に同調するかのように、部屋中のいたるところから歓声や安堵の声が上がり始める。

事態が飲み込めずにひたすら瞬きを繰り返していると、獣人が遥斗の腕の中にいるレオに向かって、手を差し伸べてきた。

「神よ。どうぞ、こちらに」

そこでようやく、レオが神様だと思われていることを知った。

遥斗はレオに触れてこようとする獣人の手をかわし、咄嗟に腕に力を込め身体を捻る。

視線の先で、獣人の表情が物々しい形相に変わっていく。

口元を歪め、鼻の頭に皺を寄せる。

「異形の者よ。神を解放するのだ」

「いっ、嫌ですっ」

「神を独占するというのなら、我らの敵と見なす。言うことを聞かぬのなら、仕方あるまい。力を行使しよう」

そう言うと、祭服を纏った獣人は、背後の騎士たちに命令を下す。

「イガルタ王国の勇敢で忠実な騎士たちよ、この異形の者を始末しろ。そして神をお救いするのだ！」

騎士たちが再び剣を向けてくる。彼らの瞳は蠟燭に照らされ、ギラギラと光っていた。

逃げ出そうと後ずさるが、情けないことに足に力が入らず走れそうもなかった。

ただレオをギュッときつく抱きしめ、震えていることしか出来ない。

そんな遥斗に向かって、騎士たちがゆっくりと間合いを詰めてくる。

　獣人たちは平均的な身長を持つ遥斗よりも長身で、肩から腰までを隠す鎧から伸びている腕は逞しく、見るからに屈強そうだ。獣人たちの漆黒の被毛で覆われた鍛え上げられた体軀を前に、遥斗は顔を引きつらせる。

「さあ、神を渡すのだ！」

「い、嫌ですっ」

　上擦った声で遥斗が叫ぶと、黒い獣人たちが威嚇するようにうなり声を上げ、牙を剝く。

　獲物を狙う狼そのものの形相に、遥斗はついに腰が抜け崩れるように座り込んでしまう。

　それでもレオだけは決して離すまいと、腕に力を込め身を縮めた。

　――レオ……！

　ギュウッと愛犬の小さな身体を抱きしめ、死をも覚悟したその時、眼前に大きな手が差し出された。

「え………」

　その手は人間のように指が長く、けれど鈍い銀色の被毛で覆われ、指先には黒く鋭い爪が生えている。目の前の大きな手のひらを凝視していると、その手がふいに動いた。

「ひっ」

　避けることも適わず、左手を握り込まれる。

　初めて触れた獣人の手の感触は、人間とも動物とも違っていた。

　犬の前足には肉球がある。けれど獣人の手のひらにはそういったものがなく、全体を短い被毛で覆われていた。そのため、骨格は人間の手と酷似しているが感触はまるで違い、スベスベと滑らかな手触りをしている。

　握り込まれた手を見下ろすと、大きさは大人と子供くらいの違いがあった。

　獰猛な外見を持つ獣人に手を握られているというのに、不思議と嫌悪感や恐怖心は湧いてこなかった。手のひらからは人間と同じ温もりが伝わってくる。

握られた手に軽く力を込められ、上方へと引っ張り上げられた。

　立ち上がったが、まだ完全に足に力が入らない。遥斗は震える足を懸命に踏ん張り、顔を上げた。

　そこで改めて、その獣人の姿を確認した。

　鈍い銀色の被毛を持ち、厚い筋肉に覆われた屈強な身体には、黒い狼たちよりもやや簡素な鎧を身につけている。身長はとても高く、ゆうに二メートルは超えているように見えた。

　しかし、この銀色の獣人からは敵意を感じない。遥斗を見つめる青い瞳はとても美しく、理知的な空気を纏っている。

　遥斗は喉の奥から声を絞り出し、銀色の獣人に訴えた。

「……お願いです。レオだけは……、この子には、乱暴なことはしないでください」

　なぜこの獣人に懇願しようと思ったのか、自分でも説明出来ない。ただ、この獣人の瞳がとても穏やかで、触れられた手のひらがとても温かかったから、一縷(いちる)の望みに縋(すが)りたかったのかもしれない。

　遥斗の言葉に、銀色の獣人はわずかに目を見開き、そして了承するかのように浅く頷(うなず)き返してきた。

　そこで、銀色の獣人の背後で声が上がる。

「マクグレン騎士団長、よくやった」

　声のした方に視線を向けると、祭服を着た獣人が騎士たちを従え立っていた。

「異形の者よ。こちらに神を渡すのだ」

　遥斗は決死の覚悟で頭を左右に振る。

「まだ渡さぬというのか？　なんと強情な！」

　長いやり取りに苛立(いらだ)ったらしい祭服の獣人が、無理矢理にでもレオを奪おうと遥斗の肩に手をかけてきた。

　肩口を強く掴まれ、服越しとはいえ爪が肉に突き刺さる。

　痛みに顔をしかめると、レオが再び吠え始めた。

「ウーッ、ワンワンワンッ！」

獣人が驚き手を引く。

それでもレオは鳴き止まなかった。

獣人たちはレオの様子にたじろぎ、けれどどうしても遥斗からレオを奪いたいようで、一歩引いた場所からこちらを見つめている。

「お待ちを」

目の前に立つマクグレンと呼ばれた銀色の獣人が、初めて口を開いた。

低く、心地よい声。

男性の声を美しいと感じたのは、これが初めてだった。

なぜかレオもピタリと鳴き止む。

静寂の中、銀色の獣人は張りのある声で続けた。

「おそらくこの者は、神に使える従者。神もこの者には特別に目をかけているようです。無理に引き離して神の不興を買うのは得策とは思えません。ここはひとまず、この従者も共に連れていきましょう」

「しかしな、マクグレン騎士団長。得体の知れぬ異形の者を、城の中に入れることは……」

「ご心配はもっともです。でしたら、私が神の護衛と従者の監視を兼ねて、行動を共にいたしましょう」

「むぅ……。王国一の剣の腕前を持つマクグレン騎士団長が監視につくと言うのなら、それが今は一番の得策かもしれないな」

祭服の獣人はそう言って、渋々ながらもレオを遥斗から奪うことをやめたようだ。

銀色の獣人は、部下であろう騎士たちに剣を収めるよう伝える。

場の空気がやや緩んだ気がした。それでも遥斗に対する警戒は解けないようで、注視するような視線があちこちから向けられている。

とりあえずはレオと引き離されずにすんだが、恐ろしげな獣人に囲まれているという状況は変わっていない。

これから起こることを考え身がまえていると、銀色の獣人が話しかけてきた。

「部屋に案内する。手を離すが、逃げ出さないと誓えるか？」

「………」

遥斗がどう答えたものか一瞬迷うと、銀色の獣人がスッと目を細めた。

「お前は正直者なのだな。……まずは私から誓いを立てるとしよう。神と、従者であるお前の身の安全は、私が約束する。決して乱暴なことはしないし、させないと誓う。だから、お前も逃亡しないと誓ってくれ」

この獣人を信じていいものか躊躇いはあったが、真摯な響きを持つ言葉に、気がつけば頷いていた。

「……逃げません」

遥斗の返事を受け、繋いでいた手が離れていく。

「では、部屋に向かおう」

銀色の獣人は先頭に立って歩き出した。遥斗もその後について歩く。


部屋を横切る際、蠟燭の明かりが届かない暗がりに、何人もの獣人の姿を見た。彼らの中には遥斗の姿を見て、警戒するように耳を伏せ、低くうなり声を上げる者もいた。しかし遥斗が抱くレオに目が止まると、皆一様に膝をつき、顔を伏せてきた。

レオに対する敬意と、遥斗に対する敵対心。相反する二つの感情が入り混じった反応を見せる獣人たちの間を抜け、銀色の獣人は奥にある扉を開けた。

吹きつける風が遥斗の髪を揺らし、耳に虫の声が届く。屋外に出たようだ。頭上を仰ぐと、銀色の冴えた月が夜空に浮かんでいた。

少し肌寒い気もしたが、薄手の長袖を着ているので凍えるほどではない。

周囲には手入れの行き届いた庭園が広がっており、散策のために作られただろう石畳の敷かれた小道を、月明かりを頼りに獣人の大きな背中を見ながら歩いていく。

しばらく歩くと、幅の広い階段の前に着いた。その先には大きな建物がそびえ立っている。

さすがに月明かりだけでは全貌を見ることは出来なかったが、とても大きな建物で、先ほど祭服の獣人が言っていた『城』という言葉を思い出した。

夜目が利くのか、銀色の獣人は月以外の光がない中、明かりも持たずに迷いなく階段を上っていく。

遥斗もその後に続いたが、足元がよく見えず、慎重な足取りになってしまう。

それに気づいたようで、銀色の獣人が問いかけてきた。

「どうした？」

「暗くて、よく見えなくて……」

「見えないのか？」

遥斗が頷くと、獣人が手を差し出してきた。

「気づかず、すまない。お前には明かりが必要だったのだな」

摑まるよう促され、躊躇いながらもレオを抱えたまま獣人の手を取る。

握り込まれる時に、手の甲に獣人の爪が微かに食い込んだ。遥斗が怯（おび）えたのが伝わったようで、獣人がそっと手を開く。

「すまない。行こう」

「……はい」

銀色の獣人はそう言うと、遥斗の歩調に合わせて階段を上ってくれた。

上った先にある扉の両脇には鎧を着た獣人が立っており、彼らは遥斗を見て大きく目を見開くと、鼻面に皺を寄せ、耳を伏せて牙を覗（のぞ）かせた。グルル、と低いうなり声まで聞こえてきて、全身から血の気が引いていく。

「落ち着け。この者は神の従者。敵ではない」

銀色の獣人が門番であろう獣人を諫（いさ）め、遥斗の手を引き扉をくぐる。

背後から突き刺さるような視線を感じたが、確認する勇気は出ず、逃げるように建物の中へ入る。

そこは、とても広々とした、豪奢（ごうしゃ）な造りになっていた。

どこかで見たような……、と記憶をたどり、大学を卒業した年に海外旅行で訪れた西洋の古城を思い出した。

「こっちだ」

建物の中は薄暗かったが、ところどころに蠟燭の明かりが灯っているため、一人で歩けないほどではない。銀色の獣人は遥斗の手を離すと、絨毯(じゅうたん)の敷かれた右手の廊下を進んでいく。

二度ほど角を曲がった先にある、廊下の突き当たりの部屋の前で足を止めた。

「この部屋だ」

ここには獣人は控えておらず、銀色の獣人が扉を開けてくれる。

ホテルのスイートルームに泊まったことはなかったが、通された部屋はそれに近いのではないだろうか。

部屋の広さは六十畳を超えていそうで、テラスへと続く窓の手前にはキングサイズの天蓋(てんがい)つきのベッドが置かれていた。足元は毛足の長い絨毯敷きで、扉を入って左手にアンティーク調のソファとテーブルセットが、右手の壁際にはライティングデスクまである。他にも、遥斗の背丈よりもだいぶ高い衣装ダンスと、その隣には姿見もあった。

左手奥にはドアが一つあり、そこにこの部屋専用のトイレとバスルームが備えつけられていると、銀色の獣人から教えられる。

部屋の様子を見る限り、彼らも人間と同じようなスタイルで生活していることがわかった。

一通り部屋の設備の説明が終わった頃、腕の中でレオが身じろぎした。

「クゥン……」

「レオ、もう少しこのまま待って」

レオは尻尾をフサリと振って静かになる。

遥斗と銀色の獣人以外の者は、距離を取って後ろをついてきていたが、この部屋の中までは入ってこない。おそらく扉の外で待っているのだろう。

自分たちに危害は加えないと約束してくれたけれど、まだ警戒心が残っていた遥斗は、レオを下には降ろさずにしっかりと抱き抱えていた。

「何か質問は？」

銀色の獣人に尋ねられ、色々と聞きたいことはあるけれど、今は早くレオと二人だけになりたくて、頭を左右に振る。

「なら、何か欲しいものは？」

今度は少し考えてから、口を開いた。

「この子に、水と何か食べ物をいただけませんか？」

遥斗が仕事を終え帰宅してすぐに散歩に出たため、レオに夕食を与えていなかったことを思い出したのだ。遥斗自身も食事を摂っていなかったが、食欲はなかったし、自分の分まで食事を要求しづらく、とりあえずレオの分だけお願いした。

獣人は「わかった」と答えて踵を返す。

「あ、あのっ」

「なんだ？」

「あなたの名前を聞いてもいいですか？」

先ほど、この獣人が自分たちの護衛と監視につくと言っていた。

それなら、名前くらいは知っておきたい。

そう思って質問すると、銀色の獣人は青い瞳をすがめ、しばらく沈黙した後、名乗ってくれた。

「私はブレット＝マクグレン。このイガルタ王国で騎士団長を務めている」

「……なんとお呼びすればいいですか？」

西洋風でいくならば、ブレットというのが名前で、マクグレンが名字だろうか。

マクグレンさん？　それともマクグレン様？

遥斗が思案していると、銀色の獣人は「ブレット」と呟いた。

「私のことは、ブレットと呼んでくれ」

おそらく地位のある役職であろう騎士団長を、呼び捨てにはしづらい。

遥斗は困惑ぎみに目の前の逞しい獣人を見上げる。

鈍色の銀の毛並みを持つ獣人――ブレットは、困り顔の遥斗にゆったりとした口調で話しかけてきた。

「私に気を遣う必要はない。騎士団長の役を賜ってはいるが、代々団長を務めてきた家系に生まれたというだけだ」

一見、怖そうな顔をしているが、落ち着いた声質のためか、ブレットに穏やかな印象を受ける。

「わかりました。ブレットと呼ばせてもらいます」

「ああ。……ところで、お前の名前も聞かせてもらえるか？」

そういえば、自分も名乗っていなかった。

遥斗は腕の中のレオに視線を落とす。

「この子はレオ。僕は有村遥斗です」

「神はレオ様とおっしゃるのだな」

レオは神ではないけれど、と内心思いつつも、なんと説明すればいいのかわからなかったので、黙って首を縦に振る。

ブレットはレオから遥斗に視線を移す。

「アリムラ、というのが名前か？」

「いえ、僕の国では、名字が先で、名前を後に言うんです。だから、遥斗が名前です」

「ハルトか……」

ブレットの美声で柔らかく名前を呼ばれると、なんとなく安心出来た。

「すぐに水と食事を運ばせよう。ああ、あと、ハルトの寝具も。そこのベッドは神のためのものだから」

「わかりました。ありがとうございます」

ブレットは今度こそ退室した。

レオと二人きりになりホッと息をつく。

ブレットは狼の容姿を持っているが、約束してくれた通り、乱暴な真似はしてこなかったし、遥斗の話にも耳を傾けてくれた。おそらく悪い者ではなさそうだが、ここがどこなのか、彼ら獣人の目的がなんなのか、まだわからないことがたくさんある。その状況で、少し親切にされただけでブレットを頭から信用するのは危険に思えた。

遥斗はようやくレオを床に降ろす。

小型犬で軽いとはいえ、長時間抱きっぱなしだったため、腕が少し痺れている。

「なんでこんなことになっちゃったんだろ……」

とても現実とは思えない。

事故に遭いそうになり、次に目を開けたら、人間ですらない狼の顔を持つ獣人たちに取り囲まれていた。そして共にいたレオを神と崇められ、彼を渡さなかったことで遥斗は獣人に剣を向けられて……。

ここは、自分がこれまで生活していた世界なのだろうか？

この部屋の調度品や獣人たちの服装を見ていると、西洋の国のような感じだが、まさかヨーロッパに彼らのような狼の顔を持つ人間が住んでいる国があるはずもない。言葉は不思議と通じているが、遥斗を『異形の者』と呼び、人間自体を目にしたことがないようだった。だとしたら、ここは人間がいない世界なのか……？

考えても、わからないことだらけだ。

そこで遥斗はある仮定を思いついた。

「夢、だったりして」

そう、自分はあの時、トラックにひかれてしまい、病院で昏睡状態に陥っているのではないのだろうか。

そして、その状態で夢を見ているとしたら……。

または、最悪、あの事故で命を落としてしまっていて、ここは死後の世界なのでは……。

そこまで考え、ブルリと頭を振る。

その時、扉が控えめにノックされた。

小さく身体を跳ね上がらせつつ返事をすると、扉が開き、たくさんの料理が載ったワゴンを、メイド服のようなドレスを着た獣人が運び入れてきた。

料理を小振りのテーブルに並べると、その獣人は退室し、入れ替わりにまた別のメイド服の獣人が入ってきた。手には毛布と枕を持っている。

獣人は遥斗と決して目を合わせないようにしなが

ら、少し耳を後ろに伏せこちらに近づいてきた。そして遥斗の前に毛布類を差し出し、それを受け取ったことを確かめると、逃げるように足早に部屋を出ていった。

遥斗は渡された毛布と枕を見下ろす。

「寝具って、これ……？」

てっきり自分用に簡易ベッドのようなものを用意してもらえると思っていたのだが、メイド服の獣人が持ってきたのは、薄い毛布と枕のみ。つまりこれにくるまって寝ろということだろう。部屋にあらかじめ置かれていた立派なベッドは、神であるレオのためのものだと先ほど言われたし、それならどこに寝ればいいのか……。

逡巡(しゅんじゅん)し、十分横になれる大きさのソファに毛布と枕を置き、料理の並んだテーブルの前で、前足を揃(そろ)えてお座りをしているレオを見やる。空腹だろうに、律儀に遥斗の許可を待っていた。

レオのための食事だったが、盛りつけも彩りも綺麗(きれい)で、人間でも食べられそうなものがズラリと並んでいる。

食事の邪魔になるリードを外し、許可を出す。

「食べていいよ」

「ワンッ」

レオは一声鳴くと、テーブルに飛び乗って、肉料理の載った皿に顔を埋(うず)める。

レオの食欲が満たされるのを、遥斗は傍(そば)に立って見守った。

途中、水を飲みたそうにしていたので、グラスの水を取り皿らしきものに移してやり、レオが食べ終わるのを待つ。

やがてレオが口の周りについたソースを舌で舐め取り、食事が終わった。

けっこう食べ散らかしてしまっていたので、食器をワゴンに戻しテーブルを拭いて綺麗にした。

一息つき、レオをベッドに降ろし遥斗はソファに向かう。枕の位置を調整し、ゴロリと横になった。

意外にも寝心地がよく、遥斗は柔らかい毛布を口元まで引き上げ目を瞑る。

ちょうどそこで、ドアがノックされた。

扉から先ほどのメイド服の獣人が入ってきて、ワゴンに歩み寄る。食べ終わった食器を下げにきたらしい。

遥斗がその様子を上半身を起こして見ていると、獣人と目が合った。

その途端、獣人の形相が一変し、大きく口を開き怒鳴ってきた。

「そこは神様がお寛ぎになるソファです！　この部屋にある調度品は全て、神様のために揃えたもの。従者でありながら、そんなこともわからないんですか！」

「す、すみませんっ」

遥斗は慌ててソファから立ち上がる。

メイド服の獣人は置き去りにされた枕と毛布を鷲掴みにすると、床に放り投げた。

「そこで寝てくださいませ！」

「え……」

「よろしいですね!?」

「は、はいっ」

遥斗が了承すると、メイド服の獣人は部屋を出ていった。

遥斗は重いため息をつき、絨毯に転がった枕を見下ろす。

いつまでもこうして立っているわけにもいかないので、獣人に言われた通り、床に身を横たえる。

薄手の毛布だけでも寒くはなかったが、絨毯が敷いてあるとはいえ石の床は固い。さらに極度の緊張から、指先が凍えそうなほど冷たくなっていた。

安眠出来るとは思えないが、考え事をするのも億劫で、早く眠ってしまおうと毛布を肩まで引き上げ丸くなる。

眠って次に目を覚ましたら、元の世界に戻っているかもしれない。

長い夢を見たな、と苦笑して、いつものように職場に出勤し、仕事をして……。

そんな淡い希望を抱いていると、トンと軽い音が間近で響いた。

背中側に垂れている毛布の中に、モソモソとレオが潜り込んでくる。

「レオ、お前のベッドは上だろう？」

「クゥン……」

寝返りを打ち、身体の向きをレオの方に変える。レオは叱られたと思ったのか、耳を下げ、悲しげに鳴く。甘えたい時や寂しい時のレオの癖で、ピーピーと甲高く鼻を鳴らされ、遥斗は「仕方ないな」と言いながらレオを抱き込んだ。

「いきなり知らないところに来て、不安だよね。でも、僕も一緒だから、怖がらないで」

レオに話しかけているが、その実、自らに言い聞かせてもいた。

ここがどこだかわからず、不安でいっぱいだった。

獣人たちは皆怖そうな容姿をしているし、レオは丁重にもてなされているけれど、遥斗の扱いは散々だ。

でも、この状況の中、唯一幸いだったのはレオも一緒だということ。

こうしてレオを抱きしめていると、心が落ち着いていく。大丈夫なのではないかと思えてくる。

レオが突然、ペロリと頰を舐めてきた。

「レオ……？　何？」

「クゥン……」

心配そうにレオが見つめている先をたどり、自分の頰に触れると、指先が涙で濡れた。

——泣いたのなんて、父さんの葬式以来だ……。

自分では大丈夫なつもりだったが、やはりこの状況がとてもストレスになっているらしい。

——気づかないうちに涙を流していたなんて……。

遥斗は涙を服の袖口で乱暴に拭い、無理矢理笑みを作った。

「レオ、ありがとう。さあ、もう寝よう。今日は色色あって、お互い疲れてるし」

　ことさら明るい調子でレオに語りかけ目を閉じる。

　目覚めたら、いつもの日常に戻っていることを願いながら……。

＊＊＊＊＊

　まどろみの中、女性の悲鳴のような声が聞こえ、遥斗は飛び起きた。

「え？　何？」

　寝ぼけ眼で周囲を見回し、メイド服を着た狼がこちらを見て驚愕に目を見開いていることに気づく。

「わっ」

　遥斗は馴染みのない生き物を見て、思わず声を上げてしまった。

　その声に対し、相手が恐ろしいものを見たかのような顔で、慌てたように走り去っていった。

　パタパタと遠ざかっていく足音を聞きながら、次第に意識がはっきりしてきて昨日の出来事を思い出していく。

　——そうだ、昨日……。

　遥斗は昨夜の出来事が夢ではなかったことを悟り、落胆した。

「レオ、レオは!?」

　ここで唯一の味方である愛犬の姿を探す。

　レオも先ほどの悲鳴で起きたのか、遥斗の枕元に座っていた。目が合うとフサフサした尻尾を大きく振りながら、遥斗の膝へとジャンプしてくる。

「よかった……」

　小さなレオの身体をギュッと抱きしめ嘆息する。

　そこで部屋の扉が大きく開け放たれ、数人の獣人が室内に飛び込んできた。

　その剣幕に、何事かと目を白黒させていると、獣人たちは遥斗とレオを見て先ほどのメイド服の獣人と同じような顔になった。

　その集団の中から、一人の獣人が叫ぶように言ってくる。

「従者の分際で、神と共に横になっていたというのは本当か!?」

「え……？」

「とぼけるな！　メイドが見たと言ってるんだぞ！　神と同じ寝具で休むだけでも恐れ多いのに、床で寝ていたと言うではないか！」

　そこまで聞き、メイド服の獣人が悲鳴を上げた理由がわかった。

　自宅ではこれまでも時々レオと一緒にベッドで寝たこともあるし、そうでない時は床に置いた犬用のベッドでレオは寝ていた。

　それが当たり前だったから昨晩も隣に潜り込んできたレオをそのままにさせたのだが、どうやら獣人たちからすると遥斗の行いは目の色を変えるほど大変なことだったらしい。

　怒声に気圧され、しどろもどろになっていると、質問をしてきた獣人が大股で近づいてきた。

　そして有無を言わさず腕を掴み、強引に引き立てられる。立ち上がった拍子にレオから手を離してしまった。

「レオ！」

　遥斗が咄嗟に手を伸ばすと、それを獣人にピシリと叩き落とされた。

「神を呼び捨てにするなど、貴様、なんと無礼な！」

　獣人の力はとても強く、掴まれた腕の骨が軋むようだった。

「やはり、このような得体の知れない者を、神と一緒には置いておけん」

　獣人は厳しい口調で言い放ち、そのまま遥斗を扉へと引きずるように連れていく。

「やっ、やめてくださいっ」

「うるさい、大人しくしろ！」

　身を捩って拘束をふりほどこうとしたが、がっしりと腕を摑まれてしまっていて、それが叶わない。

視線を向けた先、レオが遥斗の身の危険を察知してけたたましく吠えながらこちらへ駆け寄ろうとしていたが、他の獣人たちに行く手を阻まれてしまう。

抵抗もむなしく扉の前まで連れてこられた時、開け放たれたままの扉の向こうに、背の高い獣人の姿があることに気がついた。

鈍い銀色の被毛に逞しい身体を覆われた、青い瞳を持つ獣人が、こちらを見つめている。

昨日は鎧を着ていたが、今日は白い軍服のような服装だった。装いは違うものの、その獣人が騎士団長を務めているブレットだと一目でわかった。

ブレットは状況を把握するためか、部屋に入ってくるなりざっと室内を見回し、獣人に連行されている遥斗を見て怪訝そうな声を出す。

「何事ですか？」

「この者がとんでもないことをしたのだ！」

「とんでもないこと？」

ブレットが遥斗に視線を移す。

遥斗は左右に頭を振り、助けを求めるためブレットの瞳を見つめた。

遥斗を捕獲している獣人は、今し方の出来事をブレットに報告する。

ブレットはそれを黙って聞き終えると、冷静な声音で進言した。

「お待ちください。この者は神の従者です。神もこの者をいたくお気に召しているご様子。その証拠に、彼を連れていこうとしているあなたを睨んでおいでです」

その言葉を聞き、獣人が硬直する。

ブレットは諭すように続けて話す。

「神のご意志に従うべきだと思います」

「……チッ」

舌打ちと共に、腕を乱暴に放された。

「次に何かしでかした時は、神のお気に入りだろうと、容赦はしないからな」

食い殺さんばかりに牙を剝き出しにした獣人の気迫に、遥斗は本能から首を縦に振っていた。

「マクグレン騎士団長、貴公もよくこの者を見張っていろ。何かあれば貴公のクビも飛ぶことを、肝に銘じておけ」

「はっ」

ブレットは軽く頭を下げ、獣人を見送る。その後に続くように、集まってきていた他の獣人たちも部屋から出ていった。

ブレットが扉を閉めてくれ、ようやく緊迫した状況から抜け出せた遥斗は、安堵からその場にへたり込む。丸めた背中にレオが飛び乗ってきて、慰めるように頬を舐められた。

「……ありがとうございます、ブレット」

昨夜もそうだったが、ブレットの取りなしのおかげで、今日もレオと引き離されずにすんだ。

――助けて、くれたんだ。

ブレットは他の獣人とはどこか違うと感じていたが、その疑問が今解けた。

ブレットは、遥斗に対しても気を遣ってくれているのだ。

他の獣人たちは遥斗のことを余計な者として邪険にしてくるのに、ブレットは最初から対等な立場で扱ってくれる。

自分の存在を疎ましく思わない者がいることが、純粋に嬉しかった。

まだ強ばりが完全には解けないものの、うっすらと笑みを浮かべると、ブレットが瞳を微かに細めた。

「傍を離れていてすまなかった。これからは夜も私が隣室に控えているようにしよう」

「でも、それだと一日中僕たちについていることになるから、疲れませんか？」

「それが私の仕事だ。気にすることはない」

きっぱりと言い切られてしまったので、それ以上何か言うことは出来なかった。

しばらくすると朝食が運び込まれ、ブレットに促されて遥斗も席に着いた。

昨日と違い、二人分用意されている。レオの方が品数が多かったが、遥斗の前に並べられた食事も、普段自分で作っている朝食と比べればずいぶん豪華だった。

レオはいつもと同じく遥斗から食事の許可が出るのを待っている。

ブレットはテーブルから少し距離を置いた位置に立っており、彼の目の前でレオを犬扱いして平気か気になったが、涎を垂らして待っているレオを見たらいつまでも我慢させるのは可哀想で、小声で「よし」と号令を出した。レオは夢中で食事を始める。

遥斗もその様子を見ながら手を動かす。

人間の姿に似ているといっても、やはり身体は狼寄りなのか、料理はどれも薄味だった。

狼は人間と比べ、ほとんど汗をかかない。そのため摂取した塩分が排泄されにくく、過剰に摂取すると病気のリスクが上がってしまう。

元々が人間ほどの複雑な味覚を持ち合わせておらず、味をあまり感じない代わりに、秀でた嗅覚で匂いを嗅ぎ分け、食事を楽しむらしい。

遥斗の前に並んだ料理も、薄味だけれど香辛料できちんと香りづけされており、意外にも満足感を得られた。夕べ、何も食べていなかったので、薄味の食事はかえって胃に優しかった。

半分ほど食べたところで、距離を置いて立っているブレットのことが気にかかった。

彼は自分たちの護衛役らしいが、食べている間中、見守られているというのはなんとも気まずい。

遥斗はフォークを置き、ブレットに声をかける。

「一緒に食べませんか？」

その誘いが意外なものだったのか、ブレットは青い瞳をわずかに見開き、たっぷり間を置いてから答えた。

「いや、けっこうだ」

「もう食べたんですか？」

「ああ」

あまり饒舌な男ではないようで、返答はごく短いものだった。

沈黙が落ちた室内に、レオが空になった皿をペロペロと舐める音が響く。

遥斗も食事を再開しようとしたものの、やはり傍に立つブレットの気配が気になってしまう。

「そうだ。なら、次から一緒に食べませんか？　どうせ一緒に行動するんですし」

「神と食事など、恐れ多い。心遣いは感謝するが、私のことは気にせず、食事を続けてくれ」

「そう、ですか……」

——黙って見られている方が気になるんだけど……。

そう思ったけれど言葉にはせずに、遥斗も食事を終えた。

腹を満たし一息ついたところで、遥斗はブレットにこの国のことを尋ねてみることにした。

「あの、ブレット……。いくつか質問してもいいですか？」

「私に答えられることなら」

ブレットの口調は静かで、それに背中を押され、質問を口にする。

「ここは、どこなんですか？　僕とレオは、どうしてここに？」

「ここは狼族が住むイガルタ王国。アドニス王が統治する地だ。ハルトとレオ様は、昨夜行われた召喚の儀式でこの地に迎えられた」

「召喚の儀式？」

「神を召喚する儀式だ。イガルタの他にも三つの国があるが、ハルトのような容姿をした者は、この世界には存在しない。おそらく、ここことは別の世界から召喚されたのだろう」

薄々そうではないかと思っていたが、第三者の口からここが異世界であると聞かされ、ショックを隠せない。

遥斗が呆然と「なんで、僕が……」と呟くと、ブレットは召喚の儀式を行うことになった経緯を話してくれた。

「この国では十年前からある疫病が流行し始め、このままでは滅亡の恐れも出てきてしまった。病の流行を止めるべく様々な対策を講じてきたがどれも効果がなく、最後の手段として、神の力に頼ることにしたのだ。神通力を持つと言われている、テオタート王国の鳥族の力を借りて」

「鳥族？」

この世界には、狼の獣人の他にも、鳥の獣人もいるのか？

「『銀色の月が昇る夜、イガルタ王国で最も神聖な地にて祈りを捧げよ。別の世で同じ月、同じ星の下にある者こそが、イガルタを救う神である』と鳥族は言っていた。おそらく、昨夜の儀式を行った聖堂と、ハルトのいた地点が同じ星の下にあったのだろう。ただ、神だけでなく、ハルトまで共に召喚されたことは、我々も予想外だったが」

つまり昨晩、遥斗がレオを抱いて立っていた大通りの真上にある星と、この世界で召喚の儀を行っていた建物の真上にある星が、一致していたということらしい。

その場所にいたために、たまたま遥斗がレオを抱いていたから、共にこの世界に召喚されてしまった？

あまりにも現実離れした話に、混乱は深まるばかりだった。

頭を抱えうなだれていると、ブレットに控えめに名前を呼ばれた。顔を上げる気力すら失っていたが、彼はそのまま先を続けた。

「急に見知らぬ世界に呼ばれて、さぞ戸惑ったことだろう。昨夜も今朝も、同胞が乱暴な真似をしてすまなかった」

遥斗が押し黙っていると、俯(うつむ)けた視線の先に、ブーツを履いた足が映り込む。その直後、遥斗の前にブレットが膝を折り、沈痛な声音で謝罪を繰り返した。

「心から申し訳ないと思っている。ハルトにはこの国の状況など、全く関係ないことなのに……。だが、イガルタの存続のためには、神のお力が必要だったのだ」

逞しい体軀を持つ獣人が、遥斗の前で片膝をつき、頭を垂れていた。

「この国では病のために、年若い者たちが次々に命を落としている。最も守らなければならない幼い命が消えていく様を、ただ見ているだけの現状を、なんとしても食い止めなくてはならなかったのだ」

彼らには彼らなりの、切羽詰まった状況があったのだ。

すくった砂が、両手の間からこぼれ落ちてしまうかのように、命が失われる時がある。これまで獣医師として、そうした場面に立ち会ったこともあった。

どんなに手を尽くしても、どうしても救いきれない命に直面した時、遥斗は己の無力さを責めずにはいられなかった。

だから、彼らの気持ちが痛いほど理解出来た。

――でも、彼らは根本的な思い違いをしている。

それは、レオが神ではないということだ。

この国に蔓延(まんえん)しているという病がどういったものかわからないが、愛玩犬であるレオが力になれるとは到底思えない。

この国の獣人たちが置かれた状況はとても気の毒だと思うけれど、遥斗とレオでは力になれない。

けれど、それを今言ってしまっていいのだろうか。

レオが神でもなんでもない、ただの犬だと知ったら、彼らはきっと落胆する。

唯一の希望の光を消してしまうようなことをするのははばかられたが、だからこそ、真実を告げなければと思った。

神でもないレオに祈りを捧げるよりも、他に病を治す方法を探す方がいい。

何より、レオが彼らの力になれないとわかったら、用はないとばかりに元の世界に帰してもらえるかもしれない。

遥斗はゴクリと唾を飲み込む。

まだ彼の全てを知っているわけではないが、ブレットは他の獣人と比べて親切で、こうして話も出来る。打ち明けるのなら彼が適任だと判断した。

「あの、ブレット……」

遥斗が意を決して声を発したちょうどその時、扉がノックされた。

ブレットが用件を問うと、扉の向こうで女性の声が答えた。

「国王との謁見のお時間が近づいております。準備をさせていただいてもよろしいでしょうか？」

「ああ、もうそんな時間か。入れ」

「失礼いたします」

扉が音もなく開き、昨晩遥斗を叱りつけたメイド服の獣人が入ってきた。その後ろには、荷物を持った他の獣人の姿もあった。

彼女たちはレオに一礼すると、端にあった姿見やスツールを部屋の中央辺りに運び、携えてきた箱を開ける。

どうやらレオ用の衣類を持ってきたようだ。

「まずは湯浴みをしていただきます。神様、どうぞ隣のバスルームへ」

レオに向かって丁重に風呂を勧めてきた。

けれど、レオはなんのことかわからなかったようで、小首を傾げている。

「……神様、何かお気に召さないことでもありましたでしょうか？」

レオから反応がなかったことで不安になったようだ。顔色を窺うようにメイド服の獣人が尋ねた。

その様子を見て、ブレットが口を挟む。

「シェリー、神は我々とは違う言語を話されるのだ。神と話す時は、従者であるハルトを通すように」

シェリーと呼ばれたメイド服の獣人は、無表情で遥斗をチラリと見てきた。

ペコリとお辞儀をすると、あからさまに目を逸らされる。

そのことに少し傷つきながら、ブレットにこっそり伝えた。

「レオは頭がいいので、僕の言っていることはだいたい理解してくれます。同じ言葉を使っているのだから、レオの警戒が解ければ他の皆さんの言うことも聞くようになると思いますけど」

「それは、どうだろう……」

ブレットは少し考え込んでから話し出した。

「儀式の時、召喚した神と意志の疎通をはかるために、言語が通じるように呪文を混ぜたと聞いている。だからハルトもこの世界の言葉を自然に話せるようになった。だが、神は違ったようだ。もしかしたら、元々神は我々のような複雑な言語を話す風習はなかったのではないか？」

「レオは仲間同士では、言語以外の部分で意志疎通をはかることが多いんです。言語によるコミュニケーションを重要視していないというか……。だから、複雑な言葉を話す器官が発達していないんです」

ブレットは「やはりな」と呟く。

「これは私の考えた仮説だが、神には呪文が効かなかったようだ。従って、我々の言葉も全く未知の言語に聞こえているだろう。以前の世界にいた時のように理解するまでには、時間がかかるかもしれない」

「でも、ここに来てからも、僕の言葉には正しく反応してますよ？」

「それこそ、先ほどハルトが言っていた、言葉以外の部分での意志の疎通がはかれているからだろう。一番近くにいたハルトの気持ちなら、言葉がなくても通じているのだと思う」

ブレットの言葉を聞き納得した。

レオ本人に聞けないから真実は不明だが、彼の仮説はまるっきり外れてはいないような気がした。

「つまり、神のお言葉を理解出来るのはハルトだけというわけだ。また逆に、我々の言葉を神に伝えられるのもハルトだけ。私たちにとって、ハルトは神と交流するために、必要な存在だ」

話の区切りがついたのを見計らったように、シェリーが声をかけてきた。

「そろそろ湯浴みを」

ブレットはシェリーの言葉に頷く。

「時間に遅れるといけない。手早く湯浴みをすませよう」

「あの、時間っていうのは……？」

「ああ、ハルトには伝えていなかったか。今日はこれから、我が国の王と対面してもらうことになっている」

「……王様って、この国で一番偉い方、ですよね？」

「もちろん、そうだ。謁見にはアドニス王のみならず、国の重臣たちも列席する予定だ」

ブレットは事もなげに言うが、遥斗は身をすくませる。

——これって、本当にとんでもないことに巻き込まれてるんじゃ……。

ブレットから、レオが神として召喚された経緯は聞いた。国の存亡をかけた最後の秘策だったらしいが、あまりにも遥斗の理解の範疇（はんちゅう）を超えた話だったため、自分の身に起きたことだというのに、現実感がなかった。

しかし、実際にこれからこの国の権力者たちと顔を合わせると聞き、事の重大性が認識された。

ブレットは絶句した遥斗を落ち着かせるように、言葉をつけ足してくれる。

「心配はいらない。アドニス王は、歴代の国王の中でも特に人格の優れた賢王と称されているお方。昨夜、召喚の儀式を終えてすぐにレオ様のことをお伝えした時も、我が国を救う神が現れたと大変お喜びになられ、王が自ら神に祈りを捧げたいと申し出られたのだ」

「でも、僕のことは……」

彼ら獣人からしたら、人間の遥斗は気味の悪い存在のはずだ。王も遥斗の姿を見たら不快に思うかもしれない。

遥斗が不安を滲ませていると、ブレットに濁りのない青い瞳を向けられ、力強い声音で言われた。

「ハルトのこともお伝えしてある。王は是非ハルトとも会いたいとおっしゃられた。ハルトは神のお言葉を我々に伝えてくれる通訳なのだから、堂々と謁見の場に立ち会ってほしい」

ブレットはそう言ってくれたが、遥斗は躊躇ってしまう。

この国の獣人たちは、レオと遥斗を神と神の従者だと思い込んでいる。その状況で公の場で王と謁見などしたら、誤解が深まるばかりだ。

——早く、言わないと……。

レオにはなんの力もなく、この国の救世主にはなり得ないのだと。

遥斗が口を開いたその瞬間、僅差でシェリーが先に言葉を発した。

「お時間が迫っております」

「あの、少しだけ話したいことが……」

「お時間がございません。お早くバスルームへ」

ブレットは元より、昨日対峙した騎士たちと比べると、シェリーは小柄だ。それにもかかわらず、彼女の言葉には妙な迫力がある。叱られた印象が強いからかもしれない。

遥斗がオロオロしていると、ブレットに軽く背中を押された。

「シェリーの言う通り、今は時間がない。話は後で聞くから、今はレオ様に湯浴みを。ハルトも共に浴びてくるといい」

「……わかりました」

結局真実を告げることが出来なかった。

こうなったらもう、これから会う予定の国王に、直接言うしかない。

ブレットの話だと、とてもいい国王のようだし、レオが神でないと知ったらすぐに元の世界へ帰してもらえるかもしれない。

先ほど国王との謁見があると言われた時はどうしようかと思ったが、よくよく考えれば、かえって好都合だ。

遥斗は賢王であるというアドニスに直談判することに決め、レオを抱き上げバスルームへ入った。

だが扉を閉めようとして、後ろからブレットとメイドたちまでついてきたことにギョッとしてしまう。

どうやら護衛と、神であるレオの入浴を手伝おうとしてくれたらしいが、獣人とはいえ、女性たちに見られながらの入浴というのはどうも落ち着かない。

レオと二人きりで入りたいと申し出るとシェリーは不満そうにしていたが、ブレットが取りなしてくれ、遥斗とレオ以外は退室してくれた。

胸を撫で下ろしつつ、レオを下に降ろし服を脱ぐ。

与えられた部屋もそうだが、この浴室も、遥斗が住んでいたマンションのリビングより広々としている。

白い大理石で作られた浴室の中央には、猫足がついた西洋風の浴槽が置かれており、近づいて覗き込んでみるとなみなみと湯が張られていた。

シャワーヘッドのようなものも壁にかけられていたが、カランが見あたらない。ホースをたどっていくと、カーテンの向こう側に続いており、その先には洗面器のようなものが取りつけられていた。他に脚立と、湯が入ったバケツが数個並んでいる。

これはどうやって使うのだろう？

考えたがどうにもわからなくて、遥斗はシャワーを使うことは諦め、浴槽から桶で湯をすくい、レオの身体を洗って流す。自身も同じように髪や身体を洗い、湯が少なくなった浴槽にレオと一緒に身を沈めた。何か入浴剤でも入っているのか、湯からは花の香りがする。

遥斗が足を伸ばしたところで、扉の向こうからブレットの声が聞こえてきた。

「入ってもいいか」

「は、はいっ」

びっくりして浴槽の中で滑りそうになったものの、なんとか体勢を立て直す。

メイドたちも一緒だったら気まずいな、と思っていたが、遥斗が先ほど抵抗を示したからか、入ってきたのはブレットだけだった。

ブレットはタオルや着替えを持ってきてくれたらしい。

バスタオルを渡されたので受け取り、レオをそれに包んで湯船から立ち上がった。

裸のままとりあえずレオの身体を拭いていると、ブレットがボソッと独り言を呟いた。

「男か……」

視線を向けると、ブレットが遥斗の身体を注視していた。

「実は、我々と全く違う容姿をしているから、ハルトの性別がどちらだかわからなかったのだ。声が低いから男だろうと見当をつけて男性用の服を用意したが、間違っていなかったようで安心した」

はっきりと聞いたわけではないが、体格や声や服装からブレットも男性だと認識していたので、男同士ならと気にせず裸のままでいたが、ピンポイントで下半身を見つめられると居心地が悪い。

遥斗はバスタオルに手を伸ばし、身体を拭う。タオルを腰に巻き、早く服を着てしまおうと探した。

「ああ、服はこれを用意した。着方はわかるか？」

「はい、たぶん」

「レオ様の身支度はメイドたちに任せたいのだが、大丈夫だろうか？」

「レオ、これから服を着せてくれるから、大人しくしてるんだよ」

遥斗はレオに向かって言い含め、バスタオルで包んでブレットに託す。

少しのことなら動じなそうな剛胆な性格であろうブレットが、初めてレオに触れ、戸惑ったように耳を後ろに伏せる。

「ハルト、神が怯えているようなのだが……」

レオはブレットを見上げ、硬直していた。本能的な恐怖が湧き上がったのだろう。

「レオ、大丈夫。ブレットは優しい人だから」

なだめるようにレオの背中を撫で、そして緊張しているブレットにも声をかけた。

「レオは抱っこに慣れているので、このまま部屋に連れていってもらえますか？」

ブレットはレオを間違って落としてしまわないよう、慎重な足取りでバスルームを出ていく。

吠えることもうなることもなく、ブレットの腕の中に収まっていたレオが、扉が閉まる直前に不安そうに小さく鳴いた。

それが気がかりで、遥斗は大急ぎで服を身につけていく。

用意されていた着替えは、形はクラシックだが、遥斗の着たことのあるスーツとほぼ変わらないものだった。ブルーブラックのスラックス、白いシャツに紺色のベスト、ジャケットは丈がやや長く、腰が隠れるほどだった。ここまでは戸惑うことなく着ることが出来たが、最後に籠の中に残ったタイの結び方がわからなくて首を捻る。

ネクタイにしては短く、けれどおそらく首に巻くのであろう青い布。

この後、国王と謁見するというのに、間違った服装ではまずいだろう。そう判断した遥斗は、タイを手に浴室を出た。

「あの、ブレット……」

部屋の中央で身支度されているレオを見ていたブレットが振り向く。

遥斗を見て軽く目を瞠った後、優しげに蒼色の双眸を細めた。

「ハルトはこの国の女性より細身で小柄だから子供用を用意したが、サイズは合っているようだな」

「サイズは問題ないんですけど、これの結び方がわからなくて……」

　種族が違うのだから仕方ないが、子供用と聞き複雑な心境になりつつ、青いタイを渡す。

「これはリボンタイだ。こう結ぶ」

　ブレットがタイを遥斗のシャツの襟元に滑らせた。人間の手と同じような骨格を持っているためか、ブレットの指は器用にタイを結んでいく。

「これでいい」

「ありがとうございます」

「ストレートのネクタイも用意したんだが、思った通り、ハルトにはリボンタイの方が似合うな」

　姿見は今、レオが使っているため自分では確認することは出来なかった。けれど、この世界の住人であるブレットがいいと言うのなら大丈夫だろう。

「ブレット様、神様のお支度が整いました」

　シェリーがブレットの前に進み出て頭を下げる。

　ブレットの後に続き、四角いスツールにお座りしたレオの元に移動する。

　レオは遥斗の顔を見ると、安心したように「ワンッ」と弾んだ声で鳴いた。

　その頭を撫でようとして改めてレオの格好を確認し、目を見開いてしまう。

　薄茶色のポメラニアンの男の子であるレオは、花嫁衣装に近い真っ白なドレスを着せられていたのだ。

　薄いレースを重ねたドレスは裾に刺繍が施され、散らしたパールが控えめに輝いている。風呂に入る時に外した青い首輪の代わりのように、首にもパールのネックレスをつけられ、頭にはベールまで被らされていた。

　これは少々やりすぎな気がする。

　遥斗はブレットにそっと耳打ちした。

「ブレット、あの……、レオも男の子なんです。もう少し、控えめな服にしていただくことは出来ませんか？」

「そうだったのか。可愛らしいご容姿をされていたものだから、てっきり……。シェリー、ちょっと来てくれ」

ブレットはすぐさまシェリーを呼び寄せ、服装の変更を伝えてくれた。

けれど、レオのサイズに合う服をすぐに用意することは難しいと返されてしまい、せめて、と頭のベールだけは外してもらった。

「今日はこれでいいだろうか？　神に合った服は、これから急いで仕立てさせる」

これまで会った獣人たちは、皆大柄だった。女性のシェリーも遥斗より身長が高い。遥斗用の服は子供服で代用出来たそうだが、レオのサイズに合う服はなかったらしく、今着ているドレスも昨夜慌ててメイドたちが仕立て直したという。

事情を説明され、遥斗はレオを抱き上げた。

「せっかくのドレスを汚したり破いたりしたら申し訳ないので、僕がレオを抱いていきます」

「頼む。では、王の待つ広間へ向かおう」

レオは着慣れない服にやや居心地悪そうにしていたが、大人しく抱かれていてくれた。

一晩を過ごした部屋を出て、長い廊下を行く。廊下の先に現れた階段を上り、また進む。

最後に角を曲がり、廊下の中央左手にある、大きな扉の前でブレットは足を止めた。

両脇に立っている門番であろう騎士に声をかけると、扉が開かれる。

ブレットに続き入室すると、いっせいに視線が自分に集中するのを感じた。

広間というだけあり、室内はとても広かった。学校の体育館ほどだろうか。天井も高く取られ、上方にある窓ガラスからは朝日が差し込み、室内を明るく照らしている。

太い円柱が規則正しく並び、その真ん中に深紅の絨毯が道筋を作るように敷かれていた。絨毯の先には五段ほどの短い階段があり、頂上に置かれた玉座に真っ白な毛並みを持つ獣人が悠然と腰掛けている。

おそらくあの獣人がこの国の王なのだろう。

遥斗はそう見当をつけ、ブレットの後ろについて絨毯の道を行く。

絨毯の両脇には、この国の重鎮であろう獣人たちが五十人ほど立っていた。

遥斗の姿を見ると皆一様に顔を歪め、「異形の者だ……」と囁く声が聞こえてくる。次に遥斗に抱かれているレオに視線を移し、「あのお方が神か！」と興奮した口調で呟き合っていた。

レオに向けられる視線はともかく、遥斗を見る獣人たちの視線はやはり歓待しているものではなく、まるで怪物を見たかのような好奇と侮蔑の入り混じったものだった。

獣人たちの視線が痛く、遥斗は俯き加減で進んでいく。

ブレットは玉座のある階段下にたどり着くと、その場に片膝をつき頭を垂れた。

遥斗はどうしたらいいのかわからず、立ったままペコリとお辞儀をする。

「アドニス王、神をお連れいたしました」

ブレットの言葉に王が立ち上がる。そして階段を下りてくると、躊躇うことなく遥斗の前で跪いた。

「神よ、私はイガルタ王国の国王、アドニスと申します。どうか、我が国にお力をお貸しください」

最高権力者であるアドニスが神に膝を折ったのを見た獣人たちは、王にならいその場で跪く。

この場にいる獣人全員に頭を下げられ、遥斗は戸惑いがちに広間を見回した。

いつまで経ってもアドニスは頭を上げようとしなかったため、困ってしまった遥斗は、ブレットに視線で助けを求める。

合図を受け、ブレットはそっとアドニスに近づき耳打ちした。

何を言ったのかは聞き取れなかったが、アドニスはようやく立ち上がってくれ、レオに一礼し、そして遥斗に目を止める。

アドニスは純白の長い被毛と、茶色の瞳を持つ獣人だった。その姿はどの獣人よりも威厳があり、けれど他者を威圧するような空気は纏っておらず、ゆったりとした仕草から穏やかで聡明な印象を受けた。

「貴殿が神のお言葉を我々に伝えてくださる従者か？」

アドニスに尋ねられ、先ほど部屋でブレットが話してくれた仮説を思い出した。ブレットは国王に直接あの仮定の話をしてくれたようだ。

「有村遥斗と申します」

「貴殿は我々とはずいぶん異なる姿をされている。けれど、神は貴殿にだけはお心を開いておられるご様子。従者というよりも、神の信頼を受けた守護者といったところか」

『守護者』という聞き慣れない単語に戸惑ったものの、『飼い主』も一種の『守護者』だと思い「はい」と答えた。

アドニスは遥斗に微笑（ほほえ）みかけ、再び頭を垂れる。

「何かお望みのものがございましたら、なんなりとお申しつけを。神の守護者ならば貴殿も大切な客人。アドニス＝イガルタの名にかけて、丁重におもてなしいたす」

「あ、ありがとうございます」

昨日今日と、散々な対応をされていたため、ブレットが言ったように、アドニスが王たる器を持った人物であることに安堵する。

彼なら冷静に話を聞いてくれそうだ。

遥斗はいつ切り出そうか機会を窺うが、そうこうしているうちにアドニスは広間に集まっている獣人たちに向かって宣言した。

「私の客人である、神とその守護者を手厚くもてなすように」

あちこちで了承を示す声が上がる。

「貴殿の安全は私が保障する。しかし、貴殿のその姿は、どうしても皆の視線を集めてしまうでしょう。広いお心で、どうかご容赦を」

アドニスは最後にレオにもう一度深々とお辞儀を

し、そのまま広間を出ていこうとした。

遥斗は慌てて追いかけようとしたが、数人の護衛であろう獣人に取り囲まれ、アドニスの姿が見えなくなってしまう。護衛の獣人たちは大柄で物々しい雰囲気を醸し出しており、彼らを押し退けて声をかける勇気が出なかった。

——どうしよう……。

遥斗がその場に立ちすくんでいると、ブレットが傍に歩み寄ってきた。

「謁見はこれで終わりだ。部屋へ戻ろう」

「……はい」

獣人たちの突き刺すような視線が気になってしまい、ひとまず部屋に戻ることにした。

その道中も、使用人らしき獣人とすれ違うたびにチラチラと好奇の目を向けられる。

彼らの反応から、改めてこの国に人間は自分しか存在しないのだと痛感した。

部屋の前まで来ると、ブレットが扉を開けてくれ、その隙間から室内へと入る。すぐに部屋の様子が先ほどと変わっていることに気づいた。

「ブレット、なんだか色々とものが増えているんですけど……」

「王の元へ行っている間に、運び込むように言っておいたのだ。大部分は神のためのものだが、ハルトのために揃えたものもある」

「え？　僕のために？」

「まずはあれだ」

ブレットが指さした先に、レオのものより二回り小さいベッドがあった。

「今朝の騒ぎのことをシェリーに詳しく聞いた。昨夜は床で寝ていたそうだな。私はベッドを用意するように伝えたつもりだったが、言葉が足りず、不便な思いをさせてしまった。すまなかった」

「そうだったんですか……」

「他にも、そちらの衣装ダンスにはハルトの着替えを入れてある。普段着から正装まで一通り揃えたが、足りないものがあったら遠慮せずに言うといい」

「ありがとうございます」

ブレットと遥斗が話している間に、レオはおもちゃのボールを見つけたようだ。自分の頭くらいの大きさのボールを鼻先で押して転がし、後を追いかけ遊び始める。

無邪気なその姿に、王との謁見で必要以上に入っていた力が抜けていく。

「ブレット、色々とありがとうございます」

「どうした、改まって」

「昨日も今朝もそうですが、さっきも、王様に口添えしてくださったんでしょう？」

「私は自分が考えた仮説を国王にお伝えしただけだ。私の話を聞き、判断したのは国王自身。我が王は、見た目だけでその者の真価を問わないお方だからな。だから私に礼を言う必要はない」

その言葉を聞き、彼が国王であるアドニスのことを心から尊敬し、仕えていることが伝わってきた。

まだ出会ってから日は浅いけれど、ブレットのことは信用出来る人物だと思い始めていた。そんな彼が忠誠を誓うのだから、やはりアドニスも立派な人柄なのだろう。

それなら、遥斗が元の世界に帰してほしいと頼んだら、すんなりと了承してくれるかもしれない。

事実を伝えるなら早い方がいい。

そう思い、ブレットにアドニスとまた会わせてほしいと頼もうとした。

けれどその時、レオがこちらに向かって勢いよく駆けてきた。

「ワンッ」

足元を見ると、ボールが転がってきている。

期待した顔でこちらを見ているレオに向かって、それを軽く蹴り出す。

ボールの周りをクルクル回りじゃれついているレオの姿は、本当に可愛らしい。

「レオに皆さんが優しくしてくれてよかった」

「……自分はあんな扱いを受けているのにか？」

遥斗は少し考えてから本心を告げる。

「レオが楽しそうに遊ぶ姿を見ていたら、自分でよかったと思いました。辛い思いをするのは、僕だけでいいです」

ブレットが目を細め、同意するように頷いた。

「守る者の強さを、ハルトは持っているのだな。その志は、騎士道にも通じるものがある。私は自分と同じ信念を持つハルトを信じる」

そう言うと、ブレットは唐突に腰に下げていた剣を引き抜いた。

いきなり武器を出され、びっくりして後ずさりしてしまう。

「ブ、ブレット!?」

何か怒らせるようなことをしてしまっただろうか。

不安になっている遥斗の前に、彼は片膝をつき、剣の柄を右手で持ち切っ先を左手の甲に乗せた。

抜き身の剣を顔の前に掲げたブレットは、真っ直ぐに青い双眸を遥斗に向ける。

「正式に誓う。私が神とハルトをこの身に代えても守る。イガルタ王国騎士団長の名にかけて」

どこか覚悟の滲むブレットの眼差しに、遥斗は息を詰める。

初対面の時にも、ブレットに誓いを立てられた。けれど、その時と今では重さが違うような気がする。気軽に返答出来ない雰囲気を感じ、遥斗は目を瞬かせる。

ブレットがこの誓いを立てたのも、レオを神だと思っているからだ。

神であるレオがいれば、この国に蔓延している病を撲滅出来る。そのためには通訳の遥斗が必要。それはブレットからも説明されている。

それだけ切迫した状況に、この国は陥っているのだ。

――早く、誤解を解かないと……。

「ブレット、あの……」

レオは神ではないんです、と続けて言おうとしたのだが、遥斗が狼狽えているのに気づいたブレットが、気弱さの滲む声音で尋ねてきた。

「……私では不満があると？」

「い、いえ、そういうわけでは……」

「なら、頷いてくれ。私に守られると」

じっと見つめられ、切実さすら窺わせる瞳に負けて、遥斗は了承してしまう。

「………はい」

「これで誓約が成り立った」

「え……っ？」

――誓約って……。

まだ跪いたままのブレットの銀色の被毛に陽光が反射し、キラキラと輝いている。

どこからどう見ても恐ろしげな狼の顔をしているというのに、ブレットは安堵したような、嬉しそうな顔をしていて、結局遥斗はまたも事実を告げるタイミングを逃してしまった。

＊＊＊＊＊

この世界に来て、十日が過ぎた。

レオは神と呼ばれ、獣人たちに手厚くもてなされている。レオ本人も、最初は環境の変化に戸惑っていたようだったが、遥斗が傍にいることもあり、徐々にこの世界での暮らしに慣れ始めていた。

国王であるアドニスが、遥斗を客人として扱うよう命令を下してくれたため、乱暴なことはされない。

しかし、護衛であるブレットと、部屋の雑用を行ってくれているメイドのシェリー以外の獣人たちは、相変わらずよそよそしかった。

他の獣人たちと廊下ですれ違っても、極力目を合わせず、逃げるように去っていかれる。好奇の目や不気味なものを見るかのような奇異の目を向けられることもある。

けれど近頃は、もし自分が逆の立場だったらと考えられるようになった。

これまで見たことのない生き物に遭遇したら、誰だって驚き、時には恐怖すら覚えるだろう。それは仕方ないことで、けれどそうした反応も、時間が経てば薄れていくはず。

そう思い、なるべく獣人たちの対応は気にしないように努めていた。

遥斗はこのところ、城の図書館に通い詰めている。

それは、この世界のことを知るためだ。

遥斗はアドニスとの謁見が終わった後、ブレットに元の世界にはどうやったら帰れるのか尋ねた。

彼から返ってきた答えは「それは難しい質問だ」というものだった。

以前、神を召喚する儀式を教えてくれたのは、テオタート王国の鳥の獣人だとブレットは言っていた。

元の世界に戻る方法があるとすれば、それを知っているのは鳥族の神官のみ。けれど、神官たちは鳥族の中でもとても神聖な存在とされており、コンタクトを取るだけでも様々な手順を踏まなければならないそうだ。

現に、イガルタ王国が召喚の儀式について教えを求めた時も、三年もの間、待たされたそうだ。

それを考えると、たとえ元の世界に戻る術(すべ)があったとしても、それを知るためには年単位で時間がかかると言われた。

その話を聞いた時、遥斗は目の前が真っ暗になるような錯覚に陥った。

元の世界に戻れる許可が出ても、最低でも三年はこの世界で暮らさなくてはならないのだ。かといって、鳥族以外に術を知る者はなく、彼らに頼るしかないと言われ、遥斗は愕然とした。

三日三晩、自分の身に起きた出来事を悲しみ、悩み、そして考え方を変えた。

元の世界に帰りたいと嘆くばかりでは何も変わら

ない。

どうせしばらくこの国にとどまることになるのだから、それならここでの暮らしに早く慣れようと思ったのだ。

まず手始めに、この世界のことをブレットに詳しく教えてもらった。

それによると、この世界には四つの国が存在し、中央に位置するのが狼の獣人が治めるイガルタ王国。それを取り囲むように、鳥の獣人が治めるテオタート王国、狐(きつね)の獣人が治めるヘスナムカ王国、虎の獣人が治めるアスクト王国が隣接し合っている、海に囲まれた広大な大陸世界だという。

それぞれの国同士は基本的に不干渉で、特にテオタート王国とヘスナムカ王国に至っては、鎖国状態だという。

交流もなければ大きな諍(いさか)いもなく、二千年ほど前から四つの種族が一つの大陸で共生してきたらしい。

そして、この世界にも地域差はあれど元の世界と同じように四季があると教えられた。今は秋で、木木の葉が散り終わり枯れ木になると厳しい冬がやってくる。この国は山々に囲まれた地形のため、他の三国よりも積雪量が多いそうだ。その代わり夏はそれほど暑くなく、冬以外は過ごしやすい気候に恵まれているという。

遥斗は次に、狼の獣人の生態について観察することにした。

文化や生活様式は、十九世紀の西洋と似ているようだった。電気や自動車はなく、明かりは蠟燭を灯したランプが主で、移動手段は馬車だった。

服装は、男性はクラシックな形のスーツで、女性は裾の長いワンピース。職業や身分によっても纏う服が違っている。

ブレットは王国の騎士団長を務める傍ら、マクグレン男爵家の家長らしく、家名が示す通り貴族でもあるそうだ。それを聞き、この王国には身分制度があることを知った。

貴族たちは主に王国の政（まつりごと）に携わる仕事をしているそうで、他の平民に分類される獣人たちは、シェリーのように城で下働きをしたり、街で商いを営んだり、田舎の方では農業や酪農といった仕事をして生活しているそうだ。

さらには金銭の概念も人間社会と同じで、何か物を売買する時にはイガルタ王国の通貨を使用して行うという。

ブレットからこの王国内の獣人の一般的な生活を聞き、これまでの世界と似たところが多いことに驚嘆した。

つまり、獣人たちは生きるために狩りを行う狼というより、知性を持ち人間同様に生活を豊かにするために労働を行っていたのだ。

獣人の平均寿命も人間と同じ程度だった。稀（まれ）に百歳を超す者もいるそうだが、だいたい八十歳前後で寿命を終えるらしい。

亡くなった同胞のために葬儀をし、集団墓地に埋葬も行っているという。

彼らは姿は狼に似ているが、思考や行動面では人間に近かった。

ブレットから一通りの説明を受けた後、遥斗は書物を読みたいと頼んでみた。

獣人やイガルタ王国のこと、果てはこの世界についてもっと知るために、専門書を読もうと思ったのだ。

遥斗の頼みを、ブレットは快諾してくれた。

そうして遥斗は連日、図書館に通い始めた。

「ふう……」

遥斗は人気（ひとけ）のない図書館で、本を閉じため息をつく。

城の図書館というだけあって、ここにはかなりの蔵書が並んでいる。

今読んでいたのは、テオタート王国について書かれた希少な文献で、もしかしたら何か元の世界に帰るためのヒントが書かれているかもしれないと思い手に取ったのだが、期待したような情報は得られなかった。

「まあ、そう簡単には見つからないよな」

「何を探してるんだ？」

「わっ⁉」

遥斗が独り言をこぼした時、後ろから声をかけられた。

背後に、いつの間にか白い軍服に身を包んだ鈍い銀色の狼が立っていた。

「ブレット、いつからそこに？」

「ついさっきだが、驚かせてしまったようだな」

「全然、気配を感じませんでした」

「職業柄、気配を消すのが癖のようになってるんだ。……何を読んでたんだ？」

ブレットが身を屈め、遥斗の手元の本に視線を走らせる。

「テオタート王国について書かれた本か？」

「もしかしたら、元の世界に帰れる方法がわかるかな、と思って読んでみたんですけど、儀式そのものについては何も書かれてませんでした」

「儀式の様式は、口頭で伝えられているらしいからな。そもそも書物になっていないんだ」

「そうだったんですね」

遥斗はそっと本の表紙を撫でる。

確かに儀式のことはわからなかったけれど、テオタート王国について以前よりは知ることが出来た。読んだことは無駄ではなかったと思う。

「ハルトは勉強家なんだな。一日の大半をここで過ごしているし」

「そうですね、身体を動かすことも好きですけど、こうして本を読むのも同じくらい好きなんです。こっちの文字が読めて、本当によかったです」

イガルタ王国で使用されている文字は、遥斗の知っている日本語や英語などとは全く異なるものだった。しかし、召喚の儀式の時に織り込まれた術のおかげで、言葉に付随するもの……文字の読み書きも、違和感なく出来るようになっていた。

　このことは、この国について知る上で、とても役に立っている。

「勉強を中断してしまってすまないが、神が午睡から目覚めた。ハルトを探しているようなので、部屋に戻ってくれるか？」

「ちょうどきりがついたところだったので平気です」

　木製の机の上に積み上げた五冊の本を元の位置にしまってから、ブレットと共に図書館を出た。

　図書館の場所は、城の別棟にある。一度建物を出て、中庭を通る渡り廊下を経て城に入ることになるのだが、図書館のある東の棟を出たところで、複数の子供の声が聞こえてきて足を止めた。

　声のした先では、獣人の子供たちが八人ほど、ボールを蹴って追いかけたりして遊んでいる。

　毛色はそれぞれ違うが、顔立ちから貴族の子供たちであることが窺えた。

　これはブレットから教えてもらったのだが、同じ狼の獣人でも、身分によって血筋が違うそうだ。

　遥斗のいた世界の狼にも、住んでいる地域によって容姿や性格に違いがあった。人間にも日本人やアメリカ人などの人種の違いがあるのと同じことなのだろう。

　そして狼の獣人は、おおむね四つに大別されるそうだ。

　国王アドニスを始めとしたイガルタの王族は白狼（はくろう）と呼ばれる、やや長毛で純白の被毛を持つ種、貴族階級にある者は紅狼（こうろう）で、褐色の短毛に覆われ、手足が長くシャープな顔立ちと身体つきをしており、平民に当たる大多数の国民は黄狼（おうろう）で、薄い茶色の毛皮を持ち、個体差はあるものの一番小柄だという。

　そして、ブレットが団長を務める騎士団に所属する者は黒狼（こくろう）で、黒い被毛を持ち、他の獣人よりも体格的に秀でている、と説明を受けた。

　もちろん、身分の違いを越えて結ばれ、生まれた子供も多くいるため混血も存在するそうだが、外見からだいたいの身分がわかるという。

その説明を受けた遥斗は、首を傾げた。

黒狼であるはずのブレットは、鈍い銀色の豊かな毛並みをしているからだ。

ブレットも混血なのだろうか。

そう思い聞いてみると、彼が説明してくれた。

「騎士団長を務めるマクグレン家は、五代前に特例で爵位を賜ったのだ。貴族であれば、王族の血を引く伴侶を娶れる。私の母が王族縁の者で白狼だったため、黒狼の父の血と混ざり、このような毛並みになったのだろう」

「黒と白のブチではなく？」

「私は母の血が濃く出たのだろうな」

青い瞳も黒狼には珍しいらしいが、それも母親譲りだという。

以前、ブレットから聞いた毛色の話を思い出しつつ庭で遊んでいる子供たちを眺めていると、先を歩いていたブレットが途中で足を止めた遥斗の元に引き返してきた。

「ハルト、どうした？」

遥斗は子供たちを見つめたまま、口元に無意識に笑みを浮かべた。

「可愛いな、と思って。そういえば、ここに来て初めて子供を見ました」

「子供は必要時以外は城内に出入り出来ないからな。あの子供らはおそらく、王妃の見舞いに来た婦人たちに連れられてきたのだろう」

「お見舞い？　王妃様は体調を崩されてるんですか？」

そういえば、国王には会ったが、王妃には一度も会っていなかった。そのことをこれまで気にしていなかったが、病気で伏せっていたために謁見の時も姿を現さなかったのだろうか。

心配そうに尋ねた遥斗に、ブレットは虚を突かれたような顔をした後、わずかに表情を緩めた。

「心配いらない。産後のお身体を休めているだけだ。

アドニス王は王妃をとても愛していらっしゃるが、なかなか子宝に恵まれなくてな。半年前に初めて王子をご出産されたんだ。ややお歳（とし）を召してのご出産だったため、王の配慮でゆっくり養生されている」

　重い病ではないと聞き、ホッとした。

　遥斗の様子を見て、ブレットが再び口を開いた。

「ハルトは優しいな。会ったこともない王妃のことにまで、心を砕いてくれるなんて」

「だって、僕が衣食住に不自由なく過ごせているのは、王様が客人として扱うようにって言ってくれたからです。それに仕事柄、病気には敏感で……」

　そこまで話した時、中庭から悲鳴が上がった。

　視線を向けると、ボール遊びをしていた子供の一人が、地面に倒れ込んでいる。

　ブレットと遥斗は同時に駆け出した。

　ブレットの方が身のこなしが速く、遥斗がやや遅れて駆けつけると、子供を抱き起こしたブレットが見たこともないような険しい顔をしていた。

「ブレット、どうし……」

「子供たちを遠くへ。……死の病かもしれない」

「えっ!?」

　ブレットの腕の中で苦しそうに息をしている子供を見やる。

「ハルト、早く子供たちを建物の中へ。それと、誰か捕まえて、医師を呼ぶように伝えてくれ」

「は、はいっ」

　静かだがいつにない緊張感をはらんだ声音に、『死の病』がこの国で蔓延している件（くだん）の病気であると察し、急いで子供たちを城の中へと誘導する。

　そして近くを歩いていたメイドを呼び止め、子供たちを母親の元へ連れていってほしいこと、医師を中庭に連れてくるよう頼んだ。

　メイドは人間の遥斗に声をかけられ訝しそうな顔をしたものの、ブレットの指示であること、中庭にいる子供が死の病に感染した疑いがあることを伝えると、顔色を変えて従ってくれた。

メイドに伝言した後、すぐさまブレットの元へと戻る。

ブレットは軍服の白い上着を脱ぎ、ワイシャツ姿になっていた。上着で子供をくるみ、腕に抱いている彼に駆け寄る。

「ブレット、メイドさんにお願いしてきました」

「ありがとう。ハルトも離れているんだ。うつるかもしれない」

遥斗は表情を引き締め、制止を聞かずにブレットの隣に膝をついた。

「ハルト……！」

横から咎めるような視線と声が飛んできたが、かまわず子供の顔を覗き込む。

「僕は獣医師です。病気の子を放って自分だけ安全な場所になんていられない」

「ジュウイシ……？」

ブレットは聞き慣れない単語を怪訝そうに復唱してきたが、今はそれを説明している時間が惜しく、遥斗は躊躇うことなく獣人の子供に触れた。

苦しげに息をしているため、発熱していることが窺える。鼻水と目やにも見られた。

「たぶん、これは……」

「患者はどこだっ？」

遥斗がそこまで言った時、渡り廊下の方から数人の足音が聞こえてきた。

白衣に身を包んだ獣人を筆頭に五人、こちらに向かって駆けてくる。

そして中庭で子供を抱えているブレットを見て、ピタリと足を止めた。

「私は医師のフレイザーだ。患者の容態は……」

フレイザーの言葉に被さるように、子供が激しく咳込み出し、直後に嘔吐した。

さすがのブレットも驚いたようだが、子供を抱く手は緩まず、自分の上着で労るようにそっと汚れた口元を拭う。

遥斗も子供の上体を少し起こし、吐瀉物が喉に詰まらないよう介助した。

　ブレットと遥斗が子供を気遣っているというのに、医師と名乗るフレイザーは一向に様子を見にこない。

　訝しく思っていると、フレイザーが震える声で叫んだ。

「し、死の病だ！　この子供を早く隔離しろ！　いや、早く城から出すんだ！　王子に感染する！」

　フレイザーの言葉を受け、共に駆けつけた獣人がブレットに向かって呼びかけた。

「聞こえたか、マクグレン騎士団長！　その子供は死の病に犯されている。早急に城から出すように！」

「お待ちを。せめて、母親が来てから共に帰らせましょう」

「駄目だ！　一刻の猶予もない。ただちに城から出すんだ！」

「しかし……」

「王子の安全が第一だ！　騎士団長なら誰の命を優先すべきか、わかっているはずだろう？」

「……っ」

　ガチッと、隣から歯を噛みしめる音が聞こえてきた。ブレットは渋面を作り、子供を見下ろす。

　遥斗は黙っていられなくなり、子供を抱えるブレットの腕にしがみついた。

「ブレット、聞いてください。違います！」

「ハルト……？」

「この子は、死の病じゃありません。ケンネルコフ……つまり、ただの風邪です！」

「風邪？」

　コクリと頷く。

　けれど、ブレットはまだ半信半疑らしい。

「ハルトは死の病がどのような症状か、知らないだろう？　発熱と嘔吐、それが最初の症状だ。……残念ながら、この子供の症状に当てはまっている」

「確かに僕は死の病に罹(かか)った患者さんを診察したことはありません。でも、この子と同様の症状の患者さんは、たくさん診てきました。この子はただの風邪です」

「ただの発熱や咳だけなら風邪も考えられる。だが、それに加えて嘔吐したのなら……」

ブレットの指摘に、首を大きく左右に振る。

「さっきの嘔吐は、元々の病気からくる症状ではありません。激しく咳込んだために、嘔吐が誘発されただけです。だから、この子はただの風邪です」

ブレットがハッと目を瞠る。

何かを確かめるように遥斗の瞳をじっと覗き込み、そしてゆっくりと口を開いた。

「その見解に、どれほどの自信がある？」

「ほぼ十割です」

「……万が一、間違っていたら、城の中に死の病を持ち込むことになりかねない」

その言い回しに、自分の診断を却下されると思ったが、ブレットが口にしたのは、遥斗の不安を打ち消すものだった。

「だが、私はハルトの診断を信じる。ハルトは実際にこの子供の容態を近くで確認している。対して、フレイザー医師は近づきもしていない。その状況では、正しい診断も出来ないだろう」

ブレットは子供を抱いたまま、東の棟へと向かう。

「マクグレン騎士団長、方向が違うぞ！」

「この子供は死の病ではないようです。ですが万が一を考え、城内ではなく、東の棟で回復するまで看病します」

「死の病でないと、どうして断言出来る？　それに、万が一を考えたら、外に連れ出した方が確実に危険を遠ざけられるではないか！」

棟へと続く扉の前でブレットが足を止め、上半身だけで振り返る。

「私はイガルタ王国を守るための騎士。それは広義に、イガルタの国民を守ることに通じています。私は間違った判断で病に罹った年端もいかぬ子供を、たった一人で城外へ放り出したくない。子供一人守れずに、騎士団長は名乗れません」

フレイザーが怒りの形相を呈し、喉の奥からうなり声を上げる。

野生の狼そのものの険しい表情に、遥斗は本能的な恐怖を感じた。

しかしブレットはフレイザーを無視し、東の棟の扉を開けた。

「その子供が死の病だった時、貴様は騎士団長の職と爵位を剝奪され、罪人として処刑されるかもしれんぞ！　それも覚悟の上なのか!?」

背中にかかったフレイザーの声に、ブレットは振り向かぬまま答えた。

「無論、覚悟の上です」

「国王にはありのまま報告させてもらう。王族専属の医師である私より、その異形の者の進言に耳を貸したことを、後悔しないといいがな！」

ブレットはもはやフレイザーの言葉に耳を傾けてはいないようで、さっさと棟の中へと入っていく。

遥斗もブレットを追うためその場を離れた。


棟の中に入ると、図書館の管理人を始め外の騒ぎを聞きつけた獣人たちが、遠巻きにこちらを見ていた。死の病を恐れてか、誰も近づいてはこない。

「この子供は死の病ではない。しかし、死の病を疑う者は、即刻この棟より退避しろ。回復まで、ここで治療を行う」

ブレットの発言に、物陰から様子を窺っていた獣人たちがいっせいに扉へ向かって駆け出す。

しばらくは棟を出ていく獣人たちの足音が響いていたが、彼らが去ると周囲はシンと静まりかえった。コトリとも物音がしない。棟にいた獣人は全員避難したようだ。

「ブレット……」

ブレットは誰もいなくなった棟内を、子供を抱いたままゆっくりと進んでいく。

「そう不安そうな顔をするな。お前にそんな顔をされたら、私まで不安になる。自信があるんだろう？」

「はい」

「それなら、己を信じていればいい。私もハルトを信じる」

ブレットにそう言われ、胸に温かいものがこみ上げてくる。

正直に言うと、遥斗はブレットのことを、仕事だから仕方なく自分の近くにいるのだと思っていた。他の獣人たちと比べれば信用していたが、もしこれが逆の立場で同じ状況に陥った時、ブレットの言うことを迷いなく信じられるかと問われれば、即答は出来なかっただろう。

けれど、ブレットはそれを実行してくれた。

フレイザーの言うように、もし遥斗の診断が誤りでこの子供が死の病に罹っていたとしたら、彼も罪に問われる。そうなった場合、ブレットは全てを失う。

それでも、彼は信じてくれた。

会って間もない、人間である遥斗のことを……。

遥斗はあの日のことを思い出した。

王との謁見が終わった後、ブレットが立ててくれた誓いを。

『私が神とハルトをこの身に代えても守る。イガルタ王国騎士団長の名にかけて』

その言葉と情景を思い出し、胸が打ち震えた。

あれは、彼の決意の表れだったのかもしれない。

何があっても、遥斗を守るという。

あの言葉は、遥斗を一個人として心から信頼してくれたからこそのものだった。遥斗が神の従者だからという理由だけではなかったのだ。

己の認識が間違っていたことを、この時ようやく気づいた。

「……ごめんなさい」

「なぜ謝る？　何も悪いことはしていないというのに。……謝るのは、私が処刑台に括(くく)りつけられた時でかまわない」

不穏な単語に、ビクリと身体が揺れる。

やはり、ブレットも遥斗の診断を少し疑っているのだろうか？

　不安そうに瞳を揺らしながら怖々隣の男を見やると、ステンドガラスから差し込む色とりどりの光を銀色の毛並みに反射させたブレットが、口元をフッと緩めた。

「冗談だ。笑ってくれ」

「……ブレットも、冗談を言うんですね」

「ごくたまにな。面白味のない堅物だということは自覚してる。冗談を言っても冗談だと取ってもらえないことが多いから、普段はあまり言わないようにしている」

「なら今はどうして？」

「ハルトがあまりにも悲壮な顔をしていたから、笑わせたかったんだ」

　耳に心地よい美声の中に甘い響きを感じ、そんなはずはないのにまるで口説かれているような錯覚に陥る。微かに紅潮した頬を隠すように手で擦り、慌てて目を逸らす。

「そんなに悲壮な顔してました？」

「ああ。ハルトの顔には毛皮がないからか、些細な表情の変化もよくわかる。鈍感だと言われる私には、ありがたいことだが」

「鈍感？　そうなんですか？」

　勘はよさそうだけれど……。

「そうらしい。女性から何度も言われたことがある」

「恋人、とか？」

「まあ、そうだ。おかげで二十九歳になってもツガイが持てず、独り身だ」

　確か獣人も人間と同じように年齢を数えると聞いた。ということは、ブレットは遥斗よりも一つ年上ということになる。

　二十九歳なら、恋人の一人や二人、これまでにいてもおかしくない。遥斗自身、今まで何度か女性とつき合った経験はある。

　けれど、なぜだろう。ブレットに特別な人がいたと聞き、複雑な心境になってしまう。

急に口を閉ざした遥斗を、ブレットは不審に思ったようだ。

足を止め、顔を覗き込んでくる。

「どうした？　何か気になることでも？」

「い、いえ。ただ、意外だなって思っただけです。騎士団長ブレット、女性からもてそうなのにって。騎士団長だし、貴族だし」

「それはハルトが同じ男だからそう感じるだけだろう。男は強い者に憧れを持つ。騎士団の部下たちには慕われていると思うが、私は身体が人一倍大きいからな、女性たちからは怖がられて遠巻きにされている」

「そんなこと、ないと思いますけど……」

現に過去に恋人がいたわけだし……。

だが、その言葉はなんとなく口にしづらく、胸の中に止めておいた。

ブレットは遥斗の言葉をお世辞と取ったようで、一言礼を言い、話を終わりにした。


東の棟はさほど広くはないが、五階建てで高さがある。

遥斗がよく利用している図書館は一階にあるため、上の階には行ったことがなかったが、主に他国の賓客を招いた際の客室となっているようだった。

外観と同じく中も石を積み上げて建てられており、頑丈な造りになっている。

ブレットは階段を上がってすぐ右手にある一室に入った。

遥斗とレオが使わせてもらっている部屋に比べるとやや狭いが、病人を休ませるには問題のない設備が整っている。

ブレットがシーツを剥いだベッドに子供を寝かせ、遥斗は改めて子供の診察を行う。

体温計がないためどれほどの熱が出ているかはわからないが、呼吸の状態から平素よりも高いことが窺える。聴診器があれば肺の音も確認出来るが、ここにはない。時折、ケッケッと乾性の咳をしている。

やはり、ケンネルコフで間違いなさそうだ。

一通り診察を終え、毛布をかける。

後ろで静かに控えていたブレットが、眠った子供を起こさぬよう、いくぶん潜めた声で尋ねてきた。

「どうだ？」

「最初の診断通り、風邪ですね。安静にして消化にいい食事を摂らせ、水分を多めに与えればよくなるでしょう」

「そうか」

遥斗の説明を聞き、ブレットも安堵したようだ。

「本当は二次感染の予防のために、抗生剤を内服させたいところなんですけどね」

苦しそうに呼吸しながら眠る子供の頭をそっと撫でる。

ブレットがイスを持ってきてくれたので、ベッドの傍らに腰を下ろした。

「この風邪は人間にはうつらないものなので、僕がこのまま傍で看病します。抵抗力があると思うのでうつりにくいでしょうが、念のため、ブレットは外に出ていた方がいいかもしれません」

「いや、いい。私も共に残る」

「でも、お仕事が……」

「私の仕事は、ハルトの護衛だ」

ブレットも隣にイスを置き座った。

どう言っても出ていきそうにない気配を感じ、それ以上は言わないでおいた。

「ハルトは何者なんだ？　先ほど『ジュウイシ』と言っていたが、それは医師とは違うのか？」

「ええっと……、僕がいた世界では、僕のような姿をしている人間を診る人を医師、動物を診る人を獣医師と区別して呼んでいるんです」

「ドウブツ？」

「四足歩行する、毛のある生き物のことです」

「ああ、兎（うさぎ）などか？」

「そうです」

この世界には、二足歩行しない動物もいる。獣人の姿を持つ狼・虎・鳥・狐以外の動物は、この世界でも四足歩行だ。ただし、遥斗の世界にいた動物全てがこの世界にいるわけではないようで、調べたところ犬や猫は存在していなかった。おそらく他にも存在しない動物がいるだろうと推測される。

「僕は獣医師だから、人間の病気は診られません。ですが、人間より動物に近い身体を持っているこの国の人たちの治療なら、出来るんじゃないかと思ったんです。……気を悪くさせてしまったら、すみません」

　普段、メイン料理として食卓に並ぶ兎と同列に語ってしまったことに、言った後で気がついた。

　失礼なことを口にしてしまったのに、ブレットは頭を左右に振っただけで、怒ってはいなかった。

「かまわない。ハルトがいた世界とこの世界が別物だということはわかっている。定義や常識も違って当然だ。それよりも、ハルトがジュウイシで、この子供に正しい治療を施せることが幸いだ」

　彼はこういう人だった。

　遥斗は改めてブレットの寛容さを実感した。

　それと共に、ブレットにまだ伝えていないこと……レオが神ではないと言っていないことが、心に重くのしかかる。

　自分を信用し、自らも感染するリスクを省みずに協力を申し出てくれた彼に、誠実でありたい。

「ブレット、あの、レオのことなんですけど……」

「大丈夫だ、レオ様には別の護衛を手配する」

「ありがとうございます。えっと、レオのことで、言っておきたいことが……」

　遥斗が切り出そうとしたところで、ベッドの中の子供が激しく咳込む。嘔吐を警戒し、子供の上半身を起こし背中をさすった。

　しばらくすると吐くこともなく咳が止み、高熱のためぐったりしている子供をベッドに寝かせる。

「落ち着いたようだな。少しこの場を離れてもいいか？　レオ様のことを部下に頼んでくる」

「はい、お願いします」

「すぐに戻る。この子が寝ている間は、ハルトも休むように」

子供を起こしてしまわないよう、潜めた声で告げ、ブレットは部屋を出ていった。

――言えなかった……。

レオのことを。

早くこの胸のつかえを取ってしまいたいのに。

このままだと、ブレットに隠し事をしているようですっきりしない。

自分を信頼してくれている彼に、申し訳ないと思った。

ブレットは、他の獣人たちとはどこか違う。

初めて見たであろう人間の遥斗に対しても、彼ら獣人と接するのと同じく対等に扱ってくれる。

人間だとか獣人だとか動物だとか、そういう括りで判断しない人なのだ。

――僕も、見習いたい。

姿形が違うからといって、それだけで相手を判断しないブレットの姿勢を。

そして、先ほど死の病の疑いがある子供に、迷わず駆け寄り手を差し伸べた強さを。

ブレットのおかげで、命の尊さを再認識出来た。

――獣医師として、僕にも彼らの役に立てることがあるかもしれない。

遥斗はこの時、この国の獣人たちのために、力を貸そうと決意した。

＊＊＊＊＊

中庭で倒れた獣人の子供の看病に当たって、五日が経過した。

食欲があったため、栄養が摂れたことが幸いし、東の棟に入った翌日には熱も下がり嘔吐も見られなくなった。

三日が過ぎると元気も出てきて、ベッドの上で飛び跳ねて遊んだりと、本来のやんちゃな様子が見られ、遥斗も自分の診断に間違いがなかったことに安堵した。

四日目には母親に会いたいと言ってなだめても聞かず、遥斗もブレットも手に負えなくなってしまい、症状が落ち着いたことを伝え、母親に面会に来てもらった。

母親は四日ぶりに会う我が子の元気な姿を見て、涙を流して喜んでいた。

このまま母親と家に帰ってもいいくらいだったが、まだ時々咳が出ることもあり、大事を取ってもう一日だけ様子を見ることにした。

そうして今日、昼食を食べた後に子供は東の棟に迎えにきた両親に連れられ、帰っていった。

久しぶりに外に出て、太陽の下を小走りに駆けていく獣人の子供の姿は、人間の子供とそう変わらない。

渡り廊下を駆け抜け、城に入る前に子供が振り返り、大きく手を振る。

それに遥斗も手を振り返して応えた。

子供の後を追う父親と母親は、最後に遥斗とブレットに向かって深々とお辞儀をし、城内へ入っていった。

これでようやく一段落した。

ふう、と嘆息すると、ブレットが身を寄せてきた。

近づくと香る、太陽の匂い。毎日シャワーを浴び身体を洗う習慣があるからか、獣人たちから獣臭を感じたことはなかった。けれど、人間とも違う、草原を彷彿(ほうふつ)とさせるような匂いをブレットから時折感じる。

その匂いが身近にあることに、だいぶ慣れてきた。

「五日間、よく看病してくれた。私からも礼を言う。ありがとう」

突然ブレットに頭を下げられ、遥斗も慌てて頭を垂れる。

「ブレットのおかげです。僕を信じて、一緒に看病に当たってくれて、ありがとうございました」

互いに礼を言い労い合った後、ブレットが城を指し示す。

「さあ、レオ様が待っている。部屋に戻ろう」

「はい。レオ、大丈夫かな。五日も会わなかったことなんてなかったから」

「私の代わりに、レオ様の護衛に当たっている部下から毎日報告を受けていたが、実際にその目で見ないと心配だろう」

「ええ。昨日はストレスからか部屋中を荒らしてしまったとも聞きましたし、心配です」

話している間にどんどん不安になってきて、遥斗は気持ち急ぎ足になる。

渡り廊下を行き、城へと繋がる扉を少し開けた時、隙間から薄茶色の毛玉が飛び出してきた。あまりの速さに、ブレットも反応出来なかったようだ。

毛玉は遥斗に気がつくと、足を踏ん張り地面を蹴って、腰の辺りに飛び込んできた。

「レオ……！」

「ワンッ！」

しっかりと抱きとめ顔の高さに持ち上げると、尻尾を千切れんばかりに左右に振るレオに、顔中をペロペロと舐め回された。

「ちょ、レオ、落ち着いて」

「クゥ、クウン」

甘えるように鼻を鳴らし、レオはなおも舐め続ける。

レオは、一人目の主人が事情により飼えなくなった後、遥斗の父親に引き取られた。その後、二人目の主人である父も亡くなり、遥斗の元へやってきた。二人の主人に去られたことが、レオの中でトラウマのようになっていたのかもしれない。

遥斗はいつになく甘えてくるレオを、思い切り抱きしめた。

「ごめん、レオ。寂しい思いをさせて。僕はレオを置いていなくならないから、安心して」

「キュウン……」

言葉ははっきりと通じていなくとも、レオは遥斗の気持ちを正しく受け取ってくれたようだ。

遥斗の腕の中で、少しずつ落ち着きを取り戻していく。

よしよし、とレオの小さな頭を撫でていると、廊下の奥からバタバタと慌てた足音が聞こえてきた。

足音の主は、扉の前に立つ遥斗とレオ、そしてブレットを見つけ、脱力したようにガックリと両膝をついた。

「パウロ、どうした」

「マクグレン騎士団長、すみません。先ほど、ちょっと扉を開けた隙に、神が飛び出していかれて……。無事に見つかって、安心したら力が抜けました」

「しっかりしろ」

ブレットは部下であろう黒い毛並みの獣人に手を貸し立ち上がらせ、彼を紹介してくれた。

「パウロだ。私の代わりにレオ様の護衛に当たってくれていた」

「遥斗です。レオがお世話になりました」

「いいえ、私が至らないばかりに、神にはご不便をおかけしたと思います。どうか、ご容赦ください」

普段、遥斗の近くにはブレットの他、メイドのシェリーくらいしか近寄らない。パウロにしても、顔に見覚えはあったが、こうして会話をするのは初めてだった。

パウロは遥斗を前にし、背筋を伸ばし緊張したように顔を強ばらせている。

悪気はないとわかっていても、そんな反応に少し寂しさを感じたが、獣人たちとはゆっくり、少しずつ歩み寄っていければいい。

パウロはブレットに護衛の任を引き継ぐと、本来の持ち場に戻っていった。

「今日はハルトもレオ様と二人だけで、部屋でゆっくり休むといい。私は隣室に控えている」

「ありがとうございます。あの、ブレットも、ゆっくり休んでください」

ブレットが微笑むように口角を持ち上げ、手をこちらに伸ばしてきた。

位置と角度から頭を撫でられると思ったのに、ブレットの筋肉質な腕は空中で止まり、そのまま遥斗に触れることなく離れていく。

それを残念に思っていることに気づき、そんな自分に動揺する。

そもそも、なぜこの流れでブレットが頭を撫でてくれると思ったのか。子供でもない、三十近い大人の考えることではない。

「部屋まで送る。行こう」

「……はい」

ブレットは被毛に覆われていない遥斗の顔を、表情がわかりやすくていいと言ってくれた。それは逆に言えば、獣人の表情は読みにくいということでもある。

獣医師としてこれまで色んな動物たちと接してきたが、人間のように裏表がなく思ったことが行動に出る分、動物の方が感情を読みやすいと思っていた。

しかし、狼の頭を持ちながら人間のような心を持つ彼らには、それが通用しない。

特にブレットは騎士という職業柄か、あまり大きく表情を動かさないため、考えていることがわかりにくかった。

ブレットが人間だったら、と思ったことなどこれまでなかったが、今は彼がもし人間だったら表情からもっと気持ちがくみ取れるのに、と思ってしまう。

獣人たちのことを、ではなく、いつしかブレット個人のことを、もっと知りたいと思うようになっていた。

＊＊＊＊＊

「やっぱり、駄目ですか？」

「ああ、許可出来ない」

ブレットの返事に、遥斗は肩を落とす。

ソファに力なく座った遥斗の膝にレオが飛び乗ってきて、胸に前足をかけた。

「元気だせ」と言われているような気がして、遥斗は小さな笑みを向ける。

先日、獣人の子供の風邪の治療に当たったことがきっかけとなり、遥斗はこの世界で獣医師として出来ることはないかと模索し始めた。

もちろん、ずっとこの国で暮らしていくつもりはなく、まだ元の世界に帰りたいと思っている。

けれど、現実問題、すぐに帰ることは不可能だ。

それなら、元の世界へ戻れる日まで、死の病の治療に当たろうと考えた。

獣医師として、病に苦しむ獣人たちを放っておけない。

それに、人間の自分を客人としてもてなしてくれたアドニスと、これまで幾度も助けてくれたブレットに、恩返しがしたかった。

こうして死の病と向き合う決意をした遥斗は、自身が獣医師という仕事に就いていたと知っているブレットに、まずは話をしてみることにした。

イガルタの医師では治療出来ない病も、異世界から召喚された自分なら、何か糸口を摑めるかもしれない。そのために、実際に死の病と呼ばれる疫病に罹っている患者の診察がしたいと申し出たのだ。

しかし、ブレットの答えは「否」だった。

ブレットの賛同を得られず、部屋のソファに腰掛けレオを抱いてうなだれる遥斗の前に、濃い影が落ちる。

顔を上げなくても、それがブレットであることがわかった。

ブレットはテーブルを挟んで向かいのソファに腰

掛けていたはずだが、わざわざ立り上がり、傍に来てくれたようだ。

けれど遥斗は、ありありと落胆しているとわかる顔をブレットに見られたら彼を困らせるだけだと思い、俯いたままレオの背を撫でる。

「ハルトの気持ちは嬉しい。けれど、死の病に罹った者に会わせることは出来ないんだ」

「……なぜですか？　僕はあなたたちとは違って人間だから、たぶん死の病には罹らないと思います」

「ハルトは大丈夫かもしれないが、ハルトを介して、神であるレオ様に感染する危険がある」

「……レオに？」

予想外の推測に、思わず顔を上げる。

ブレットは困っているでもなく、怒っているでもなく、ただ懸念事項のみを伝えてくる。

「レオ様も生身のお身体をお持ちだ。食事を必要とし、時には体調も崩される。テオタート王国の神官が言うところの、生き神という存在なのだろう。命あるものだということは、死の病にも罹る恐れがあり、レオ様が病に倒れてしまわれたら、イガルタ王国は神を失うことになる」

ブレットの心配もわかる。しかし遥斗は、レオが感染する確率はゼロではないが、かなり低いと考えていた。

「確かに、狼の姿をしているあなたたちが罹る病なら、眷属(けんぞく)の犬であるレオも感染する可能性があります。ですが、この病は幼児や老人が罹るのでしょう？　レオは八歳です。感染の危険は少ないと思います」

イガルタ王国の存亡を脅かしている死の病については、ブレットから詳しく教えてもらった。

遥斗が獣医師であるということから、より専門的なことも交えて説明されたところによると、罹りやすいのは主に幼児で、症状は発熱、食欲不振、元気減退、嘔吐、下血などで、稀に突然意識を失い、呼吸困難に陥り急死する者もいるが、病に罹ったうち八割の者が前述の症状をきたし、五日以内に死亡するという。

死の病は元々あった病気だが、約十年前より、爆発的な流行が始まり、次々に国民の命が失われているそうだ。

この事態を重く見た国王のアドニスは、流行の兆しが見えてすぐに王国内の医師たちに原因と治療法を探すように命令を下したが、どちらも不明のまま。

そのため、死の病に罹った場合は、熱冷ましや吐き気止めの薬草を飲ませ、安静にさせ自力での回復に望みをかけているらしい。だが、それらの対症療法も効果が薄く、気休め程度の治療にしかなっていないという。

実は、ブレットから死の病の症状を聞いた時、ある病名が頭に浮かんだ。

けれど、医師でもないブレットの話だけでは確信が持てず、病名を確定するためにも、実際に患者を診察したかったのだ。

なんとかして診察の許可をもらえないかと思ったのだが、やはり感染の可能性がゼロではない限り、患者に会わせることは出来ないと再度言われてしまった。

レオがこの国の人々の希望であることは、よくわかっている。

遥斗にとっても、レオは唯一の家族でかけがえのない存在だ。

しかし、死の病と同様の症状をきたす病名を思いついた今、何もせずにはいられなかった。

もし自分の予想が正しければ、助けられる命もある。一刻も早く病名を断定し、適切な治療法を国中の医師に伝えたい。こうしている間にも、先日、東の棟で看病した子と同じ年頃の幼い命が失われていってしまう。

それはブレットも同じ気持ちだろう。だが、立場上、イガルタ王国を救う神の安全を最優先させなければならない。

ブレットの気持ちもわかるだけに、遥斗はやきもきした。

　患者を直接診察出来なくても、何か方法はないだろうか。フレイザー医師に協力を仰ぎ、彼に診察を代行してもらうとか……。

　遥斗が頭の中で策を練っていると、ブレットが珍しくため息をついた。

「……どうしても、諦めきれないか？」

「はい」

「……死の病に伏せっている者には会わせられないが、奇跡的に回復したものの、後遺症に悩ませられている者になら、会わせることが出来る。それでもいいか？」

　遥斗が何度諭しても諦めそうになかったからか、ブレットが妥協案を提示してくれた。

　死の病に罹って間もない患者を診察出来ればベストだが、元患者を診られるだけでも、何も情報が得られないよりずっといい。

　遥斗は即答する。

「はい……！　是非！」

「今日はもう夕刻近くだ。明朝、向かうとしよう」

　遥斗は立ち上がり、おもむろにブレットの手を両手で握りしめた。

「ありがとうございます！」

　そのまま握った手を上下にブンブン振りながら興奮ぎみに礼を言うと、ブレットが眉間に皺を寄せた。

　その表情で、自分が断りもなく触れてしまったことに気づき、慌てて手を離す。

「す、すみません。嬉しくて、つい」

　手のひらには、まだブレットの手の感触が残っている。

　ブレットは遥斗とレオの護衛役に徹しているため、一日の大半をこの部屋で共に過ごしていた。遥斗が図書館に行くためにレオと離れる際は、基本的にブレットが遥斗に、パウロがレオにつく。

　夜も、夕食後の余暇時間が終わった後は、隣室で眠っていた。

これだけ長時間一緒にいるというのに、ブレットに触れたことは数えるほどしかない。

時折、偶然身体のどこかが触れ合いそうになることもあるのだが、ブレットの方からさりげなく距離を取られる。

遥斗はもう友人のような信頼関係が出来ていると思っているのに、ブレットが一線を引いたような態度を取るのはどうしてなのだろう。

――気持ち悪いって、思われてたらどうしよう。

ブレットは遥斗の容姿について、悪し様に言ってきたことはなく、いたって普通に接してくれている。けれど、もしかしたら、内心では嫌悪を感じているのかもしれない。

だから頑なに接触を拒んでいるとしたら……。

それを本人の口から聞くのが怖く、遥斗は少しでもブレットに嫌われないために、自分からも彼に触れないように気をつけていたのだ。


それなのに、つい嬉しくて握手をしてしまった。

ブレットは顔を被毛に覆われているため、細かい表情の変化は見受けられなかったが、微妙な顔をしていたように思う。

――失敗した。

遥斗は落ち込みつつも、ブレットの持つ思いの外柔らかい手のひらの毛並みの感触を思い出し、そっと両手を擦り合わせた。


翌日。

朝食を食べ終わるとすぐにブレットが用意してくれた馬車に乗り、遥斗は初めて城外へ出た。

今日はレオはパウロと共にお留守番だ。

レオは最後まで共に行きたがったが、道中、どこで死の病の患者と遭遇するかわからないので、安全を考えブレットと遥斗だけで外出することになった。

三頭の立派な馬に牽かれた馬車の中には、ブレットと遥斗の二人きり。それも、肩が触れ合いそうなほどの近距離で隣り合って座っている。

昨日、うっかり無断でブレットの手を握ってしまったことを気にしていた遥斗は、なるべく窓際に身を寄せ、車窓を眺めるブレットの横顔をこっそり観察する。

今朝、部屋を訪れた彼には、普段となんら変わったところはなかった。

しかし、城を出てからずっと、いつにも増してブレットは無口だ。

やはり昨日、不用意に触れたことで怒らせてしまったのだろうか。

遥斗は我知らずため息をこぼした。

するとそれを聞き咎めたブレットに「どうした?」と尋ねられてしまう。

澄んだ青い瞳は、雲一つない晴天を想起させる。

まるでガラス玉のような美しさの中に、血の通った生き物であることを窺わせる、遥斗への気遣いが滲んでいた。


ブレットが口にしないのに、昨日のことを蒸し返すようなことを言えず、頭を左右に振る。

「朝早く目が覚めてしまったから、少し眠いだけです」

「到着までもう少しかかる。それまで寝ていればいい。着いたら起こす」

「あ、でも、お城の外に初めて出たから、景色を見たいです」

寝かされそうな雰囲気に、慌ててそう言った。

ブレットは何も言ってこなかったが、わずかに上がった口角が、「子供みたいだな」と言っているようで、少し恥ずかしくなった。

遥斗は窓の外に視線を送る。

ちょうど城を取り囲む城壁の門を出たところで、民家らしい建物が見えてきた。

ブレットのような軍服でもなく、貴族たちが身につけている上物のスーツでもなく、いくぶん質素な身なりをした小柄な獣人たちが、いたるところで忙しそうに動いている。

　ここは王都と呼ばれる、イガルタで一番大きな街だという。

　街並みはヨーロッパの下町といった雰囲気で、道路は石畳で舗装され、建物も主に石材を使って建てられていた。家と家の間隔は狭く、密集している。

　馬車から見る景色は、そこに暮らす人間が獣人に変わっただけで、十九世紀頃の西洋の街並みと似ている気がした。

　物珍しさから窓枠にしがみつくようにして外を眺めていると、あっという間に目的地に到着した。

　そこは様々な店が並ぶ通りを奥に入ったところで、道を行く獣人の姿も少ない。にぎやかな客引きの声も届かず、閑静な住宅街のようだった。

「着いたぞ。降りよう」

　ある一軒の大きな屋敷の前で馬車が停(と)まると、屋敷の使用人だろう獣人がすぐさま出てきて外側から扉を開けてくれた。

「おかえりなさいませ」

「ご苦労」

　燕尾服(えんびふく)のようなスーツを着用した小柄な獣人は、胸に手を当て、恭しくお辞儀をしてブレットを出迎えた。

　知り合いの家なのだろうか？　でも、『おかえりなさいませ』って？

　疑問に思いつつ、遥斗もブレットに続き、馬車を降りる。

「摑まれ」

「……ありがとうございます」

　人間よりも平均身長が二十センチほど高い獣人に合わせ、馬車のステップも高めに作られている。ブレットが気を利かせ、腕を差し出してくれた。

　手を重ねようとして、昨日の出来事が思い出され躊躇(ちゅうちょ)し、結局服の上から腕に摑まらせてもらい馬車を降りる。

「皆、中で旦那様のお帰りをお待ちしております」

『旦那様』とブレットを呼ぶということは、ここは彼の屋敷なのか。そんなこと、一言も説明されていなかった。ここに到着するまでに言う機会などいくらでもあっただろうに、なぜだろう。

——言いたくない理由があったのかな。

遥斗は気になりつつも言及はせず、ブレットの後について屋敷の中へと入った。

「おかえりなさいませ」

「ああ、留守の間、ご苦労だった」

玄関扉を入ってすぐの廊下に、使用人であろう獣人たちが左右に分かれてずらりと並び、いっせいにブレットにお辞儀をする。ざっと数えただけでも、二十人はいた。

見たことのない光景に驚いて立ち尽くしていると、先ほど出迎えてくれた獣人がそっとブレットに歩み寄り、何事か耳打ちした。二言三言使用人に返した後、ブレットはこちらを振り返る。

「茶の準備もしてあるそうだが、昨夜帰宅の連絡を入れてから今まで、ずっと待っているそうだ。先に寄ってもいいか？」

「はい、馬車に乗っていただけなので、疲れてもいないから大丈夫です。でも、どなたに挨拶に伺うんですか？」

「私の弟だ。名はチェスター＝マクグレン。ハルトが診察したいと言っていた、死の病から回復した患者だ」

——ブレットの弟⁉

件の患者がブレットの弟だなんて、それも初耳だった。

遥斗が驚きつつも了承すると、ブレットは居並ぶ使用人たちの前を大股で通り抜け、そのまま二階へと続く階段を上り始める。部屋に向かいながら、チェスターについての情報を補足してくれた。

「チェスターは生後二ヶ月の時に死の病に罹患した。一命は取り留めたが、心臓に後遺症が残ってしまい、以来一日の大半をベッドで過ごしている。今年十五歳になったが、学校にも行けず、勉強も家庭教師を呼んで見てもらっている状態だ」

やがて階段を上りきると、ブレットが足を止めじっと見つめてきた。

そして、「ついでだから話しておくが」と、重々しく口を開いた。

「現在、私の家族はチェスターだけだ。元々身体の弱かった母は私を産んだ後、歳の離れた双子を出産した。けれど二人とも生まれてすぐに死の病に犯され女児の方は助からなかった。一命を取り留めた男児……チェスターも後遺症を患(わずら)い、それを気に病んだ母は娘の後を追うように亡くなった。父も、私が士官学校を卒業した直後に亡くなり、マクグレン男爵家は、私とチェスターの二人だけになったんだ」

「そう……だったんですか」

どう声をかけるのが正解かわからず、己の気の利かなさが歯がゆくなる。

それは、遥斗自身も同じ身の上だからというのが大きかった。人に気を遣われたくないし、遣わせたくない。天涯孤独であることを話すと気まずい空気が流れるため、必要がない限り言わないようにしてきた。

「やはり、そういう顔をさせてしまったか。優しいハルトを困らせたくなかったから、患者が私の弟だと言い出せなかったんだ」

「ブレット……」

「すまなかったな。だが、ハルトが気に病むことはないんだ。私はチェスターがいてくれて幸せだと思っているから」

ブレットのその言葉が嘘(うそ)でないことは、遥斗がよくわかっていた。

父が亡くなった時、レオがいたから立ち直れた。今もたった一人の家族として、大切に思っている。あの小さなポメラニアンが、遥斗の心の支えになってくれていた。

きっと、ブレットにとっての弟の存在が、遥斗でいうところのレオなのだろう。

　遥斗はやや迷った後、告げていた。

「……僕も同じです。僕の家族も、レオだけなんです。レオがいたから、両親の死も乗り越えられた」

　青い瞳が見開かれ、そしてフッと細められる。

「ハルトも、私と同じだったのか……」

　家族を亡くすという同じ痛みを抱えている者だからこその、重く、そして労るような声音。

　獣人と人間という種族の違いから、およそ共通点などほとんどないだろうと思っていたブレットと、この瞬間、目に見えない心の深い部分で繋がったような気がした。

「私の個人的な話で時間を取ってしまった。チェスターが待っている。部屋に行こうか」

「はい」

　ブレットに促され、二階に上がってすぐの部屋へと通される。

　入室してまず目に飛び込んできたのは、大きな窓一面に広がる、ブレットの瞳と同じ色をした青空。そして、時折彼からも香ってくる、太陽と瑞々しい緑の匂いを感じた。開け放たれた窓から扉に向けて、サアッと肌に心地よい風が吹き抜けていく。

　窓の前には、ダブルサイズのベッドが置かれ、上半身を起こし窓の外を見ていた細身の獣人がこちらを振り向いた。

　毛色は艶のある漆黒に、ところどころ銀色の毛房が筋のように入っている。

　その獣人はブレットの姿を確かめると、耳をピンと立て、嬉しそうに破顔した。

「ブレット兄様！」

「チェスター、加減はどうだ？」

　ブレットの歳の離れた弟であるチェスターは、尻尾を左右に振りながら両手を広げた。ベッド脇に歩み寄った逞しい兄の身体を、服の上からでもわかるほど痩せた腕で抱きしめる。

「いつ戻られるかと、心待ちにしていたんですよ！」

「ああ、待たせて悪かった。だが、これでも急いで来たんだ」

抱擁が終わると、ブレットはベッドに腰掛けた。

チェスターは兄に会えてよほど嬉しいらしく、軍服の上着の裾を握ったまま、まくし立てるようにしゃべり続ける。

「もうお城でのお仕事は終わったんですよね？　これからはちゃんと毎日ここに帰ってくるんでしょう？」

「手紙に書いただろう？　今日は異国の医師にお前の身体を診察してもらうために、いったん帰宅したんだ」

チェスターの表情がみるみる曇っていく。耳を伏せ、尻尾の動きも止まり、心底落胆したような顔になる。

先ほどとは一転、大人しくなってしまった弟の頭を、ブレットが優しく撫でた。

「チェスター、もう子供じゃないだろう？　ほら、ハルトにきちんと挨拶するんだ」

そこで初めてチェスターの褐色の瞳が遥斗の姿をとらえた。

目が合うとやや驚いたような顔をされる。おそらく、これまで見たことのない人間という種族が、物珍しかったのだろう。

しかしチェスターはやはりブレットの血縁者だけあり、遥斗の外見については何も触れてこなかった。

ぎこちないながらも微笑むように口元を緩め、自己紹介をしてくれる。

「初めまして。チェスター＝マクグレンです」

「こちらこそ初めまして。僕は獣医師の有村遥斗です。突然押し掛けてすみません。今日はよろしくお願いします」

「僕を診察してくださるのですよね？　どうぞ、こちらへお掛けください」

チェスターにベッド脇の丸イスを勧められ、腰を下ろす。

サイドテーブルには、たくさんの書籍が積んであった。

遥斗の視線に気づいたチェスターが、少し恥ずかしそうにしながら言う。

「散らかっていてすみません。ベッドにいる時間が長くて、本を読むことが唯一の楽しみなので……」

「僕も本が好きだから、気にしないで。チェスターくんはどんな本を読むの？」

「色々です。空想の物語も好きですけど、歴史の本、植物の図鑑……。最近はお土産(みやげ)でいただいた他国の本も、なんでも読みます。本を読む時間だけは、たっぷりあるから」

会話をしながら、遥斗は城から持ってきた診察鞄(かばん)を開き、聴診器を取り出す。

この鞄の中には他にも、この国で使用されている一般的な医療器具が入っている。揃えてくれたのはブレットだった。一つ一つの器具の使い方も、王族お抱え医師であるフレイザーが、嫌々ながらも教えてくれた。

今手に取った聴診器も、遥斗が元の世界で使用していたものと、形状が全く異なっている。この世界での聴診器は全て木で作られており、形も筒状を呈している。

遥斗は昨晩フレイザー医師に教わった通り、一方をチェスターの胸に当て、もう一方に自分の耳を押しつけた。遥斗が愛用していた聴診器ほどではないが、このような原始的な道具でも、胸の音を聞くことが出来た。

胸部と背部から心臓と肺の音をじっくり聞き、問診しながら身体中を診察していく。

「……ありがとう。もう服を着ていいよ」

全ての部位の状態を確かめ、診察を終了する。

診察に使った医療器具を再び鞄に戻していると、傍で静かに見守っていたブレットが質問してきた。

「どうだ、何かわかったか？」

遥斗はゆっくりと頷く。

ブレットから死の病の病態を聞いた時から、ある一つの疑わしい病名が頭に浮かんでいた。

そして今、死の病から回復した後も後遺症に悩まされているチェスターを診察したことで、その病気でほぼ間違いないだろうと確信を持てた。

「……死の病が何か、わかりました」

「本当か!?」

ブレットがイスから立ち上がる気配がし、遥斗は彼を振り返って告げる。

「パルボウイルス感染症という病気の可能性が高いと思います」

「パルボ……ウイルス？」

聞き慣れない病名に、ブレットが困惑したように遥斗の言葉をなぞる。

元の世界に比べ、この世界は文明が発展していない。ウイルスという定義すらないのだろう。

遥斗は専門用語を使わないよう気を配りながら、簡潔にこの感染症について説明する。

「ウイルスというのは、目に見えない病気の元です。パルボウイルス感染症は、この病に罹った者の汚物に触れることで次の者にうつります。体力のない者が感染しやすく、中でも幼児や高齢者が罹りやすいんです」

「……治療法はあるのか？」

「僕のいた世界では、事前に予防薬を接種することで防げていました。けれど、その薬はここでは作られていない。治療法は、特効薬のようなものはないため、対症療法が主になります。嘔吐や下痢による脱水を防ぐことが重要なので、水分を十分に摂らせ、身体を温かくし、ゆっくり養生させること。自身の持っている抵抗力を回復させるために、ビタミン……果物などを摂らせることも、効果的です」

ブレットが嘆息し、イスに再度腰掛けた。

「水分、か。イガルタの医師は、水を飲ませると余計嘔吐がひどくなるから、最低限でいいと言っている。治療の仕方を誤っていたのだな」

「身体の水分が失われると、様々な症状を引き起こすんです。水はなんとしても摂らせるようにするのが重要です。……ですが、僕が言った通りの治療を施しても、全ての患者は救えないでしょう」

自分で言った言葉に、胸が抉られる。

重篤な者は、おそらく救えない。

免疫力が低下したことによる二次感染を防ぐためにも、本来なら抗生物質を処方したいところだが、この世界には存在しない。元の世界でなら当たり前に使えていた薬のありがたさをここに来て痛感した。

無力さに落ち込みそうになるのを堪え、一人でも多くの患者を救うために、ブレットに自身の知り得る情報を話す。

「脱水で命を落とす者もそうですが、この病にはもう一つ、稀な型があるんです。先ほど診察したところ、チェスターくんは心臓に異常をきたす心筋型でした。この型は、心臓に大きな負担をかけ、急死してしまいます。奇跡的に回復した場合も、チェスターくんのように、心臓に後遺症が残ってしまう。患者が心筋型だった場合は、より生存率が下がります」

本人の前で話していいものか躊躇いもあったが、自分がもし彼の立場だったら自身の身体のことは知りたい。そう思い、あえてチェスターのいるところで病気の説明を行った。

けれど、まだ十五歳のチェスターは、すぐに全てを受け止めきれなかったようだ。

遥斗の服の袖をそっと引き、悲しげに瞳を揺らしながら尋ねてきた。

「先生、僕の身体は、よくならないんですか？ 兄様のように、騎士になりたいんです」

動物病院で働いていた時も、飼い主に患者の余命を告げたことがある。家族である飼い主に伝える時でさえ、細心の注意を払い言葉を選び伝えたというのに、本人に直接言わなければならないこの状況に、言葉が詰まって出てこない。

――でも、嘘はつきたくない。

遥斗は唇の端を持ち上げ、微笑みかけた。

「ブレットと同じようには出来ないと思う。でも、他に出来ることがあるんじゃないかな」

「他に？」

「そう。君は身体を鍛えることは出来ないけれど、頭を鍛えることは出来る。たくさん勉強して、ブレットと一緒にこの国を守るんだ」

チェスターは少し考え込み、自信なさそうに聞いてきた。

「僕に、出来ると思いますか？」

「出来るよ、きっと。君は死の病の中でも特に重い状態から回復したんだから。奇跡のようなことをやってのけたんだから、きっとなんでも出来る」

その言葉に、陰っていたチェスターの顔が輝き出す。力強く「はい！」と頷く黒い狼の頭を、遥斗は自然と撫でていた。

その後、遥斗に心を開いてくれたチェスターと少し話をし、ブレットと共に彼の私室を出た。

茶の用意をしてあるからと使用人に呼び止められ、一階の応接間に移動する。

円形のテーブルの真ん中には三段のケーキスタンドが置かれ、軽食や菓子が盛りつけられていた。

ブレットと遥斗が向かい合わせに席に着くと、燕尾服を着た獣人が優雅な所作でカップにハーブティーを注いでくれた。柑橘（かんきつ）系の果汁も入れてくれたのか、爽やかな香りが漂ってくる。

遥斗が甘酸っぱさのあるハーブティーで一息ついていると、ブレットがテーブル越しに真っ直ぐに見つめてきた。

「ハルト」

「はい？」

「礼を言う。ありがとう」

「僕の知っている病気でよかったです。お城に帰ったら、詳しい対策を紙に書いてまとめてお渡ししますね」

死の病の正体がわかったことで、ようやくブレットにも恩返し出来そうだ。

そのことが嬉しく、遥斗は上機嫌で胡桃が練り込まれたクッキーを口に運ぶ。

「死の病についてもそうだが、私が今感謝しているのは、チェスターのことだ」

真面目な顔で指摘され、首を傾げる。

チェスターのこと、とはなんだろう。

彼の診察をさせてもらったが、一度ダメージを受けた心臓を治すことは困難で、自分は何も彼に治療を施していない。

「チェスターは、騎士の家系に生まれながら、病弱なことを恥じていたんだ。マクグレン家の役割は私が果たしているのだし、チェスターは自由に好きなことを見つけてくれればいいと思っていた。だが、チェスターも私の弟だけあって、頑固でな。なかなか騎士になることを諦めきれなかったようだ。思い通りにならない身体を抱え、泣いている姿を目にするたびに、私も心が痛んだ」

チェスターもブレット同様、イガルタ王国に忠誠を誓っているのだろう。いつか国王のために働きたいと思っているのに、身体が弱く騎士になれない現状は、とても辛いはずだ。

チェスターの志を知り胸を痛めていると、ブレットが先を続けた。

「だが、先ほどのハルトの言葉で、チェスターも気持ちを切り替えられたようだ。騎士になれなくても、自分に出来る道を探そうと思えるようになった。チェスターに未来を与えてくれて、感謝する」

姿勢を正し、頭を下げられる。

ブレットはいつも相手の目を見て、言葉を尽くし、心からの感謝を伝えてくれる。

それを遥斗はとても好ましく思い、そしてその真摯な姿勢を尊敬した。

しかし、遥斗はブレットに隠し事をしている。重大な事実を未だに打ち明けられていない。

それは、レオが彼らが求めている神ではないということ。遥斗自身も神の従者などではなくただの人間だということ。

――でも、今ならゆっくり話せるかもしれない。

故意でなかったとはいえ、もうこれ以上、彼らを騙すようなことはしたくなかった。

遥斗は意を決して声をかけた。

「……ブレット、聞いてほしい話があります」

「なんだ？」

いつになく固い声音で口火を切った遥斗に、ブレットも緊張した面持ちで答える。

青い澄んだ瞳と視線が交わると、やや躊躇いが生まれてしまった。

――ブレットは、受け止めてくれるだろうか？

このことがきっかけで、二人の間に溝が出来てしまわないか、それが不安だ。

――でも、彼には本当のことを知ってもらいたい。

これからも彼に信頼してもらうためには、必要なことだと思った。

己を奮い立たせようと、テーブルの下で拳を握る。

「……今まで黙っていてすみませんでした。レオのことを神様だって皆思ってるみたいですけど……」

そこまで話した時、勢いよく応接間の扉が開け放たれた。

驚いて二人同時に振り返ると、鎧を身につけた黒い毛並みの獣人が息を切らしながらブレットに歩み寄った。

「マクグレン騎士団長、ご無礼をお許しください。国王より、急ぎの伝書を預かって参りました」

「国王より……？」

ブレットは怪訝な顔をしつつ、部下の差し出した手紙の封を開ける。

厚い被毛に覆われているブレットの形相が、手紙を読み進めるうちにみるみる険しいものへと変わっていく。

手紙を読み終えると、ブレットはすぐさま立ち上がった。

「ハルト、すぐに城へ戻るぞ」

「何かあったんですか？」

扉へと大股で向かうブレットの背を追いながら、遥斗は胸騒ぎを覚えた。

ブレットは走り出てきた使用人たちよりも早く玄関扉にたどり着くと、周囲の者に聞こえない声量で、

「エディ王子がご病気になられた」と告げた。

「王子様って、アドニス王の息子さんですか？」

もっと詳しく話を聞きたかったが、ブレットは頷き返すと急ぎ足で馬車に向かってしまう。

そして馬車から栗毛（くりげ）色の馬を一頭外し、その背に跨がった。

「馬車だと時間がかかる。馬で駆けていくから、ハルトも乗れ」

「は、はいっ」

馬上から差し出された腕をしっかり摑むと、グイッと手を引かれて馬に乗せられ、手綱を握るブレットの前に座らされた。

「揺れるぞ。身を低くして摑まっていろ」

遥斗の返事を待たず、ブレットは馬の腹を蹴り、屋敷の門を抜ける。

道を行く数台の馬車の間をすり抜けるように馬を操り、住宅街から王都の中心街へと出た。

獣医学部に通っていた時に、馬には何度か乗ったことがある。しかし、その時よりも荒々しい馬の走りに、遥斗は振り落とされまいとたてがみにしがみつく。

やがて、馬車での移動時間よりもずいぶん早く、城の外門に到着した。

馬の足並みがゆっくりになり、ブレットが門番であろう獣人と話している声が聞こえてくる。

外門を抜けると、また馬が猛スピードで駆け出し、しばらくすると再び馬の足が緩やかになった。

「ハルト、許せ」

「え？　わっ、わあっ」

腹に腕を回されたと思った次の瞬間、世界がグル

りと回転し、ブレットの肩口に上半身を乗せられるような格好で抱き上げられた。ブレットは片手で遥斗の腰を支え、馬から飛び降りる。

てっきり地面に降ろしてくれると思ったのに、抱き抱えられたまま城内に立ち入られた。

「ブ、ブレット!?」

「先を急ぐ。嫌だろうが、少しの間、辛抱してくれ」

焦燥を滲ませる声音に、遥斗は色々と言いたいのを我慢する。

手が触れ合うことさえ許してくれないのに、今はこうして全身を密着させている。ブレットが猛然と廊下を駆け抜けるので時折、ずり落ちそうになってしまい、必然的に彼の首に両腕を回して抱きつくような格好になった。

頬に、鈍く銀色に光る被毛が当たっている。小型犬のレオの柔らかい毛並みとは違い、過酷な気候の変化にも耐えうるようになっている、やや固いけれど滑らかな毛並み。間近で嗅いだ彼の匂いは、やっぱり太陽と草原の匂いがした。

どこか懐かしさを感じる匂いに、遥斗はうっとり目を閉じそうになり、慌てて我に返る。

必要以上に顔を埋めたりしたら、男同士なのだし、嫌がられる。

遥斗はなるべくブレットの身体に触れないように、顔を持ち上げた。

廊下を行く獣人たちが、ブレットと遥斗を見て動きを止める。彼らの好奇の視線を浴び、恥ずかしさに顔を赤らめた。

「ハルト、下に降ろすぞ」

ようやく足を止めたブレットに絨毯の敷かれた廊下へと降ろされ、恥ずかしい格好から解放されてホッとした。

「ハルト、なんの説明もせずにすまなかった。驚いただろう?」

「まあ、はい、驚きましたけど……。それより、王子様が倒れたって……?」

遥斗が水を向けると、ブレットの顔が固さを増す。

「王子はまだ生後半年。病に罹らないように外にお出になることは滅多になかったが、今朝から急に熱が出たそうだ。……どうやら、死の病に見舞われたらしい」

「王子様が、死の病に⁉」

「王族お抱えの医師の見立てでは、死の病だそうだ。だが、先日の誤診の件を耳にしていた国王から、要請があった。ハルトに王子を診察してもらいたいと」

先ほどブレットが受け取った手紙には、そう書かれていたのか。

ようやく事情を理解した遥斗はすぐさま承諾した。

「わかりました。すぐに診察します」

遥斗の返答を聞き、ブレットが目の前の扉に手をかける。

「ここは王子の寝室だ。国王と王妃も手前の部屋で待機していらっしゃる」

「わかりました」

扉を開けると、室内にいた獣人たちの視線が遥斗とブレットに集中する。

緊迫した空気がこの位置からでも伝わってきて、表情を引き締めた。

一歩中へ入ると同時に、国王のアドニスが席を立ち、歩み寄ってきた。

その場に跪こうとしたブレットをアドニスが制する。

「マクグレン騎士団長、ハルト殿、急に呼び出してすまなかった」

「遅くなり、申し訳ありません。ハルトを連れて参りました」

白狼である国王は、以前対面した時とは別人のように、憔悴(しょうすい)した顔をしていた。

「ハルト殿、騎士団長から話はお聞きか？　我が息子の診察を頼みたい」

「アドニス様、そのお方が例の？」

その時、アドニスの背後から、女性のか細い声が聞こえてきた。

国王と同じ、純白の長い毛並みを持つ、美しい獣人が遥斗を見つめていた。

アドニスはその獣人を遥斗の前に連れてきて、紹介してくれる。

「私の妻だ」

「初めまして。有村遥斗です」

アドニスの妻である王妃とはこれが初対面だったが、彼女は遥斗の容姿を見ても侮蔑的な視線を向けてくることはなく、腰を折って深く頭を下げた。

「どうか、王子をお救いください。どうか、どうか……」

祈りにも似た懇願に、以前、ブレットから聞かされた話を思い出した。

愛し合う国王と王妃の間に、ようやく授かった王子。次代の王となる子供。

その王子の今後の運命を、自分の手に託された。

遥斗はともすればプレッシャーに震え出しそうになるのを、意識して押し込める。

「最善を尽くします。これから診察させていただきますが、もし死の病だった場合を考え、感染の拡大を防ぐためにも、まずは僕一人で診察させていただいてもよろしいでしょうか?」

すんなり受け入れられると思ったが、国王や王妃ではなく、控えていた獣人の一人が声高に叫んだ。

「それは許可出来ん！　王子とこの者を二人きりになど、出来るはずがない！」

部屋の隅から上がった声には聞き覚えがあった。

――召喚の儀式の時の……！

今日は白い祭服は着ていなかったが、召喚の儀式を取り仕切っていた獣人だった。

あの日以降、姿を見ることがなかったので忘れていたが、この獣人は最初から人間である遥斗のことをよく思っていなかった。

遥斗が戸惑っていると、隣に立つブレットが口を開いた。

「ベルジ司祭、ハルトはこれ以上、死の病が拡大しないようにと、一人での診察を希望されているだけ。王子に害をなすことは絶対にありません。私が保証します」

「マクグレン騎士団長、貴様の本来の職務を忘れたのか？　イガルタ王国の国王をお守りすること、それが使命であろう？　王子はゆくゆくは国王となる身。王子から危険を遠ざけるのが、貴様の仕事ではないのか！」

「そもそも、ハルトは危険な者ではありません。彼は、死の病から我が国を救う医師。司祭は根本をはき違えていらっしゃいます」

ベルジはブレットの言葉を鼻で笑った。

「そのような異形の姿を持つ者が、我が国を救う医師？　とてもそうは……」

「ベルジ司祭、いい加減にするんだ。貴公の言葉は聞くに堪えん」

室内に響いた低く重い声音に、ベルジがピタリと口を噤む。

声の主であるアドニスは、気まずそうに視線を逸らすベルジに向かって告げた。

「自身で召喚した者をこの国にあだなす者だと言うのか？　もしそうであった場合、全ては貴公の責任となる。テオタート王国の神官から儀式の作法について、きちんと学んできたのであろう？」

「もちろんでございます！　約半年、みっちり学んできてございます」

ベルジは焦って早口で弁明したが、アドニスは厳しい表情を崩さない。

「間違っているのは貴公の方だ。マクグレン騎士団長の職務は、国王を守ることではない。騎士が守るべきは王国。ひいては我が国に暮らす民だ。もし王子が死の病だったとしたならば、傍についた者も感染する危険がある。そのような危険を、民に強いることは出来ない」

「しかし、王、この者を王子と二人きりにするのは

「王様、やはり僕一人で……」

「国王、お待ちください」

遥斗が言うのとほぼ同時に、隣で声が上がった。

ブレットがアドニスの足元に跪き、頭を垂れる。

「私が診察に立ち会います。どうか許可を」

「騎士団長、もう話はついたはずだ」

「恐れながら、ご注進いたします。あなた様はイガルタ王国の国王であられます。親として病の子を憂うよりも、王国の行く末を考えなくてはならぬお立場。私情はお捨てください」

「マクグレン騎士団長、王になんと無礼なことを！」

ブレットの発言に、すぐに非難の声が上がる。

しかしそれを制したのは、アドニス自身だった。

「よい。……マクグレン騎士団長の申す通りだ」

アドニスは膝を折り、ブレットと同じ目線で語りかけた。

「言いづらいことを言わせてしまい、すまなかったな。王子を頼めるか？」

「……」

ベルジはなおも食い下がったが、アドニスは毅然と言い放った。

「貴公がどうしてもハルト殿を信用出来ぬと言うのなら、私が診察に立ち会おう。王子の父は私だ。息子の身は父である私が自ら守るのが筋であろう」

室内にいた、これまで成り行きを黙って見守っていた獣人たちもアドニスの発言にざわめいた。

死の病だった場合の感染を危惧してアドニスを止める声も上がったが、彼の決意は固かった。

「ハルト殿、診察へ向かおう」

アドニスはそう言うけれど、やはり自分一人で診察した方がいい気がする。

体力のある大人への感染の危険は少ないとはいえ、彼らは誰もワクチンを打っていない。死の病になんの耐性もない者を同伴するのは、避けた方がいい。

アドニスはこの国を統べる国王なのだから、大事を取るに越したことはないだろう。

「はっ」

アドニスはそれだけ言うと、廊下へと続く扉に向かう。

「私は執務に戻る。医師でもない者がここにいても邪魔になるだけだ。皆も外へ出よ。王国のための仕事はたくさんある」

アドニスの一声で、室内にいた獣人たちがゾロゾロと扉へ移動を始める。

アドニスは退室する前に一度扉の前で足を止め、背後を振り返った。見つめた先にいるのは、力なく立ち尽くす王妃だった。

「王妃よ。王子のことはそなたに一任する。頼むぞ」

「はい……！」

短い会話の中に、二人の間にある強い絆（きずな）が垣間見（かいまみ）えた。

アドニスと貴族たちが去った部屋には、遥斗とブレット、そして王妃とメイド二人が残ったのみ。

遥斗はブレットに目配せし、王子であるエディの寝室の扉を開けた。

部屋の広さや造りは、遥斗とレオが寝起きしている一室とほぼ変わりないが、そこかしこに置かれたおもちゃから、エディがとても大切に育てられていることが窺えた。

遥斗は部屋の中央に据えられたベッドに真っ直ぐ向かう。大きなベッドの中、クッションや布団に埋もれるようにして、小さな獣人の赤ちゃんが眠っていた。

遥斗は起こさぬよう、そっと掛け布団を剝ぎ、全身状態を観察する。服の前を開け、聴診したり触診したりと、必要な診察を行った。

しかし、その最中にもエディは嘔吐し、遥斗が着替えさせている間も苦しそうに何度もえずいていた。

ただの風邪にしては激しい症状。

遥斗は眉を顰（ひそ）める。

——これは……。

実際に診察する前は、もしかしたらまた誤診かもしれない、という希望もあった。

この世界には診断の確定に必要な検査キットはない。けれど、エディの症状はこの国で死の病と呼ばれている、パルボウイルス感染症の患者と同じ様相を呈している。

遥斗は診察を終えるとエディの衣服を直し、布団をかけた。

ブレットは何も言わず、無言でその様子を眺めていたが、遥斗の表情から察したのだろう、重苦しいため息が聞こえてきた。

「……幸い心筋型ではありませんでした。一般的な腸炎型で、症状も重くないです。水分を摂らせ、安静にしていれば、回復する見込みはあります」

沈んだ空気を払拭するために、遥斗はあえて明るい声で伝えた。

とはいえ、死の病は長年、イガルタ王国の国民を震え上がらせてきた致死率の高い病。治療方針を知ったからといって、完全には安心出来ない。

遥斗は珍しく沈鬱な表情をしているブレットに気づきながらも、獣医師としてやるべきことを始める。

「僕は今から王子様の治療に当たりたいと思います。つきっきりでの看病になるでしょう。同じ部屋にいるだけでは感染しませんが、汚物の処理をするのは、人間である僕がした方がいいでしょうね」

「期間はどのくらいになる？」

「そうですね……、五日過ぎれば、安心していいでしょう」

「五日もハルト一人で看病は辛いだろう。私も手伝おう」

「それは助かりますが……、ブレットにうつらないとも限らない。ちなみに、ブレットは過去にこの病に罹ったことはありますか？」

ブレットは首を左右に振る。

パルボウイルス感染症に罹患し回復した者は、体内に免疫が作られている。

もしブレットが免疫を持っているのなら許可した

が、そうでないのなら危険が伴う。

遥斗はブレットの申し出を丁重に断った。

しかしブレットも引かず、部屋から出ていってくれない。

遥斗は困ってしまった。

「ブレット、気持ちはありがたいですけど、あなたにうつったら大変です」

「私は騎士だ。日頃から鍛錬を重ね、身体を鍛えている。頑丈なのが取り柄で、風邪などもここ数年、ひいた覚えがない。私なら大丈夫だ」

「それでも、万が一ということが……」

「国王から、王子のことを任された。ハルトがなんと言っても、私はここを離れない」

使命感の強いブレットだから、ここで何を言っても無駄だろう。

遥斗はため息をつくと、妥協案を出した。

「……わかりました。この部屋にいてもいいです。ただし、王子様にはあまり近づかないでください。王子様の着替えや食事も僕がします。特に汚物には触らないように、注意してください」

「ああ、わかった」

ブレットがきちんと承諾したことを確かめ、隣室で診察が終わるのを待っている王妃の元へ向かう。

王妃は遥斗からエディが死の病であることを告げられると、崩れるように座り込んだ。

背中を丸め涙を流す王妃に胸を痛めつつ、ブレットにしたのと同じように、この病気について話した。そして遥斗がこのままエディの治療に当たってもいいか許可をもらい、必要なものを揃えてもらう手はずを整えた。

エディは幸い自力で水分が摂れる状態だったため、温めたミルクをスプーンですくって飲ませていく。ただ、飲んで少しすると嘔吐してしまい、日に何度も着替えさせ、エディが眠っている時以外は、ずっとミルクを与えたり着替えさせたりといった状況だった。

最初の一日目はよかったが、二日目、三日目目になると、看病の疲れが出てきた。

それでもエディが眠っている時間に遥斗も眠れるから大丈夫だと思っていたが、体調が回復してきた三日目の夜から、母親を恋しがってよく泣くようになってしまった。

寝入ったと思って遥斗もソファで仮眠を取ろうとしても、ウトウトする頃にエディの泣き声で起こされる。そのたびに抱き上げ、泣き止むまで部屋の中を歩いてあやす。それが短いサイクルで起こるものだから、遥斗の睡眠時間がどんどん削られていった。

ブレットも同じ部屋で寝起きしているが、感染を防ぐために、食事や着替えの用意くらいしか頼めない。ブレットからは何度も代わりに看病すると申し出られたが、直接エディに触れる世話はさせるわけにはいかなかった。

寝不足と疲労で青白い顔で「大丈夫」と言うたび、ブレットは渋面になった。


六日目には、エディは目に見えて元気になってきた。

起きている時間が長くなり、機嫌がいいと笑うようにもなった。嘔吐も昨日から治まっている。

山場と言われる五日を乗り切り、順調に回復してきたようだ。症状が軽かったというのもあるが、早期からこまめに水分補給させたことで、脱水を予防出来たことが大きい。

まだ油断は出来ないが、同様の看病を続ければ、このまま完治するだろう。とりあえず危険な状態からは脱した。

ブレットに頼み、その旨を隣室に詰めている王妃に伝えてもらった。

王妃はとても喜んでいたそうで、すぐにアドニスにも伝令を走らせたという。

腹部の聴診をするために当てた聴診器を奪おうと手を伸ばすエディをやんわりと窘(たしな)めながら、心から安堵する。

この様子なら、あと数日経過を見て、大丈夫そうなら面会も可能だろう。

「王子様、これは大事なものだから、触らないでね」

エディの手を掛け布団の中にしまうと、途端に顔が歪み、大きな声で泣き出した。力強い泣き声にびっくりしつつも、弱々しく泣いていた数日前を思えば元気になってくれたと嬉しく思える。

「抱っこしますよー」

エディを腕に抱き、頭を撫でる。

それだけでは満足してくれず、遥斗は部屋の中をゆっくり歩き始めた。不思議とこの揺れが心地いいようで、次第に泣き声が小さくなっていく。

「よしよし、王子様は本当に抱っこが好きだね」

時折声をかけながら抱いて歩いているうちに、遥斗の腕の中で目を閉じ寝息を立て始めた。

こうしてみると、狼だけれど子犬とさほど変わりない。両親と同じく真っ白の毛並みが美しく、将来は美男子になるだろうと予想される。

完全に眠ったことを確認し、エディをベッドにそっと降ろし、遥斗は物音を立てないように、ソファへ移動した。

テーブルの上にはサンドイッチなどの軽食が置かれている。

腹は空いていたが、その前に少しだけ眠りたい。

ほんのちょっと仮眠を取ろうと、背もたれに身を預け、目を閉じた。横になったら熟睡してしまいそうだったから、二日前からは座ったままの状態で休むようにしていた。

そんな体勢でもすぐに睡魔がやってきて、遥斗は眠りの底に落ちていった。

――ああ、王子様が泣いてる。

遠くの方で、エディの泣き声が聞こえてきた。

早く起きて、傍に行ってやらないと……。

けれど、瞼（まぶた）を開ける、たったそれだけのことがとても重労働だった。

それでも今、エディの世話が出来るのは自分だけ。

遥斗は身体に纏わりつく眠気を振り切るように、目を開ける。

するとベッドの脇で、大きな銀色の狼が小さな赤ん坊を抱き、優しく身体を揺すっている光景が目に入ってきた。

「……ブレット？」

呼びかけると、目線で「静かに」と言ってくる。

慌てて立ち上がった拍子に、身体から毛布が落ちた。自分でかけた記憶はないから、ブレットがかけてくれたのだろう。

毛布をソファへ置き、ブレットの元へ向かう。

「ブレット、王子様の世話は僕がすると言ったでしょう？」

王子を腕に抱いてあやしているブレットを咎める。

「ハルトに言われた通り、口元を布で覆い、手袋をはめ、手首まであるエプロンをつけている。泣いている王子をあやすくらい、私にも出来る」

「でも……」

「王子も眠りそうだ。今は休んでおけ」

話し声が眠りの妨げになったのか、エディがむずがるように泣き出す。遥斗が指示した感染対策用の予防衣を身につけたブレットは、慣れた仕草でエディの身体を揺すり再び眠りへと誘う。

エディを離しそうにない雰囲気だったため、遥斗はソファに戻った。

いったい、どのくらい眠っていたのだろう。

朝日が差し込んでいた窓からは、夕暮れのオレンジ色をした空が見える。

しばらくすると、眠ったエディをベッドに横たえ、ブレットがこちらへやってきた。

「赤ちゃんをあやすのが上手いんですね」

「チェスターとは十四も歳が離れているからな。弟の世話を焼いていた経験が今役に立った」

ブレットは予防衣一式を脱ぐと、これも遥斗が指示した通り、すぐにうがいと手洗いに行った。

戻ってきたブレットに、遥斗は小声でもう一度注意する。

「ブレット、気持ちは嬉しいんですけど、まだ感染の恐れがあるので、王子様のお世話は僕に任せてください」

いくぶん強めに言うと、ブレットは厳しい表情になる。

「ハルト」

「はい」

「ハルトは医師としての職務をまっとうしたいのだろう。それは私も同じだ。今の私の仕事は、ハルトを守ること。今、ハルトは一人で治療に当たり、体調を崩しかけている。私の『守る』には、こういうことも含まれているんだ」

気にかけてもらい感謝して喜ぶべきなのに、『仕事』という単語が耳に痛かった。

ブレットが自分の傍にいるのは、それが彼に与えられた仕事だから。彼の口からも、そう説明を受けている。

けれど、それだけでは寂しいと思ってしまう。

彼を信頼出来る友人と思っているだけに、私情が混じらない義務的な発言に気持ちが沈んでいく。

ふと、手がソファに置いた毛布に触れた。

この毛布をかけてくれたのも、『仕事』の一環だったからなのかもしれない。

遥斗を案じてくれているというのはわかったが、今も、これまでも、『仕事』だから優しくしてくれたのだろうか。

全部がそうではないと思いたいが、極度の疲労からか、どんどん暗い思考にとらわれていく。

しばらく沈黙した後、そんな気持ちを払拭するため、遥斗はブレットを正面から見つめた。

——今、伝えよう。

レオが神ではないと聞いた時の、ブレットの反応が知りたかった。

なるべく余計な感情を織り交ぜないように意識し

ながら話し出す。

「数日前、ブレットの屋敷に行った時、僕が聞いてほしい話があると言ったのを、覚えていますか？」

「ああ、覚えている。そういえば最後まで聞いていなかったな」

「今、聞いてもらえますか？」

ブレットが頷く。

遥斗はあの時、言おうとしていた告白を、震え出した唇からそっと紡ぎ出した。

「……レオは、神様じゃありません。なんの力もない。レオがこの国に召喚されたからといって、この先、状況が大きく変わることはないんです。……今まで黙っていて、すみませんでした」

腰を折り、頭を下げる。

ブレットはどんな表情をしているのか。

なかなか頭を上げる勇気が出ない。

そのまま俯いていると、ブレットが嘆息したのが聞こえてきた。


怒っているような、呆れているような、落胆しているような、そんな気がして、遥斗は顔を歪める。

「ハルト、顔を上げてくれないか」

そう促されても、そのまま頭を左右に振るだけで精一杯だった。

するとブレットの手がこちらに向かって伸びてくる様子が、視界の端に映り込んだ。

頬に伸びてきた手で叩かれると思い、咄嗟に身を固くする。

けれどそれは全くの杞憂で、ブレットの銀色の被毛に覆われた節くれ立った指は、頬にそっと添えられただけだった。大きな手のひらが頬を軽く撫で、そして顎へと滑っていく。

被毛の滑らかな感触がくすぐったく、遥斗は首をすくめる。

顎にたどり着いた指に軽く力がこもり、顔を上向かされた。

目の前に立っているのは、白色の軍服に身を包ん

だ身の丈が二メートルを易々(やすやす)と超える、狼の頭を持つ銀色の獣人。彼の瞳は蒼空と同じ色。吸い込まれそうなブルーの瞳。

その瞳の中には、今遥斗だけが映し出されていた。

全神経がブレットに触れられている箇所に集中する。

顎に添えられている指先から流れ込んでくる温もり。優しいはずの体温が、今は灼熱(しゃくねつ)のように感じる。

逞しく美しい肢体を持つブレットから視線が逸らせない。瞬きするのすら忘れ、見入っていた。

遥斗の視線の先で、大きな口がゆっくりと開く。

口内に鋭い牙が見え、本能的な恐怖を感じたが、ブレットのその獰猛な牙が自身の肌を裂くところを想像すると、背筋に甘い戦慄が走った。

ブレットに嫌われ、侮蔑されるのなら、いっそこのまま彼の手で終わりにしてもらいたい。

そんな嗜虐(しぎゃく)的なことが頭に浮かび、自分はついにおかしくなってしまったかと思った。


「ハルト」

耳に心地いいブレットの声。ずっと聞いていたいと思うのに、先に続く言葉を聞くのが怖い。

「今度は私の話を聞いてもらえるか?」

怖いけれど、ブレットの本心を聞きたい。

今ならそれを聞けると思い、遥斗は瞬きで応えた。

「ハルトは神ではないと言うが、レオ様はやはり神だ。なぜなら、ハルトという死の病に打ち勝つ力を持つ医師を遣わしたのだから。ハルトは神の従者ではなく、奇跡を起こす医師。我が国に幸福をもたらす者だ」

ブレットの言葉に耳を疑った。遥斗が目を瞠ると、対照的にブレットは瞳を細める。

彼はとても穏やかな顔をしていて、これまで抱えてきた胸のつかえを取り除かれるようだった。

「私はこれからも神と、神に遣わされた奇跡を起こす医師を守る。この身に代えても。……だからハルト、私を恐れないでくれ」

ブレットが悲しそうに呟く。

なぜそんなことを言われたのか、すぐにはわからなかった。

「私はハルトを傷つけたりしない。この牙も爪も、お前を守るためだけに使う」

その言葉で、自分が彼に嫌われるのが怖くて怯えていたのを、彼が勘違いして受け取っていることに気づいた。

「ブレ……」

「いい、わかっている。こんな姿をした私に恐怖心を抱いても仕方ない。……ただ伝えたかっただけだ。私の決意を。困らせるようなことを言って、すまなかった」

ブレットの指が離れていく。

そうじゃないのに。

彼に触れられて、怖いと思ったことは一度もない。むしろ、心の中ではもっと彼に……。

そこまで考え、そして気づいてしまった。


――もしかして、僕はブレットのことを……。

自分で自分の気持ちがにわかには信じがたく、誤解を解こうと伸ばした手が宙で止まる。

「ハルト、いいんだ。私はレオ様とハルトを守れる立場にいることを、光栄に思っている。私が近くに控えていることを許してくれるだけで十分だ」

違う、誤解だ、と叫びたかったが、自覚したばかりの彼への強い想いに思考がついていかず、すぐに行動に移せなかった。

なぜ、いつから、彼のことを特別に感じ始めていたのだろうか。

同性で、獣人で、生まれ育った世界すら違う存在なのに。

どうしてこんなにも惹かれてしまったのか。

「腹は空いているか？　朝も食べてなかっただろう。何か食事を頼んでくる」

そう言って部屋を出ていく広い背中を見つめ、遥斗は自覚したばかりの恋情に胸を締めつけられた。

＊＊＊＊＊

死の病に罹ったエディは、遥斗の看病の甲斐あり、順調に回復した。

治療を開始し十日目にはほぼ元の元気を取り戻し、母親を求めることが多くなったため、隔離を解除し、遥斗も自室に戻ることにした。

後のケアについては、王族専属の医師たちに申し伝え、感染に特に注意するよう告げた。

その医師たちの中にはフレイザーの姿もあり、露骨に信用出来ないと言いたげな顔をされたが、王妃に「あなたたちは誰一人まともに王子を診察しなかったでしょう」と指摘され、気まずそうに視線を伏せていた。

エディの治療中、一度としてイガルタ王国の医師が様子を見にくることはなく、死の病を恐れるあまり、近づくことすら出来なかったようだ。

それほどまでに、この病は国民に恐れられている。

致死率を考えれば仕方のないことだと思ったが、反面、感染の危険を省みずに遥斗と共にエディの看病に当たってくれたブレットのことを、心から尊敬した。

ブレットもエディの元より戻ってきていたが、今のところ彼に感染の兆候はない。潜伏期間が過ぎるまでは油断出来ないが、感染の対策は徹底していたし、ワクチンを打っていなくともブレットほど頑健な者ならその可能性はかなり低いだろう。

遥斗は部屋に戻ると、ずっと留守にしてしまい寂しい思いをさせていたレオを抱きしめた。安堵と疲れからすぐにでもベッドで休みたかったが、レオの喜びようを見たら無下に出来ず、座って出来る毛繕いを始める。

しばらくレオとスキンシップをはかっていると、

一時席を外していたブレットが戻るなり「ハルトに来客だ」と告げてきた。

訪問者に心当たりがなくて首を捻る。

「お客さん、ですか？　レオじゃなくて、僕に？」

「急で悪いが、扉の外に待たせている。もし今日は都合が悪いというのなら、別の日に改めて面会の予定を組む」

愛犬のブラッシングをしていた遥斗は手を止め、膝からレオを降ろした。久しぶりに会えた遥斗に、全身で喜びを表し全力で甘えていたレオは、下に降ろされやや不満そうな顔をする。

「ごめん、レオ。ちょっと待ってて」

「クゥ……」

賢いレオは、残念そうな顔をしながらも聞き分けてくれた。遥斗の足元に身を伏せ、『待て』の姿勢を取る。そんな愛犬の頭を撫でながら、ブレットに尋ねた。

「どなたがいらしてるんですか？」

「ハルトは面識のない相手だ。名前はラノフ＝ワイアット。ワイアット大公家の嫡男だ」

「ワイアット大公家……？　それって、とても偉い人ですよね」

イガルタ王国のことを調べている時、この国の爵位についての書物にも目を通していた。

国王を頂点に、大公、公爵、侯爵、伯爵、子爵、男爵の順に、貴族の位置づけがされていた。

その貴族の中でも特に大公の称号を持つ家には、王族の女性が多く嫁いでおり、貴族でありながら王族の血を濃く受け継いでいる家系だという。

ワイアット家というのは、四つある大公家の中でも特に歴史のある家柄で、王国内でも強大な権力を持っているそうだ。現在の当主は、国王の右腕である宰相の役職に就いている。

王国内でも王に次ぐ権力を持つと囁かれているほどの大貴族の嫡男が、いったい自分になんの用があるのだろう。

遥斗は不安な面持ちでブレットを見上げた。

「心配いらない。出自は確かだが、本人はワイアット大公が頭を抱えるほどの自由奔放な男だ。不作法なところはあるが、悪い男ではない」

「もしかして、お知り合いですか？」

皮肉をほんの少し織り交ぜた人物紹介に、かえって親しい間柄だということが垣間見える。

その予想は当たっていた。

「昔馴染みだ。ラノフ本人は外交官という職務を賜っている。仕事柄、諸国に出ていることが多く、昨夜、一ヶ月ぶりに帰国した。その時にレオ様とハルトのことを聞いたらしく、是非会いたいとこちらの都合も確かめずに押し掛けてきたようだ」

ブレットは迷惑そうな口調で言っているが、どうやらよほど仲がいいようだ。

ブレットの仕事以外の交友関係に興味が湧き、遥斗は面会を承諾した。

「僕はかまいません。王子様の看病も一段落したし、他にすることもないので」

「疲れているだろうから、日を改めさせてもいいんだぞ？」

「いえ、大丈夫です。話すくらいなら疲れませんし」

「……あいつの性格からして、話すだけでも疲れると思うが……」

「え？」

「いや、ハルトがかまわないと言うのなら、さっそく呼ぼう」

ブレットは含みのある言葉を呟いた後、廊下に続く扉を開いた。

扉の向こうから、話し声が聞こえてきたと思った直後、制止するブレットの声が響く。

「待て！」

何事かと視線を向けた先、扉から明るいグレーのスーツを着た獣人が飛び込んできた。

そしてソファに座る遥斗と目が合うや否や、素早い動きで近づいてきて足元に片膝をつきしゃがみ込む。レオが驚いて逃げていき、遥斗が啞然としているうちに、膝に置いていた手をすくい取られた。

「初めまして。ラノフ＝ワイアットです。どうぞ、ラノフとお呼びください」

「えっ、は？」

急なことに反応出来ずにいる間に、ラノフが遥斗の手の甲に口づけを落とす。

これまでの人生の中で、こんなことをされた経験がなく、どうしたらいいのかとオロオロしてしまう。ラノフは跪いたまま、戸惑う遥斗を見上げ、ニコリと微笑む。

その数秒後、彼の身体が後ろに吹っ飛んだ。

「ラノフ、何をしてるんだ！」

追いついたブレットがラノフのスーツの襟元を摑み、後ろへ放り投げたようだ。

五メートルほど先へ飛ばされたラノフは、怒りもせずにムクリと起き上がる。

「相変わらず堅物で乱暴者だな。女性に会ったらまずは挨拶からだろ」

「ハルトは女性ではないし、そんな挨拶をするのはお前くらいだ」

服の乱れを直していたラノフは、女性でないと聞き、驚いたような顔で遥斗を見やる。

「はっ、これは失礼を。ずいぶんと華奢でいらっしゃるものだから……」

「本当に重ね重ね失礼な男だな」

ブレットが鼻先に皺を寄せ、威嚇するように低くうなる。

ラノフは慣れているのか全く動じず、飄々とした仕草で肩をすくめた。

「そうやっていちいち目くじら立てるから、その歳になってもツガイになってくれる女性が見つからないんだよ」

「妻がいない身のお前に言われたくない」

「私の場合は一人の女性に決めかねてるだけだ。私はブレットと違い女性に不自由していないものでね」

「振られてばかりのくせに、よく言うな」

ポンポンと進む毒気混じりの会話に入っていけず、遥斗はぽかんと二人を見つめる。

それはレオも同じだったようで、隠れていたベッド下から隙を見て飛び出すと、遥斗の膝の上で小さくなった。

「ラノフ、無駄口ばかり叩いてないで、レオ様にもご挨拶しろ」

視界の端でレオの姿をとらえたらしく、ハッと我に返ったブレットが仏頂面で促す。

ラノフも一時休戦に同意したようで、再びこちらに戻ってきた。

遥斗の膝で警戒心を露(あら)わにするレオを物珍しそうにジロジロ見つめ、感嘆の吐息を漏らす。

「レオ様、初めまして、ラノフです。差し支えなければ、御身に触れてもよろしいでしょうか？」

「なっ……！　やめろ！」

ブレットの声が聞こえただろうに、それを無視して遥斗の腕からレオを抱き上げた。

「ほうほう、これはなんという柔らかな手触り。私どもにはない毛並みです。それにこの愛くるしいお顔……、まさに神！」

「ラノフ！　いい加減にしないか！」

「おっと、私の手の中にはレオ様がいらっしゃるんだぞ？　先ほどのように投げ飛ばすわけにはいくまい？」

「く……っ」

レオをしっかりと抱きしめ、ラノフが勝ち誇ったような顔で笑う。

ブレットは悔しそうに牙を剥いて歯噛みし、ラノフを睨みつけている。

しばし膠着(こうちゃく)状態にあった二人だが、先に均衡を破ったのはラノフだった。

「さて、神へご挨拶もすんだことだし、ブレットをからかうのもこのへんで勘弁してやろう」

そう言うと遥斗の腕の中にそっとレオを戻す。乱暴なことはいっさいされていないのに、レオはどうもラノフに苦手意識を抱いてしまったようだ。珍しく怯えたように小刻みに震えている。

　そんなレオが気の毒で、遥斗は耳をぺったりと伏せてしまった頭をなだめるように撫でた。

「ハルト様、向かいのソファに腰掛けてもよろしいでしょうか？」

「は、はい。どうぞ」

「では失礼して」

　ラノフは優雅な所作で腰を下ろす。幼い頃から訓練されてきた者のみが身につけている、つけ焼き刃ではない洗練された身のこなしに、言動に不可解なところはあるものの、大公家嫡男は伊達ではないなと感心する。

「ブレットも隣に座ったらどうだ？」

「私はハルトの護衛だ。暢気に座ってなどおれん」

　その返答に、ラノフが「やれやれ」と言いたげに頭を左右に振る。

　またも一触即発の空気を感じ、遥斗は慌てて話題を振った。

「ところで、今日はなんのご用でしょう？」

「ああ、そうでした。ブレットをからかうのが面白くて、本題を忘れるところでした」

「本題、とは？」

「昨夜、帰国してすぐに耳にしました。死の病に罹ったエディ王子をお救いした、ハルト様のお話を。城内はその噂で持ちきりです」

　ラノフの意図がわからず、遥斗は曖昧に頷く。

　ブレットの友人のようだし、悪い人ではないと言っていたから大丈夫なのだろうが、どうも軽薄そうに見え、まだ心を許しきってはいなかった。

　ラノフは訝しむ遥斗にかまわず、先を続ける。

「単刀直入に言います。何が必要ですか？」

「はい？」

「死の病の治療に必要な器具や薬のことです。言ってくだされば、私が揃えます」

いきなりの申し出に、遥斗は目を瞬かせる。

ブレットに説明を求めるように視線を送ると、察してくれたようで、代わりに詳細を尋ねてくれた。

「ラノフ、いきなりすぎる。つまり、どういうことだ？」

ラノフはそこで扉の向こうに声をかけた。

「茶をいただけるか？」

扉からそっと顔を覗かせたメイドのシェリーが軽く頷き、音もなく出ていく。

「喉が渇いていたもので、失礼した。……で、話の続きだが、昨夜帰国してすぐに国王に呼ばれたのだ。そして国王直々にある命を受けた」

「その命とは？」

「まだわからないのか？　国王は私に、『イガルタ王国から死の病を根絶するために、神より遣わされた医師の力になるように』とおっしゃられたのだ」

アドニスにはまだ直接エディの病状についての報告をしていなかったが、近々呼び出しがあるだろうとブレットから言われていた。

どうやらラノフは、死の病をこの国からなくすための後ろ盾になってくれるらしい。

そういうことなら、と遥斗はやや前に身を乗り出し、話し始める。

「ご協力いただけるのなら、とても心強いです。実は、今回実際に治療を行って、もし手に入るのならほしい器具があったので」

「それはどのような器具ですか？」

「点滴といって、水分を経口摂取出来ない患者さんの水分補給に使うものです。えっと、こういう形で……」

テーブルの上に指で絵を描く。各部分の材質や使い方なども説明したが、点滴を見たことがない二人は、不思議そうな顔で聞いていた。

「ハルト様、今の説明を紙に書きつけてもらえますか？　この国にはない器具ですので、他の国にも当たってみます。それでも見つからない時は、作れそうな職人に試作品を作らせましょう」

「わかりました。お忙しいところすみませんが、よろしくお願いします」

遥斗が律儀に頭を下げると、ラノフは顔の前で手を振った。

「いえいえ、元々、大した仕事をしているわけじゃないので。昨日まではイガルタ王国の東に位置するヘスナムカ王国に国交の申し入れに行ってたんですがね、この国がまた余所者(よそもの)には冷たい国で……。国境で止められてしまって、ヘスナムカ王国の領地に入ることすら出来ずに、一ヶ月近くも国境近くの街で足止めされてたんですよ。おかげで仕事をしながら、のんびり旅行気分を味わえました」

役得です、とつけ加え、ラノフは朗らかに笑う。

とても高貴な生まれなのに、本人はそれを鼻にかけることもなく、フランクな性格のようだ。口数のあまり多くないブレットとは真逆だが、それがかえって友人づき合いをする上ではいいのかもしれない。

なんだかんだ言いつつも、ブレットがラノフを認めていることが雰囲気から察せられた。

「では結局、ホムラ王との謁見は叶わなかったのか？」

「粘ったんだがな。結局無駄足だったよ」

「そうか……」

ブレットの顔に陰りが落ちる。ラノフも笑いを消し去り、深刻な顔で口を閉ざした。

ヘスナムカ王国は確か狐の獣人が治める国だったと記憶している。その程度しか知識のない自分が政治に絡む事柄を尋ねていいものかわからず、交互に二人に視線を送る。

それに気づいたブレットは、遥斗をのけ者にしてしまったことに気づいたようで、少しヘスナムカ王国について教えてくれた。

「ヘスナムカ王国は、他の三国とほとんど国交を持っていないんだ。自国だけで全てを賄っている。そのことから、豊富な資源を持っているのだろうと我が国は見ていて、貿易を行えれば互いに潤うのではないかと考えているのだが……」

「ホムラ王は頑なで、今回だけじゃなく、もう何度も使者を送ってるんですが、国王への謁見どころか、国内に立ち入ることすら出来ていないんです」

　ブレットの言葉尻を引き継いだラノフは、さらに続ける。

「我が国は他国に囲まれ海に面していないため、海で獲れる魚が貴重なんです。普段はアスクト王国で獲れた魚を輸送してもらっていますが、ヘスナムカ王国の方が距離が近い。今回は、ヘスナムカ王国は魚を、我が国は名産品である茶葉や栄養価の高い蜂蜜を輸出し合おうと話を持ち掛けたのですが、何も収穫は得られませんでした」

　そこでいったん口を閉ざしたラノフは、冗談めかした口調で言った。

「ケチなんですよ、ホムラ王は。物資についてもそうですけど、死の病が猛威を振るい始めた時、一度協力を求めたんです。ヘスナムカ王国は妖術を使う狐族なので、何か不思議な力で流行を鎮めてくれるかも、と。でもやはり門前払いで、それで鳥族のテオタート王国の力を借りることになったんです」

「……おい、仮にも隣国の王をケチ呼ばわりするな」

「でも事実だ。お前は普段城に詰めてるから私たち外交官の苦労はわからないんだろうがな、こうも袖にされると、愚痴くらいこぼしたくなる」

「国交を求める立場にあるお前がそんな心構えだから、門前払いをくらったんじゃないのか」

　ラノフがブレットを一睨みする。

「私はこう見えて、外交官としては優秀なんだ。せっかくお前と久しぶりに飲もうと、滞在していた街の名産であるブドウ酒を土産に持ってきてやったが、そういうことを言うやつには一滴もやらん」

「いつもお前一人でほとんど飲んでしまうだろうが」

「ああ、本当につまらない男だな。ハルト様もこんな朴念仁が護衛では退屈でしょう？」

ラノフはそう言ってきたが、口数は少ないものの、ブレットは人間の自分に、最初から偏見を持たずに話しかけてくれた、唯一の獣人。表情の変化が乏しいことから、考えていることが読めないと思ったことはあるが、つまらないと感じたことはなかった。

「そんなことは……。いつも助けてもらって、感謝してます」

「いいんですよ？　気を遣わなくても。こんな強面（こわもて）でなく、可憐（かれん）な女性に傍にいてほしいでしょう？」

――本当のことなんて、言えない。

強面でも口数が少なくても冗談も言えないほどの堅物でも、他の誰よりブレットに傍にいてほしい。

けれどそんなことを本人に伝えられるはずがない。

いくら遥斗がブレットのことを特別に想っていても、彼は違う。仕事だから傍にいてくれるだけ。彼は「恐れないでくれ」と言っていたけれど、むしろ自分の方が彼に苦手意識を持たれているのではないかと感じていた。

護衛として傍にいながらも、ブレットは遥斗とやや距離を置く。軽い接触すら避けられていた。

だから、この気持ちを彼に打ち明けるつもりはなかった。

おそらく、自分のこの感情を知られたら、ブレットは護衛役を辞するだろう。あるいは責任感から護衛を続けてくれたとしても、仕事に徹し、以前よりももっと他人行儀に振る舞われる気がした。

そのため遥斗は、誰にも告げることなく、悟られないように、平素と変わらぬ言動を心がけていた。

遥斗はラノフのなんの気なしの発言にも、慎重に言葉を探す。

「……ブレットには、本当によくしてもらってて、護衛として頼りにしています」

自分の内に秘めた想いではなく、ブレットが言ってほしいだろう言葉を選んだ。

チラリと隣を見上げる。

ブレットと一瞬目が合ったが、不自然にならない程度の間で目を逸らされた。

それだけのことに、なぜか不安になってしまう。

ちょうどそこで、シェリーが菓子と茶を載せたワゴンを押してきた。テーブルの中央に菓子を盛りつけた皿を置き、ハーブティーをカップに注ぐ。

ラノフはすぐにカップを手に取ると、香りを確かめた後、口をつける。

話題が逸れそうなことにホッとしていると、シェリーが声をかけてきた。

「……ハルト様のお茶もお取り替えしてよろしいですか？」

毎日顔を合わせるため、他の獣人と比べれば慣れているが、彼女から声をかけられることは滅多になかったので少々驚く。

遥斗が頷くと、シェリーは新しいカップに茶を注ぎ、角砂糖を一つ入れかき混ぜてからサーブしてくれた。

遥斗はいつもストレートでは飲まず、砂糖を一つ入れている。それを彼女は見ていたのだろう。しかし、これまで砂糖を入れた状態で出されたことはなく、今までにない細やかな気配りを不思議に思いつつ、礼を告げる。

「……ありがとうございます」

「お代わりをご所望でしたら、いつでもお声がけください。失礼します」

シェリーは遥斗をきちんと見据え、一礼した。彼女がまともに目を合わせてくれたのも、初めてだった。

ワゴンを押す彼女の背中を目で追ってしまう。

それを見咎めたラノフに質問された。

「彼女がどうかしましたか？」

遥斗がなんと答えたらいいものかと思っていると、ブレットが説明してくれた。

「ラノフも言っていたが、ハルトがエディ王子を死の病から救ったという話で、今城中持ちきりだ。シェリーもその話を聞き、ハルトにより敬意を払うようになったのだろう」

「そんなに話が広まってるんですか？」

「イガルタ王国の次代国王の命を救ったんだ。当然だろう」

ずっとエディの看病で部屋にこもっていたから、全く知らなかった。

予想外の事態に驚いていると、ブレットの瞳が柔らかく細められる。

「シェリーだけでなく、他の者の態度も変わるだろう。周りの目を気にする必要はなくなる」

「……気づいていたんですね」

獣人たちに冷遇され、それを遥斗が寂しく思っていることを。

「ハルトは我々を恐れながらも、病に倒れた者を迷いなく救ってくれた。そんなハルトなら、自分の力だけで乗り越えられると思っていた。見た目からは想像もつかない強さを内面に秘めていることを、私は知っている」

「ブレット……」

「自らの力で得た信頼は強い。我々の信頼を勝ち取ったことを、誇っていい」

獣人たちに信用してもらえたことはもちろんだが、ブレットが自分をそんな風に評価してくれていたことが嬉しかった。

ラノフもブレットの言葉に強く頷く。

「城内のみならず、王都でも噂が広がっているようです。神の遣わした医師の話が。ハルト様は、我が国を救うお方です」

ラノフはソファから立ち上がると、胸に手を置き腰を折った。

「他にもご入り用のものがございましたら、私にご用命ください。いかなるものであろうと、必ず揃えましょう。どうぞ私をお使いください」

大貴族の嫡男に恭しく頭を下げられ、一介の獣医師にすぎない遥斗は戸惑ってしまう。

けれど、ラノフの申し出はとてもありがたいものだった。

一人でも多く病で苦しむ患者を救うために、遥斗はソファから立ち上がるとラノフの手を取る。

「これからよろしくお願いします、ラノフさん」

ブレットよりも華奢な手を力強く握り、握手を交わす。

ラノフは遥斗の予想外の行動に驚いたようだが、すぐに笑顔で手を握り返してくれた。

＊＊＊＊＊

ラノフと面会した翌日、遥斗はアドニス王に呼ばれた。

この世界に来たばかりの時にアドニスに謁見した広間に通され、そこに集まっていた貴族たちの前で、死の病の流行を沈静化するために力を貸してほしいと正式に頼まれた。

遥斗はもちろん快諾した。

この時も、遥斗はレオを抱えて広間に来ていた。アドニスは神であるレオと遥斗の前で跪き感謝の言葉を述べた。

他の獣人たちも同様に頭を垂れていたが、前回と違っているのは、レオだけでなく、遥斗に対しても敬意を示してくれていたことだった。

向けられる獣人たちの視線は、以前の異形の者を見るものではなく、遥斗の存在を認め、医師としての信頼を寄せたものへと変化している。それを肌で感じ取った。

次の日から、すぐにラノフとの打ち合わせが始まった。

昨日、遥斗が紙に書いた絵を元に、点滴に必要な器具があるか、他国にも尋ねるためにさっそく使者を送ってくれたそうだ。

その使者が戻るまで、早くても一ヶ月はかかると予想されるため、平行して国内で点滴の器具を作ることを提案された。遥斗がお願いすると、作れそうな職人を探してくれるという。

さらに、遥斗が伝えた治療法や感染対策を考慮し、専用の治療施設の確保を早急に進めていると報告された。

イガルタ王国では、怪我や病に罹った時、病院を訪れるという習慣はなく、患者の元に医師が赴く往診という形を取っている。

そのため、患者を入院させる病院はなく、死の病が爆発的に流行したのもそれが一つの要因だと考えられた。

流行を沈静化させるためには、患者を隔離することが重要で、まず王都に試験的に入院可能な治療施設を置き、問題がないようだったら国中に施設を増やし、知識のある医師を常駐させる予定を立てた。

遥斗の役割は、医師たちに死の病の治療法を伝授することが主になるため、急いで死の病の病態や治療方法、感染対策についてまとめた冊子を作った。

それをラノフに見せると、イガルタ王国の医師たちを集めて講義を行ったらどうかと提案された。

人間の自分の話を聞いてもらえるのか、どれくらいの人数が集まるか、当日になっても不安が拭えなかったが、たとえ一人二人でも治療法を知る医師がいれば、少しずつだが死の病で命を落とす患者を減らせる。

そう思い、迎えた講義当日。

遥斗の心配をよそに、ブレットが用意してくれた会議室には、たくさんの獣人の医師たちが集まってくれていた。

今日の講義は急に設けられたため、告知から開催まで三日しかなかった。

それにもかかわらず、王都中から医師たちが駆けつけてくれたようだ。それだけ死の病に悩まされてきたことを改めて実感し、遥斗は自分の知り得る限りの情報を彼らに伝えた。

講義を行った翌日、ラノフが訪れ、王都の外れにある廃校舎を死の病の患者専用の治療施設に改装したから不足がないか見てもらいたいと言われた。

アドニスから死の病撲滅の任を命じられてまだ五日ほどしか経っていない。

ラノフの仕事の早さに驚嘆しつつ、遥斗は快諾した。

早速、街へ行く準備を始めると、外出の気配を察知したレオが足元に纏わりついてきた。

ここのところ、遥斗と離れて留守番が多かったレオには、寂しい思いをさせてしまっている。

けれど、これは大事な仕事。レオを連れていくわけにはいかない。

「レオ、一緒に連れていけないんだ。悪いけどパウロさんとお留守番しててくれる？」

「クゥ……」

レオを抱き上げ言い聞かせる。普段は聞き分けがいいのだが、忙しくてあまりかまってあげていなかったせいか、レオは甘えるように遥斗の鼻先をペロペロと舐めて「一緒に連れてって」と言うようにおねだりしてきた。あっさり懐柔されそうになったが、心を鬼にして言い聞かせる。

「お仕事なんだ。レオは連れていけない」

「クゥ……クゥ……」

「レオ……」

尻尾をだらんと下げ、耳を伏せて、悲しげな声で鳴かれた。

憐憫（れんびん）を誘う仕草に決意が揺らいでしまう。

それはブレットも同様だったようだ。

遥斗とレオのやり取りを見ていた彼は、「かまわない」と口を挟んできた。

「レオ様もずっと城の中では退屈だっただろう。死の病に罹る心配はないとハルトも言っていたし、神であるレオ様に街の様子を見ていただくのもいいと思う」

「でも、邪魔になりませんか？」

「ああ、それなら問題ない」

ブレットはそこでメイドのシェリーを呼んだ。すぐにやってきた彼女に、レオの外出の準備をするように申しつける。

シェリーは心得たように一礼すると、いったん退室し、すぐに小振りの鞄と羽織物を手に戻ってきた。どうやら事前に外出を想定し、必要なものを一式鞄に詰めておいてくれたらしい。

「こちらにタオル類と、非常食用の干し肉と水が入ってます。それと、この羽織物をお召しください。レオ様が神様であると街の者に知られると、よからぬことが起こるかもしれませんので」

シェリーがフードつきの薄手のショート丈のマントをレオに着せ、喉の辺りで紐を縛る。

イガルタ王国に神が召喚されたことは、国民も周知のことらしいが、遥斗の存在はかえって民衆を不安にさせてしまう可能性を考え、当初は伏せられていた。しかし、今回エディ王子を治療したことで王都の医師たちを中心に遥斗の存在が広まり始めているそうだ。まだ遥斗のことを知っている者は少ないが、レオはその姿から神であると知られる恐れがある。このマントは、街中で騒ぎにならないためのシェリーの計らいだった。

シェリーは次に遥斗に向かって折り畳んだ布を差し出してきた。

「ハルト様は、こちらをお使いください。レオ様をずっと抱いて歩くとお疲れになるでしょうから」

広げてみると、それは長方形の厚手の布だった。使い方がわからず質問すると、シェリーが手ずから装着してくれる。といっても、布の両端を首の後ろで縛っただけで、骨折した人が腕を吊るための三角巾のようだなと思った。

シェリーは遥斗の胸の下辺りの布の形を整え、レオを抱き上げるとそこに入れた。

それでようやく、この布の使い道がわかった。

「これは子供を抱く時に使用するスリングなのです

が、レオ様の移動にも使えるかと思い、サイズを合わせました。使い心地はいかがでしょう？」

「すごく楽です。レオも嫌がってないですし」

スリングに収まったレオも気に入ったらしく、尻尾を左右に振っている。

「シェリーさんが誂えてくださったんですか？　とても便利です。ありがとう」

「いえ、それが私の仕事ですので」

シェリーが目を伏せる。

けれどそれは以前のように、遥斗を警戒しているからではなく、照れているからだとわかった。

ブレット同様、あまり感情を顔に出さないが、こうして女性らしい細やかな気配りをしてくれる彼女に好感を抱く。

シェリーはレオの準備を終えると、そっと部屋を出ていった。

遠出をするわけではないため、遥斗は鞄を持ちレオをスリングに入れ抱えただけの軽装で、ブレットとラノフと共に馬車に乗り、治療施設を目指す。

馬車の中、肩が触れ合いそうな距離にブレットが座っているが、今日はよくしゃべるラノフとレオも一緒だからそれほど緊張せずにすんだ。それでも馬車が揺れたはずみでもたれかからないように注意し、街並みに視線を送る。

街の外れにあるため、到着まで少し時間がかかった。

様々な商家が並ぶ王都の中心街とはまた違い、二階建てや三階建ての建物が密集した、あまり日当たりのよくない場所だ。獣人の姿もポツリポツリとしか見あたらない。

馬車が一軒の二階家の前で停まる。

さっそく降りようとしたラノフを、ブレットがいささか渋い顔をして呼び止めた。

「おい、こんなところに治療施設を設けたのか？」

「仕方ないだろう、ここしか許可が下りなかったんだ」

ブレットが押し黙り、チラリと遥斗に視線を送ってきた。

何か言いたそうな眼差しに、遥斗は首を傾げる。なかなか言い出さないブレットに代わり、ラノフが事情を説明してくれた。

「ここはいわゆる酒場が多い地区なんです。昼間は静かですが、夜になるとにぎやかで、病人の療養にはあまり適してないかもしれませんが、商人や貴族の居住区に治療施設を置くことに、反対意見が多くて……」

死の病に対する獣人たちの反応を見れば、それは仕方ないことなのかもしれない。

「ここにはあまり住民はいないんですか？」

「いえ、おります。酒場で働く者は、店の上で寝泊まりしてるんです」

「その方たちから、反対はなかったんですか？」

ラノフは珍しく言いよどんだ。

「……よく言えば、どんな者でも受け入れるところなんです。一方で、殺伐として他人に興味を示さない者が多いというか……。ようは、あまり治安がよくない場所です」

遥斗はこの世界に来てから、ほとんど城から出たことはなかった。一度だけ訪れたブレットの屋敷も隅々にまで手が行き届き、使用人たちも礼儀正しかった。そういったことから、この世界の住民たちは誰しも規律正しい暮らしをしていると思っていたが、人間同様、そうではない者もいるようだ。そういった外れ者が、この地区に自然と集まってきているのだろう。

けれど、遥斗は土地柄などは気にせず、治療施設の設置を受け入れてくれた住民たちに感謝した。

遥斗がこの地区について理解したところで、まず先にラノフが馬車から降り立った。次にブレットが降り、いつぞやのように遥斗に向かって手を差し出し、補助してくれる。一瞬躊躇ったものの、手を借りないのも変に思われそうで、そっと手を重ね地上へと降りる。

目の前に建つ建物は、元々学校だったと聞かされている。この辺りでは唯一の学校だったらしいが、外れ者たちが集まるようになってから、子供に悪影響が出ることを恐れ、子を持つ家庭は引っ越していったという。もう二十年ほど前に廃校になったそうだが、今回、治療施設として使用するに当たり、大大的に建物の補修が行われた。

確かに建物自体は古そうだが、煉瓦（レンガ）で作られているためとても頑丈で、敷地を取り囲む高い塀も設置されており、けっこうな広さの庭もあった。感染予防の面でも、患者の気分転換の面でも、この広い庭は有効に使えそうだ。

建物の中も、学校から治療施設へと大幅な改装が行われていた。

改装を始める前、遥斗が構造について話したことを、忠実に守ってくれたらしい。

一階には外来の診察室と待合室、ベッドを三つ並べた処置室があり、階段を上がった二階には、病室が二十室あるとのことだった。今は個室仕様になっているが、患者数が増えた場合、ベッドをもう一つ運び入れ相部屋にすることも可能だそうだ。

施設内を一通り見て回り、感染対策の面で必要なことを見つけた場合はアドバイスしたが、おおむね問題なかった。後は実際に患者を受け入れ、不具合が出た場合にその都度考えていく形を取ることにする。

「ハルト様のお言葉に従い、医師や看護人、雑役には、かつて死の病に罹り回復した者を探しております。一度罹れば再感染しないというのも、これまで知られていなかったことですので、なかなか人が集まりませんでしたが、王国からまとまった額の報奨金を出す旨を通達したところ、チラホラ応募してきてくれています。人員の確保も進んでおりますので、ご安心ください」

「もし人手が足りない場合は、僕も手伝います。遠慮なく言ってください」

　ラノフに告げると、彼は目を細め微笑む。

「それは心強い。さすが神の遣い。ハルト様は本当にお優しい方ですね」

「いえ、そんな……。獣医師として当たり前です」

　臆面のない賛辞に、遥斗は照れ笑いを浮かべる。

　敷地を横切り馬車に戻る道中も、ラノフから再三褒め言葉を贈られた。

「神であるレオ様も高貴なお姿をされていますが、ハルト様もお美しい容姿をされておいでで。私が最初、女性と見間違ったのも無理はないと、お会いするたびに思っております。ハルト様の、我々イガルタ王国の民とは違う、繊細なご容貌とお心は……」

「ラノフ、いい加減その口を閉じろ」

　延々と続くラノフの言葉を遮り、ブレットが憮然とした声で割り込む。

「本当によく動く口だ。ちょうど治療施設にいることだし、ついでに縫ってもらったらどうだ？」

「怖いことを言うなよ。なんで急に不機嫌になってるんだ？」

「お前の声が耳障りなだけだ」

「美しい人を前にすると、自然と言葉が出てきてしまうんだ。そう、私に語らせているのは、ハルト様のお美しさで……」

「その美しいだのなんだのをやめろと言ってるんだ。今は仕事中だぞ」

　ラノフが反論しかけ、けれど何かに気づいたような顔をした後、ニヤリと人の悪い笑みを浮かべる。

「ブレット、お前、私とハルト様が仲よくなることに嫉妬してるんだろ」

「な、何を言い出すんだっ」

　図星だったのか、ブレットが珍しく慌てたように否定する。

　その反応を見て、遥斗もブレットの苛立ちの原因が自分であったことを悟る。

　ラノフはブレットの古くからの友人。その二人の間に突然現れた自分が割り込み、ラノフの関心が遥斗に向いたことが面白くなかったのだろう。先ほどから、ずっと二人で話していたし、これではブレットが疎外感を覚えてしまっても仕方ない。

「ハルト、ラノフの言うことを真に受けるんじゃないぞ」

きっと、自分ではブレットとラノフのような関係を築けない。遠慮なくものを言い合えるような仲には……。

そう思うと小さく胸が痛んだが、それが事実だ。

遥斗はブレットを安心させるために笑みを作った。

「ええ、わかってます。全部お世辞だって」

ブレットは遥斗の返答を聞き、口をモゴモゴと動かす。小声で何か言ったようだったが、風の音にかき消され遥斗に届くことはなかった。

ブレットは先に馬車へと戻ってしまう。

その後ろをラノフと追いながら、ブレットと友人にすらなれないことが、悲しく思えた。

そんな遥斗を、レオが気遣わしそうに見つめていた。

治療施設の視察も無事に終わり、馬車は城へと向かって走っていた。

ブレットは先ほどの会話が尾を引いているようで、不機嫌そうに窓の外を眺めている。ラノフはブレットにおかまいなしで、よくしゃべっていた。

やがて馬車は商店の立ち並ぶ中心街に差し掛かる。

商店街を少し進んだところで、窓枠に頬杖（ほおづえ）をついていたブレットが御者を務める部下のパウロに声をかけた。

「その角を曲がったところで止まってくれ」

馬車は緩やかに停車し、ブレットが扉を開け降り立った。

「寄りたいところがある。すまないが少々待っていてもらえるか？」

「僕はかまいませんけど、どちらに？」

「すぐそこの店だ。頼んでいたものを受け取ったら、すぐに戻る」

ブレットが目線で指したのは、装飾品を扱う店だった。

実用性重視で、自身を着飾ることに興味を持っていないブレットには、およそ用がなさそうな店だと思いながらも遥斗が了承すると、パウロに護衛を頼み、ブレットは扉を閉め足早に店に入っていった。

その後ろ姿を目で追っていたラノフが、遥斗の耳元に口を寄せ囁いた。

「あれは女ですね」

「へ!?」

「ブレットですよ。仮にも仕事中にハルト様とレオ様の元を離れてまで、装飾品店にいそいそと向かうだなんて……。女が出来たに違いありません。きっと女性への贈り物でも取りにいったのでしょう」

ラノフの思い違いだと言いたかったけれど、ブレットがあの店に用事があること自体に違和感を覚えていたため、彼に恋人が出来たのではという言葉には説得力があった。

——ブレットに、彼女が……。

あの堅物のブレットが護衛の任務中にハルトの傍を離れたのだから、とても大切にしている女性への贈り物なのだろう。

日頃、護衛として常に遥斗と行動をしているため、ブレットには休日らしい休日がない。就寝時も隣の部屋に控えていて、何かあったらすぐに飛んでこられるように気を配ってくれている。

そんな生活を送っているのだから、ブレットはプライベートな時間を持つことも出来ないはずだ。だから少しくらい寄り道をしてもらっても全くかまわなかった。

しかし、それが彼の恋人のためだとしたら……。

どうしても気持ちが沈んでしまう。

顔も知らない彼の恋人に、嫉妬してしまいそうになった。

遥斗が押し黙っている間に、ブレットが戻ってきたようだ。

馬車に乗り込んだブレットを、ラノフがやっかみ半分、からかい半分といった口調で質問責めにする。

「お早いお戻りで。用事はすんだのか？」

「ああ。待たせてすまない」

「ちなみに、どんなものを買ったんだ？　手ぶらだが、ポケットに入れてあるのか？」

ラノフがブレットとの距離を詰め、上着の内ポケットを探ろうとする。

「やめろ、お前には関係ない」

「私が女性に相応しいものかどうか、確認してやる。ほら、見せてみろ」

「いい加減にしろっ」

狭い空間で二人が揉め出し、彼らが動くたびに馬車が大きく揺れる。

その時、遥斗の目に『薬問屋』という看板を掲げた店が飛び込んできた。

この世界では薬草を主に薬として用いているため、別世界から来た遥斗には馴染みがない。この先も長く滞在することになるかもしれないと考え始めていたため、それなら死の病以外の病気にも対応出来るように、薬の知識を入れておきたいと思っていたところだった。

「ブレット、あの『薬問屋』に寄ってもらえますか？　この国の薬を見てみたいんです」

「ああ、かまわない。……パウロ、店の前で馬車を停めてくれ」

レオをスリングに入れて三人で薬問屋に入る。

店内には、透明の瓶に入れられた乾燥させた植物が棚いっぱいに並んでいた。

他に客の姿はなく、店の奥の机に眼鏡をかけた獣人が座っているだけだった。

「いらっしゃいませ。なんの薬をお探しでしょう？」

「店主、手が空いていたら、彼に薬の説明をしてもらえるか？　もちろん、後でいくつか薬を買わせてもらう」

「ええ、よろしいですよ。お客様は……」

そこで店主である獣人が遥斗に視線を向け、息を飲んだ。人間を見たことのない彼の目には、非常に奇妙な容姿に見えたのだろう。凝視された後、恐れるように視線を外された。

これまでそんな反応を散々されてきたため、今更驚くこともなかったが、ブレットは一歩前に進み出ると、店主に向かって遥斗の正体を明かす。

「彼は『神に遣わされた医師』。噂くらいは聞いたことがあるだろう？　エディ王子を死の病から救った奇跡の医師だ。丁重に扱うように」

医師相手の商売をしている店主も遥斗の噂は耳にしていたらしく「このお方が……」と呟いた後、躊躇いがちにだが遥斗に近づき、用を聞いてくれる。

「失礼いたしました。して、何をご所望ですか？」

「何を、というわけではないのですが、この国で一般的に治療に使われている薬を一通り知りたくて」

「少々お時間をいただくことになりますが、端から順番にご説明させていただきます」

店主は親切に薬草の説明をしてくれた。

途中、スリングからひょっこり顔と前足を出したレオを見てまた驚いた様子だったが、ブレットが無言の圧力をかけたため、言及してはこなかった。

確かに街中でレオが神だと安易に口に出来ないけれど、ブレットに睨まれた店主に申し訳なさが募る。

全ての説明が終わると、店主が勧めてくれた治療によく用いられるという薬草をブレットが何種類か購入してくれ、薬問屋を後にした。

荷物を持ったブレットに続き店を出ると、馬車の前に人影を見つけた。

仕立てのいい濃紺のスーツに揃いの帽子を被った小柄な獣人は、ブレットの顔を見て満面の笑みで駆け寄ってきた。

「ブレット兄様！」

「チェスター？」

片手に荷物を抱えていたブレットは、空いていた方の腕で胸に飛び込んできた弟の身体を抱きとめた。

「どうしてここに？」

「薬を見にきたんです。本で勉強するだけでなく、実際の薬草を見てみたくて」

ブレットから身を離すと、チェスターは遥斗に向かってペコリとお辞儀をした。

「お久しぶりです、先生」

「こんにちは。今日は体調がいいみたいだね」

「はい。この間先生に言われたように、毎日少しずつ身体を動かすようにしたんです。そしたら食欲が出て、きちんと三食食べるようになったら、だんだん起きていられる時間が長くなってきて。こうして外出も出来るようになったんです」

彼を診察した時、安静も大切だけれど、体力をつけるために適度な運動をするようにとアドバイスしていた。チェスターはまだ若く、これからの人生をずっとベッドの中で過ごさせるのは気の毒だと思ったのだ。

自分の限界を知れば体調のコントロールが出来るようになるし、体力がつけば行動範囲を広げられる。ダメージを受けた心臓を治すことは出来ないが、身体との折り合いをつけて充実した生活を送れるようになってほしかった。

勤勉なチェスターは遥斗のその言葉に従い、毎日運動を続けていたようだ。

日々の積み重ねの成果をこの目で見ることが出来て、遥斗も嬉しかった。

「よかった。でも、あまり無理はしないように。適度に休憩を挟みながらね」

「はい！」

チェスターは歯を見せてニッコリと笑った。

「ところで、先生も今日は薬草を買いにいらっしゃったんですか？」

「薬草はついでで。今日はラノフさんにお願いしていた、治療施設の視察で街に来たんだ」

「死の病を治す施設ですね」

「そう。よく知ってるね」

チェスターはブレットの反応を窺うようにチラリと見上げた。

「先生が、騎士になれなくても別のことでこの国を支えられるって言ってくださったから、僕なりに考えたんです。マクグレン家の者として、イガルタ王国のために何が出来るかって。それで……出来たら僕も、先生みたいな医師になりたいって思って、色色と勉強を始めたんです」

——チェスターくんが医師に……。

それはとても喜ばしい報告だった。

ブレットに視線を送ると、彼も目を細め、穏やかな表情でチェスターを見つめていた。

「今、この国に必要なのは騎士よりもハルトのような医師だろう。死の病に罹った経験を持つお前なら、いい医師になれる」

ブレットは帽子の上からポンッとチェスターの頭を一撫でする。

尊敬する兄に認めてもらえたことで、チェスターも嬉しそうだ。

「それで、もしよかったら、僕にも何かお手伝いさせてもらえませんか？　一度死の病に罹った者は、二度と罹らないんでしょう？　僕でお役に立てることがあるなら、是非お手伝いしたいんです」

チェスターはやる気満々のようだったが、ブレットは心配そうだ。

兄に反対される気配を察知して、チェスターが遥斗に訴えてきた。

「死の病をこの国からなくしたいんです。僕みたいな患者さんを、これ以上増やしたくない。そのお手伝いを僕にもさせてください。お願いします！」

腰を折り頭を下げられ、チェスターの死の病に対する思いに心を打たれた。

遥斗は彼の好意をありがたく受け取ることにする。

それに、これまでに様々な書物を読んできた彼からだったら、何かヒントに繋がる話が聞けるかもしれない。

遥斗は点滴のことを話してみることにした。

「ありがとう。とても助かるよ。実は今、死の病の治療に使う特殊な医療器具を探してるんだけど、こういうものをどこかで見たことはある？」

遥斗はラノフが携えていた書類の中から、点滴について書かれた資料を見せる。

まだ十五歳の少年には難しい内容だったが、彼はきちんと紙に書きつけられた器具の形状や用途を理解したようだ。

「……僕がこれまで読んだ本の中には、こういったものは書かれていませんでした。でも、あのお店なら、作ることが出来るんじゃないかと思います」

「それはどこのお店？」

「お店の場所までは知らないんです。でも、兄様なら知っているはずです」

「ブレットが？」

視線を向けられても心当たりがないようで、ブレットは首を傾げた。

「私はこれまで医療器具を扱う店には行ったことがないが」

「でも、武器屋にはよく訪れるでしょう？」

ブレットはハッとしたように目を瞠る。

「オットー商会に協力を仰ぐのか？　王都一の商家なら、我々とは違った人脈があるとは思うが、医療器具の製造に精通している王都の商家には、すでにラノフが依頼しているぞ」

「ええ。ですが、まだ完成はしていないんですよね？」

ブレットの代わりにラノフが答える。

「……ああ。特に中が空洞の針を作るのが難しいらしい。まだ時間がかかると言われている」

チェスターはブレットを見上げて言った。

「オットー商会は騎士団に武器を卸しています。でもその裏で、暗殺に使用する武器も製造している。

そうでしょう？」

遥斗は不穏な単語に息を飲んだ。

——暗殺って……、誰を？

遥斗が表情を強ばらせたことに、ブレットも気づいたようだ。視線を逸らしながらも頷く。

「……そうだ。チェスター、知っていたのか」

「僕もマクグレン家の一員です。家業のことは知る必要があります」

「言っておくが、秘密裏に渡された暗殺道具をこれまで使用したことはない。もしもの時の切り札として、騎士団長を務めるマクグレン家に託されているというだけだ」

ブレットの言葉に、遥斗は安堵の息をつく。

チェスターも兄の言葉を正しく受け取ったようだ。

「わかってます。ですが、今回はその暗殺道具の一つが、点滴に使えるのではと思ったんです。確か、中に薬を仕込んで使う毒針がありましたよね？」

チェスターがなぜオットー商会という、武器を扱っている商家の名前を挙げたのか、そこでようやくわかった。

ブレットも感心したようにチェスターを見ている。

「あの毒針か……。あれをもう少し細くすれば、点滴に使えるかもしれないな。さっそくオットー商会を訪れて店主と話をしよう」

点滴器具の開発に光明が見えた。

ブレットに促され、さっそく馬車へと向かう。

チェスターがその場にたたずみ自分たちを見送ろうとしていたため、遥斗は彼に手を差し出した。

「チェスターくんも一緒に」

「僕も行っていいんですか？」

目を丸くする彼に、遥斗は微笑みかける。

「当たり前じゃないか。君のおかげで点滴器具の完成に近づけそうなんだから」

遥斗の言葉にチェスターが許可を得るようにブレットに視線を向けた。ブレットは無言で頷き返したが、弟に向ける眼差しは温かいものだった。

「はい、一緒に行きます！」

チェスターは破顔し、遥斗の手を取って共に馬車に乗り込み、オットー商会を目指して出発した。

馬車が動き出したところでレオがスリングから顔を出し、チェスターは初めて目にする犬に、興味深そうな視線を送ってきた。ブレットがレオを神だと紹介すると、姿勢を正し恭しく頭を下げ挨拶してくれた。

レオはチェスターを気に入ったらしく、またチェスターもレオが気になっているようだったので、スリングから出して彼に抱かせてやる。

初めは恐縮していたチェスターだったが、レオが彼の鼻先をペロリと舐め尻尾を振ったことで嬉しそうに相好を崩し、そろそろと背中を撫でていた。

お互いに相性がいいようなのでそのままレオはチェスターの膝の上で過ごさせた。

しばらくするとイガルタ王国の文字で『オットー商会』と看板が出ている三階建ての店の前で馬車が停車した。

再びレオをスリングに入れ、馬車を降りる。

先頭を行くブレットについて店内に入ったところ、すぐに店員であろう男性の獣人が駆け寄ってきた。

「これはこれは、マクグレン様。ようこそいらっしゃいました」

「事前に連絡もせず、突然すまない。今日は店主はこちらにおいでか？」

「はい。奥で仕事をしております。お呼びいたしましょうか？」

「頼む」

店員は一礼し、急ぎ足で店の奥にあるドアを開け店主を呼びにいってくれた。

彼が戻ってくるまでの間、遥斗はチェスターと一緒に店内を見て回ることにする。

元の世界にも銃砲店というものは存在したが、遥斗は一度も訪れたことはなく、この世界の武器屋にも今日初めて足を踏み入れた。剣などの武器がズラりと並んでいる物々しいイメージを持っていたが、意外にも、数点剣や盾、鎧などが置かれているのみで店構えのわりに中はこぢんまりとしている。

　遥斗が一点だけ置かれていた、中世の騎士が身につけていたような全身を覆う鎧をしげしげと眺めていると、隣にブレットが立ち声をかけてきた。

「興味があるのか？」

「興味というか、ブレットが着ていたものと少し違うなと思って見てたんです」

　ブレットの鎧姿は、この世界に召喚された時に一度見ただけだったが、胸と肘下、膝下と、身体を部分的に覆う鎧を着ていた。

「よく覚えていたな」

「だって、僕のいた世界では鎧を着た人なんて日常生活で目にする機会はないですから。ブレットもこういう鎧を持っているんですか？」

「ああ。全身を覆う鎧は、指揮官が身につけるものなんだ。指揮官が討ち取られたらたちまち指揮系統が崩れてしまうからな。だが、これまで大きな争い事もなく、実際に着用したのは騎士団長の役を賜った時だけだがな」

　ブレットがそう言った直後、二人の間にラノフがヌッと身体を割り込ませてきた。

「ブレットは変わり者なんです。式典の時なども本来はこのような鎧を着用して護衛に当たるべきところを、動きづらいからと言って、役職を持たない騎士が身につけるような簡易的な鎧しか着ないんです」

「この鎧は戦場で指揮官を守るもので、王をお守りする際は素早く動き回れる格好の方が適している。そうアドニス王にも説明し、許可をもらっている」

「王は合理的なお考えをなさる方だからな。だが、違うんだよ、ブレット。見栄えというものも重要なんだ。王のお傍にこの鎧を着た逞しい騎士団長の姿がある、それを周りの者は目にすることで安心感を得られるんだ。わかるか？　ブレット。つまりお前は、せっかくの女性へのアピールポイントをみすみす逃して……」

「もういい。黙れ」

途中までは耳を傾けていたブレットだったが、ラノフが女性云々と言い出したところで憮然とした顔で遮った。

なおもラノフが「もったいない」と繰り返していると、ブレットが苛立ったように言った。

「私は自分が愛した者に好かれれば十分だ。気の多いお前と違って、たった一人に愛してもらえればそれでいい」

ブレットの言葉にドキリとする。

それは実直な彼らしい発言だったが、実感のこもった声音に、やはり彼にはそういう想いを抱いている相手がいるのだと確信する。

その確信は、先ほど、装飾品店に急ぎ足で入っていくブレットの姿を見たからだ。

そしてそう思ったのは遥斗だけではなかったようで、ラノフが声を大きくしてブレットに詰め寄った。

「やっぱりお前、好きな女性がいるのか!? 私は聞いてないぞ！」

「なんでお前に全部話さないといけないんだ」

「……ということは、いるんだな!? 誰だ？ 私の知っている者か？ 去年つき合っていた令嬢とはもう別れたよな？ その前の商家の娘か？ その前の相手はもう結婚しているし、まさかお前に気があるあの未亡人と……」

「ラノフ、いい加減黙れっ」

ラノフは次々にブレットの想い人の可能性がある者を挙げていく。

ブレットは独身なのだから誰とつき合おうと自由だ。そう頭ではわかっているのだが、実際に彼の旧友から過去の恋人たちの存在を知らされ、遥斗は徐徐に俯いていく。

――ラノフさんが挙げた中に、ブレットの好きな人がいるのかな？

そんなことを考えてしまい、胸が締めつけられる。

ブレット本人は女性に好かれないと以前こぼしていたが、これほど魅力的な人に一途に想いを寄せられたら、心が靡かないはずがない。

ブレットが誰かと結婚するところまで思い浮かべてしまい、いよいよ気持ちが沈んでいく。

遥斗が急に下を向いて黙り込んだから、余計な心配をかけてしまったらしい。詮索してくるラノフを無視し、ブレットがこちらに顔を向けた。

「ハルト、私の個人的な話を聞かせてしまってすまない」

「いえ、そんなことは……」

「それと、ラノフの言ったことは、聞き流してくれ」

「はい？」

「先ほどあいつが挙げた相手とは、もう何もない。誤解しないでほしい」

過去の恋人たちとは終わっているようだが、好きな人がいるのかという問いを、彼は否定しなかった。ブレットが今現在、誰かに想いを寄せているのは事実なようだ。

元々、彼に想いを打ち明けるつもりはなかったけれど、ブレットが他の誰かを好きだと聞くと心穏やかではいられない。

でも、ブレットには幸せになってほしい。

遥斗は自分の感情を押し込めて、ブレットに微笑みかけた。

「……好きな人に、ブレットの想いが通じるといいですね」

生真面目なブレットは、あまりこの手の話題を続けたくないのかもしれない。無言で視線を逸らされた。

ラノフはまだ諦めずにブレットに問い質そうとしていたが、そこで店の奥からオットー商会の店主がやってきた。

茶色と黒の混ざり合った毛並みを持つ店主は、親しげな笑みをブレットに向ける。

「マクグレン様、お久しぶりでございます。わざわざ店まで足をお運びいただかなくても、お呼びくだされば こちらから伺いましたのに」

「今日は私用で訪れたわけではないんだ」

「では、騎士団のお仕事で？」

「仕事ではあるが、騎士団とは関係のない事柄を頼みにきた」

そこでブレットは遥斗に目配せする。

店主の視線が遥斗に移り、獣人とは異なる姿をしている者がいることに驚いた顔を見せたが、すぐに愛想のいい笑みを浮かべた。

「初めて見るお方ですね。こちら様は？」

「彼はハルト。神の遣わした医師だ。彼の求める医療器具の製造を頼みたい」

「医療器具を……。詳しいお話を窺いたいので、どうぞ奥の部屋へ」

店主に店の奥へと促され、場所を変えることになった。

扉を抜けると、長い廊下が現れる。両側にはそれぞれ扉が五つあり、それらは全て応接室になっているという。店頭に武器の類があまり置かれていなかったのも、商談は全てこの応接室で行われるためで、客の希望に添ったものを特注で製造するからだとブレットから教えてもらった。

遥斗たちが通された応接室の長方形の重厚なテーブルに着席すると、店主に改めて依頼する品について尋ねられた。

「医療器具をお求めとのことですが、どういったものをご用意すればよろしいのでしょうか？」

「この紙に書いてあるものを、お願いしたいんです」

遥斗が点滴の概要が書いてある紙片を渡し、チェスターが言っていた毒針の話をブレットが伝える。

店主はしばし考え込んだ後、毒針を実際に作った職人に話をしてみると言ってくれた。

「おそらく、この点滴というものに使う針も作れると思います。私共の抱えている職人の腕は確かです。どうぞお任せください」

「ありがとうございます！」

一番の難所を越えることが出来そうで、遥斗は胸を撫で下ろす。

「他の部分についても、試作品を作らせていただきます。全ての器具が完成しましたら、またご連絡させていただきます」

そこでブレットは一番端に座っているチェスターを手で指し示す。

「試作品が出来たら、私の弟であるチェスターに連絡をもらえるか？　この件はチェスターに任せようと思う。私は護衛の任務に集中したい。ハルトもそれでかまわないか？」

「はい、もちろん。チェスターくんの機転のおかげですから」

チェスターはまさかオットー商会との連絡役を一任されるとは思っていなかったようで慌て出す。

「僕みたいな子供でいいんですか？　大事なお役目なのに……」

「死の病をこの国からなくすために、僕の手伝いをしてくれるんでしょう？　僕もチェスターくんに任せたい」

遥斗がそう告げて背中を押すと、チェスターも覚悟を決めたような表情をして引き受けた。

「ご迷惑をおかけないように、しっかり務めさせていただきます。店主さん、僕ではご不安かもしれませんが、よろしくお願いします」

丁寧に頭を下げたチェスターを見て、店主は頬を緩める。

「さすがマクグレン家のご子息。幼い頃よりイガルタ王国のために働きたいというそのお心に感動しました。こちらこそ、どうぞよろしくお願いします」

店主もチェスターに頭を下げ、話が一通りまとまったところで席を立った。

気がつけば当初の予定よりずいぶん時間がかかってしまっていた。

せっかくなのでブレットの屋敷に寄りチェスター

とゆっくり話をしたいところだったが、あまり遅くなると城の者に心配をかけてしまうかもしれない。

残念だけれど、チェスターだけ屋敷の前で降ろし、そのまま帰城することになった。

見送ってくれているチェスターに、馬車の窓を開けて改めて礼を告げる。

「今日はありがとう。チェスターくんのおかげで、早く点滴が完成しそうだよ」

するとチェスターは頭を左右に振った。

「お礼を言うのは、僕の方です。僕の人生を変えてくれたばかりか、先生は命を奪う武器を、治療器具に変えてくれました。なれるかわからないけれど、僕はハルト先生のような医師を目指します」

夕暮れの太陽の光が反射した瞳は、以前よりもずっと輝いて見えた。

チェスターの言葉に、獣医師になってよかったと心から思った。

遥斗はニコリと微笑みを浮かべる。

「いつか一緒に、たくさんの命を救おう」

「はい！」

チェスターは牙が見えるほど口角を持ち上げ、嬉しそうに笑う。

この時、遥斗はなぜ自分がこの世界に召喚されたのかを悟った気がした。

きっと、本物の神様がイガルタ王国の国民を救うために、獣医師である自分をこの世界へ導いたのだろう。この国から死の病をなくすことが自分に課せられた使命なのだ。

チェスターに別れを告げ、馬車は城に帰り着いた。

城内に入るなり、今日の治療施設の視察で遥斗が指摘した点を改善するため、ラノフは打ち合わせに向かう。ラノフに礼を言い、遥斗とレオ、ブレットは部屋に戻った。

色々と立ち寄っていたから、すでに夕食の時間になっている。

シェリーが食事の準備を始めてもいいか聞きにき

たが、ブレットはもう少し待つようにと返した。

まだ何か仕事があるのだろうか。

そう思っていると、ブレットが上着に手を入れ、布袋を取り出した。

「これを」

「なんですか？」

「見ればわかる」

中身を取り出してみると、それは青色の小さな首輪だった。

「これ……！」

「レオ様がこの世界に召喚された時につけていたものだ。シェリーに処分するか聞かれ、私が預かり、先ほど立ち寄った装飾品店に補修を頼んでいた」

そう、これはレオが元の世界でつけていた首輪。

この世界に来た翌日、風呂場で外したが、アドニスとの謁見が終わり部屋に戻ってきたらなくなっていたのだ。

当時は獣人たちに気軽に声をかけられず、首輪の行方を問うことが出来なくて、なくしたものと思って諦めていた。

それが、まさかこんな形で返ってくるなんて……。

遥斗は補修されたことで、新品のように発色がよくなった首輪の内側に目を向ける。

そこには、やや薄くなった字で『レオ』と名前が書かれている。

「外側は少し色を足してもらったが、内側は汚れを落とすだけにしてもらった。私には読めないが、文字のようなものが書いてあったから、あえて手を加えないでおいた」

遥斗は感極まって、首輪をギュウッと胸に抱きしめる。

「これ、僕の父がレオに贈った首輪なんです。レオの持ってる、唯一の父の形見で……。こんなに綺麗になって返ってきて、とても嬉しいです……！」

この首輪は、遥斗の父がレオを飼い始めた時にあげたもの。だからもうずいぶんとくたびれているのだが、レオはこの首輪以外つけようとしなかった。

遥斗自身も、たまに首輪を洗ってやる時に、内側の『レオ』という文字を見て、父のことを思い出していた。

この首輪には、レオが父と暮らした思い出が詰まっている。レオの宝物だった。

「レオ、おいで」

遥斗はレオの首に綺麗になった首輪をはめる。

レオもそれが何かすぐにわかったようで、首輪をつけてやると尻尾をブンブンと振り回していた。よほど嬉しかったようで、そのまま部屋の中をあちこち走り回り始める。

「ブレット、本当にありがとうございました。レオもとても喜んでます。ボロボロだったから、捨てられてしまったと思ってました」

「大事に使っていた形跡があったからな。傷んでいても、それが気に入って愛用していたからか、それともただ単に乱暴に扱ったからかは、ものを見ればわかる」

穏やかな瞳で見下ろされ、遥斗はそっと俯く。

――このために、あのお店に寄ったんだ。

ラノフは女性への贈り物を求めに行ったのだろうと言い、遥斗もそう思ったけれど、実際は違ったのだ。

ブレットの心遣いに、遥斗の胸が高鳴る。

――どうしよう。こんなことをされたら、僕はもっと彼のことを……。

ブレットの瞳を直視出来そうになく、顔を上げられない。

それほど、彼に心を奪われている。

以前、彼は自身のことを鈍感だと言っていたけれど、よく周りの者を見ている。そしてその者の心に寄り添い、労る心を持っている。

そうしたブレットの優しさに触れるたび、遥斗の心は温かいもので満たされていった。

――ブレットのことが、好き。

けれど、この想いを彼に告げることは出来ない。好きな人がいるのかという問いを、彼は否定しなかった。

ブレットにはすでに恋い慕う人がいる。

どれほど想いを寄せようとも、自分とは結ばれることのない相手。

気を抜くと悲しみにとらわれてしまいそうで、遥斗は足元に駆けてきたレオを抱き上げ、その身に顔を埋めた。

＊＊＊＊＊

イガルタ王国に来てから、三ヶ月が過ぎた。

短い秋が去り、冬が到来している。先日は初雪もあり、夜の間降り続いた雪で朝には城の庭園が白一色に塗り替えられていて驚いた。まだ冬の終わりは遠く、これからますます寒くなるという。

獣人たちの被毛も冬に向け徐々に密度を増してきていたが、それでもイガルタ王国の冬は厳しいらしく、初雪が見られた日から部屋の暖炉に火が入れられるようになった。

被毛を持たない遥斗は、秋の終わりから部屋の中でも厚着をして過ごさないと寒くてならなかったので、暖炉に薪（まき）をくべるシェリーを見た時はとても喜んだ。その後、暖炉の前から動こうとしない遥斗に気づいたブレットが「凍えさせてすまなかった」と謝まってきて、変に気を遣って寒いと言い出さなかったことを少し後悔した。

そうして、イガルタ王国に三度目の雪が降った日。

王国に蔓延していた死の病の流行が、少しずつ収まりつつあると報告が上がってきた。

王都に設けた死の病専用の治療施設に始まり、王国全土に同じ施設を順次設置し、遥斗から感染予防や治療方法をレクチャーされた獣人の医師たちが各地に派遣された結果、ゆっくりとだが感染は広がりを止めてきているそうだ。

まだ完全に死の病がなくなったわけではないが、この調子なら、この国から患者がいなくなる日がくるかもしれない。

この成果を受けて、獣医師としてこの国のために働けたことを、遥斗も喜ばしく思った。

ところがそんな時。

ブレットからある話をされたのだ。

その日の朝も、いつもと同じように起床時間を過ぎるとブレットがやってきた。

どことなく様子がおかしいと感じたのは、遥斗が彼のことを無意識によく目で追うようになって久しいからだろう。

傍目にはいつもと変わらぬ無表情に見えるだろうが、この日、ブレットはどこか思い詰めたような顔をしていた。

だが、それを指摘することすら許されないような空気を感じ、遥斗はブレットの変化を気にしつつも日課であるレオの朝の毛繕いを終え、シェリーが運んできてくれた食事を摂る。

ブレットは席に着く遥斗とレオを、普段と同様に傍で見守っていた。

そして遥斗が食後のハーブティーを飲み始めた時、ついに切り出されたのだ。

「話がある」

短い言葉の中に張りつめたものを感じ、心臓が一瞬跳ね上がる。

何かよくない話だろうか。

不安が頭を掠める。

眉を顰めながら、カップをソーサーに置いた。

「なんでしょう?」

ブレットはソファに腰掛ける遥斗との距離を縮めると、わずかに躊躇う素振りを見せた後、その口を開く。

「ハルトを元の世界に戻す方法が見つかった」

速まっていた鼓動が、今度は瞬時に停止したかのような錯覚に陥る。

それほどの衝撃をもたらす言葉だった。

元の世界に戻りたいと当初はあれほど願っていたが、三ヶ月間この世界で生活し、獣医師としてイガルタ王国のために尽力してきた。遥斗の働きを獣人たちも認めてくれ、ここでの暮らしにも違和感を覚えることは少なくなっていた。

元の世界に戻りたくないわけではない。

まだ獣医師として大学附属の動物病院で学びたいことがあった。ゆくゆくは父の遺した動物病院を再開させたいとも思っていた。

けれど、ここを離れたら、ブレットとはもう二度と会うことが出来なくなるだろう。

それを思うと、以前のように戻りたいと強く願うことはなくなっていた。

だから急にそんなことを言われても、喜びよりも戸惑いの方が大きかった。

「それは……本当ですか？」

ようやく遥斗から出た言葉は、答えなどわかっている質問だった。なぜなら、ブレットは不確かな情報を口にはしない。断言したということは、本当に元の世界に戻る方法を得たということに他ならない。

ブレットは遥斗の戸惑いを察したようで、順を追って話してくれた。

「ハルトが死の病をこの国からなくすために奔走してくれている間に、テオタート王国に使者を送った。ハルトを再び元いた世界に戻す方法がないか聞くために。時間を要したが、神官に会うことが叶ったそうだ。その使者が昨夜遅くに戻り、私にその術を話してくれた」

「でも、以前、ブレットが言っていたじゃないですか。神官に会うには、とても長い間待たされるって」

「召喚の儀式で問題が発生したと伝えてもらったんだ。彼らにも神官としての面目がある。ベルジ司祭に伝授した儀式に何か間違いがあったのではと慌てたようで、通常よりも早く目通しが叶ったようだ」

おそらく、ブレットが告げるように言った『問題』とは、遥斗のことだろう。神のみを召喚するはずが、おまけまでついてきたのだ。結果的にイガルタ王国にとって死の病の流行を止められる事態になったが、おまけで召喚してしまった者がよくない事象を引き起こすことも考えられる。

ブレットはそれを彼ら神官の不手際なのでは、と遠回しに話をもっていったのだろう。

「使者を送ったこと、言ってくれればよかったのに……。いきなり元の世界に戻る方法が見つかったと言われて、びっくりしました」

「私ももっと時間がかかると思っていたんだ。それに、元の世界に戻せる術がそもそも存在しない可能性もあった。その場合、ハルトをぬか喜びさせて、余計に落ち込ませてしまうと思ったんだ」

それは、彼なりの気遣い。

ブレットの優しさが心に染みる。

「ハルトには感謝している。ハルトのおかげで死の病の治療法がわかった。感染を防ぐ方法も。いずれ、死の病の流行も完全に収まるだろう。……だから、ハルトは何も心配せずに、元の世界に帰るといい」

「…………え？」

「帰りたいと言っていただろう、イガルタに来たばかりの頃に」

帰りたいとブレットに訴えたことは、遥斗の記憶にも残っている。

あの時は帰れるものならすぐにでも帰りたいと思っていた。

しかし、今は取り巻く状況や環境が変わっていた。自分の気持ちも、変わってしまっている。

「だけど……」

そこまで言いかけて、ふと頭の中にあることが浮かんだ。

――もしかして、もう僕には用がないから帰れと言っているのか？

もう死の病の治療法もわかったし、流行も落ち着いてきている。

病の脅威が遠ざかりつつある今、今度は獣人ではない遥斗の存在が邪魔になったのだとしたら……？

自分の考えすぎだと思いたかったけれど、この世界に来てすぐ、人間だというだけで冷遇されたことを思い出してしまい、強く否定出来なかった。

遥斗は膝の上に置いた手を握り込む。

「死の病の治療法がわかったから、もう僕は必要ないということですか？」

ブレットの返答を聞くのが怖い。

けれど、これは聞かなくてはいけないことだと思ったから、震える声で尋ねた。

ブレットが驚いたように瞠目（どうもく）する。

「そんなことは言ってない」

目線を合わせ、はっきりとした声音で言い切ってくれる。

ホッと内心で息を吐き、そしてもう一度勇気を奮い立たせ、胸の内にずっとある想いをほんの少しだけ言葉にした。

「僕はあなたのことを……、友人、だと思ってます。この世界に来て三ヶ月間、一日の大半を共に過ごして、ブレットには誰よりも心を許しています。でも、僕はそう思っていても、ブレットは違うんですね」

「違う、とは？」

「元の世界に戻ったら、もう二度と会うことはないかもしれない。それなのに、簡単に別れを口に出来るほど、ブレットの中で僕の存在は小さいものだったということじゃないんですか？」

自らの放った言葉の刃（やいば）で、心を切り刻まれるような心地だった。

一息に言い切り、重い空気に耐えかねて目を伏せたその時、強い力で腕を摑まれた。予期せぬことに身体がビクリと跳ねてしまう。

「私が簡単にこの話をしたと、本気で思っているのか!?」

「ブ、ブレット……？」

反射的に顔を上げると、苦渋の色を滲ませた青い瞳と視線が交わる。

澄んだ瞳。

これほど透明な色をした瞳は、見たことがない。

遥斗はブレットの瞳から目が逸らせなくなる。

「……すまない」

ブレットはやがてそう呟くと、そっと遥斗の腕を離した。

もう彼の手は触れていないというのに、摑まれた箇所が熱を帯びている気がして、無意識に腕をさする。

ブレットがそれを沈痛な面持ちで見つめてきた。

「私は自分の気持ちを押し殺して、ハルトを元の世界に帰そうと決めたんだ。決してハルトの存在を軽んじているわけではない。……本心を言えば、ここにとどまってほしいと思っている。けれど、ハルトには元の世界での暮らしがあるだろう。私に引き留める資格はない」

「なら、僕はここにとどまります。まだ死の病に苦しむ患者さんがいますから」

遥斗は自らが傷つかないよう、『患者のため』と予防線を張ってしまった。

先ほどの言葉が、ブレットの本心であったらいいのに、と願わずにはいられない。

今言ったことが全て嘘であるとは思わないが、全て真実とも思えない。

彼の言葉を真に受けられるほど、遥斗は自分に自信を持っていなかった。

ブレットはしばし沈黙した後、ため息をついた。

重々しい嘆息に、再び嫌な予感が頭をよぎる。

「……わかった。この話は、いったん保留にしておこう。ただ、元の世界に戻れるのは、夜空に銀色の月が昇った時のみ。次は三ヶ月後にその月が現れるそうだ。その日までに答えを出し、準備をしておいてほしい」

「三ヶ月後……。その日を逃したら、銀色の月が昇るのはいつになるんですか？」

「二年後だ。だから三ヶ月後に元の世界に戻らなければ、またしばらくこの世界にとどまる他はなくなってしまう」

遥斗はゴクリと喉を鳴らす。

まずは三ヶ月後の銀の月が昇る夜までに、選ばなくてはならない。

三ヶ月というのは、長いようで短い。この世界に召喚されてから今日まで、思い返せばあっという間に日々が過ぎていった。

「……わかりました。三ヶ月後までに返事をします」

ブレットにそれを伝えると、彼は厳しい表情をしたまま再び口を開いた。

「それともう一つ、ハルトに告げなければならないことがある」

「……なんですか？」

ブレットは背筋を伸ばし、手を後ろ手に組む。騎士らしいその仕草が、ブレットの決意の表れのような気がした。

「私は今日限りでハルトの護衛を外れる」

「え!?　どうしてですか!?」

全く予想だにしていなかったことを告げられ、思わずソファから腰を浮かせる。

ブレットは感情の窺えない眼差しを向けてきた。

「冬が来たからだ」

「冬？」

窓の外には昨夜から降り出した雪が、まだちらついていた。

季節の変化とブレットが護衛を外れる理由が結びつかず、頭の中に疑問符が浮かぶ。

ブレットは意識してそうしているのか、淡々とした口調で続けた。

「冬は理性で制御出来ない本能が目覚める季節。発情期だからだ」

獣医師として『発情期』がどういうものか、よく知っている。

動物相手なら自然現象なのだから特別何も思わないが、よく見知ったブレットの口から出たその単語は、妙に生々しく聞こえた。

ブレットは包み隠さず話してくれたが、まだ発情期と護衛を辞することにどんな関係があるのかわからない。それに、おそらく獣人たちが遥斗の知っている動物たちと同じメカニズムを持っているのだとしたら、冬になったらこの国のほとんどの獣人が発情期を迎えるはずだ。発情期のために護衛が務まらないというのなら、他の騎士たちも職務を遂行出来ないのではないだろうか。

遥斗がそれをそのままブレットに尋ねると、意外な返答があった。

「後任の護衛は、ハルトとこれまで接点のなかった騎士に当たらせる予定だ。たとえ発情期にあろうと問題ないはずだ」

「それなら、ブレットのままでもいいんじゃないですか？」

けれどブレットは表情をますます固くし、「駄目だ」と短く告げた。

「本格的な発情期に入ると、私は自分を抑えきれなくなるだろう。本能のまま、ハルトに襲いかかるかもしれない。だから私では護衛が務まらないと判断したんだ」

「……え？」

ブレットの言いたいことが、よくわからない。

発情期に入ると襲いかかる？　長時間傍にいると、ブレットの場合は相手が誰でも理性が利かなくなるということか？

ブレットは一度ゆっくりと瞬きをした後、静かな声音で告げてきた。

「私はハルトが好きなんだ。好きな相手を前にして、発情の衝動を押さえ込める自信がない」

——う……そ……。

それは声にはならず、遥斗は息を詰めた。

突然のブレットからの告白に、頭の中が真っ白になって何も考えられなくなる。

動揺のあまり硬直し立ち尽くしていると、ブレットが片膝をついた。

自分を見上げてくるブレットの銀色の被毛が、朝日を受けてキラキラと輝いている。

「初めてハルトを見た時、レオ様ではなく、ハルトこそが神だと思った。この世にこんなに美しい者がいるのかと感動したからだ。だから私以外の者がレオ様を神と呼んだ時は驚いた。けれど、神でないとわかっても、私はハルトを守りたいと思った。そのために護衛役に立候補したんだ。ハルトの傍に、いたかったたから」

これまで一度も聞かされたことのない話。

この世界に召喚され、他の獣人たちは遥斗に対して剣を向けたのに、どうしてブレットだけがかばってくれたのか、疑問に思っていた。

聡(さと)い彼のことだから、レオと遥斗の関係性を瞬時に見抜き、神であるレオの気を静めるために遥斗が必要だと判断したからでは、とこれまでは漠然と思っていたが、真実は異なっていた。

しかし、ブレットは美しいと言ってくれたけれど、獣人たちから見て人間の自分がそう見られるとは到底思えない。

「人間の僕を美しいと思ったんですか？　この国で暮らす大多数が、姿形の違う僕のことを好奇の目で見てくるというのに？」

「ハルトの肌は、まるで陶器で出来ているようだと思った。我々イガルタ王国の民にはないものだ。被毛に覆われていないことで本来の顔の作りが露わになり、表情の変化も手に取るようにわかる。たとえ種族が異なっていても、ハルトを美しいと、私は思った」

ブレットは常時の彼からは想像がつかないほど、饒舌に語る。

「それに、護衛として近くにいるようになって知ったが、ハルトは心根も綺麗だった。こちらの勝手で別の世界から召喚されてしまったというのに、恨み言を言うでもなく、この国のために尽力してくれた。患者を治療するハルトの姿から、種族が違おうとも命の重みは変わらないのだということを教えられた。……そんなハルトを、好きにならずにはいられなかった。この感情は、敬愛ではなく、友情でもなく、もっと特別なもの。これまで出会った誰よりも強烈に、ハルトに惹かれたんだ」

　彼がそんな風に思っていてくれたなんて、全く気がつかなかった。

　むしろ、彼には苦手意識を持たれていると思っていたほどだ。

「……僕は、ブレットに避けられていると思ってました」

　ブレットは視線を下に向け、自身の手を見つめる。

「私には鋭い爪や牙がある。身体も大きく、力もある。そんな私が不用意に近づけばハルトの綺麗な肌を傷つけてしまいそうで、怖かったんだ。近づくことすらはばかられるほどに……」

　ブレットはそこで言葉を切ると、悲しげな色を瞳に湛える。

「それに、近くにいすぎてハルトに私の気持ちを知られることも、怖かった。別の世界から来たハルトからすれば、私は異質な存在だろう。恐怖の対象ですらある。だから私に好かれていると気づかれたら、ハルトが困ると思った。断りたくとも、ハルトは優しいから、受け入れざるを得なくなるかもしれない。私はハルトに辛い思いをさせたくない。だから自らの誓いに則(のっと)り、私自身からハルトを守るために、護衛を退くことにした」

「僕はブレットを怖いだなんて思ってません！　ブレットが傍にいても、辛いだなんて思わない」

　ブレットは、たった一人に愛してもらえればいいと言っていた。

　大勢ではなく、自分の愛した人にだけ好かれれば、それで十分だと……。

彼にそんな風に言ってもらえる想い人が羨ましかった。そして、ブレットに愛される人は、とても幸せだと思った。

あの時は叶わぬ恋に胸を痛めたが、ブレットが想いを寄せていたのが自分だと知り、ようやく遥斗も胸の内に秘めていた想いを口にすることが出来る。

「ブレット、僕の話も聞いてください。僕も、あなたのことが好きです。ずっと、ずっと好きだったんです」

遥斗の気持ちを知れば、ブレットも思い直すと考えていた。

想い合っていながら、なぜ離れなくてはならないのか。

どんな形でもいいから傍にいたいと望むほど、彼のことが好きだった。

だから遥斗は、離れる必要はないのだと告げたつもりだった。


しかし、ブレットは苦しみを堪えるように喉の奥から低いうなり声を出し、立ち上がる。

「ハルトの好きは、私の好きとは違う。私はもう、ただ傍にいるだけでは満足出来なくなってしまったんだ。傍にいれば、触れたいと思ってしまう。その肌の感触を確かめるために服を剝ぎ取り、全てを私のものにしてしまいたいという衝動が、日を追うごとに強くなっている。このまま護衛を続けていたら、私はいつかハルトを無理矢理にでも抱いてしまうだろう。ハルトをそんな目に遭わせたくない」

そこまで言うと、ブレットは背を向け部屋を出ていこうとした。

居ても立ってもいられず、遥斗は軍服の上からでもわかるほど逞しい背中に抱きついた。

「待って……！」

「ハルト、離れてくれ。こんなことをされたら、自分を抑えきれなくなる」

脇腹辺りの布地を摑む手に、ブレットの手のひらが重ねられる。指を引き剝がされそうな予感がして、叫ぶように言った。

「お願いですから、僕の話を聞いてくださいっ」

ブレットの動きが止まった隙に、想いの丈を言葉に乗せる。

「この国で一番初めに僕に優しくしてくれたのが、ブレットでした。あなた以外のこの世界の方たちは、僕と目すら合わせてくれなかった。姿が違うからという理由で邪魔者のように扱われ、僕は心細くて仕方なかったんです。でも、どんな時もブレットだけは声をかけてくれた。僕を守ると言ってくれた。それが、どれほど嬉しかったか……」

本当に、ブレットの存在に救われた。

彼が意志を持つ個人として礼節を持って接してくれたから、自分を保っていられた。

見知らぬ世界で話し相手がレオしかいない状況だったら、狂っていたかもしれない。

自分を見失わずにいられたのは、彼がいたからだ。

背中に抱きついたまま、必死に訴える。

この想いが伝わるよう両手をブレットの胸に回し、子猫が甘えるように広い背中に額を擦りつけた。

「……私が恐ろしくないのか？　理性を失ったら、本能に支配された獣のように、お前に襲いかかるぞ」

まるで脅しのように口にしながらも、語調に覇気がない。

頑なだったブレットの心が揺れ始めているのを悟り、遥斗は彼を安心させるために明るく言った。

「こんなに優しいブレットを、怖く思うはずがないでしょう？　あなたになら、何をされても平気です。僕もブレットのことが、誰よりも好きだから」

そう言った直後、抱きついていた腕を乱暴に剝ぎ取られ、素早い動きで身を翻したブレットがこちらを向く。

獰猛な光を湛えた瞳が遥斗を見下ろし、そして大きく裂けた口をゆっくりと開く。真っ白な犬歯と、唾液に塗(まみ)れた真っ赤な舌。このまま食べられてしまうかも、という思いが頭の片隅にチラリとよぎったが、この美しい獣にならそうされてもいいいと、興奮すら覚えた。

ブレットが身を屈め、長い舌で軽く遥斗の唇を舐めた。そして次に、突き出た鼻先が当たらないように顔をやや斜めにし、自身の口を押しつけてきた。

頬に柔らかい被毛が触れる。これまで体験したキスとは違い、ブレットとの初めての口づけは、少しだけくすぐったかった。

ブレットはほんのわずかな間、唇を重ねた後、すぐに身を離す。

そして遥斗が嫌がっていないか確かめるように顔を覗き込んできた。

不安を滲ませたブレットが愛おしく、遥斗は今度は自分からキスするために背伸びをする。

「ハルト……」

ブレットが吐息混じりに呼ぶ名前。官能を刺激される甘い声音に、遥斗も煽られる。


「ハルト、私のツガイになってくれるか？」

ブレットの口から出た『ツガイ』という単語に、胸が熱くなる。

狼は情が深い。

ツガイとなった伴侶だけを生涯愛し抜く。

一時の感情ではなく、発情の衝動に支配されたからでもなく、一生を共にする相手として、自分を選んでくれたのだ。

ブレットの想いの深さに言葉を失い、湧き上がってきた喜びに身体を震わせる。

「ハルト、返事をくれないか？」

常に冷静沈着な彼が、微かに焦燥を滲ませている。

青い瞳に灯る情欲の炎を目の当たりにし、遥斗はこみ上げてくる欲求のまま答えていた。

「……はい。僕をあなたのツガイに、してください」

そう言ってブレットの通った鼻先の下にある唇に、自身のそれを押しつける。

その直後、口づけの感触を味わう暇もなく突然身体が宙に浮く。

ブレットに横抱きに抱え上げられたと気づくまでに、数秒を要した。

そのままの体勢で廊下へと続く扉の前まで連れていかれ、室外の警備をしているパウロに向かって開けるよう告げる。

パウロはブレットに抱えられている遥斗を見て、とても驚いた顔をした。

「ハルトは私の部屋にいる。レオ様を頼む」

忠実な部下であるパウロは何も聞かず、入れ違いで室内へと入っていった。

ブレットは大股で廊下を行き、すぐ隣にある自室に足を踏み入れる。

この部屋に入ったのは初めてだ。

暖炉に火を入れていない室内はひんやりとしていて、遥斗は大きく身震いした。

しかしそれは寒さからだけではない。

なぜここに連れてこられたのか、説明はされていないけれど、そんなこと彼の口から改めて聞かなくともわかっていた。

抱えられていた身体を、ブレットに優しくベッドへと降ろされる。

——これから僕はここでブレットと……。

遥斗は現実の出来事としてこれから自分の身に起こることを想像し、真っ赤になって鼓動を速める。

これまでつき合った女性と、ベッドを共にしたことはある。

けれど、初めてセックスした時よりも、今の方がずっと緊張している。

相手は同じ性を持つ男性。それも人間ではなく、半分狼の外見を持つ獣人。

どちらか一つでもイレギュラーな状況なのに、二つの事柄を併せ持つブレットと、これからセックスするのだ。

決して嫌なわけではない。

彼の大きな身体の下に組み敷かれ、あの青い瞳で身体中をくまなく見られ、被毛に包まれた無骨な手にまさぐられるところを想像しても、嫌悪感は湧かなかった。

　けれど、これまでの経験が全く役に立たなそうな状況に、ブレットとのセックスによって自分にどのような変化が訪れるのか、未知のことすぎて戸惑ってしまう。

　遥斗は自らの腕をギュッと掴んだ。そうしていないと全身が震え出しそうだった。

　ブレットの手が、肩に触れる。

　びっくりして身体を跳ね上がらせると、すぐに手は離れていき、代わりに低い声が落ちてきた。

「私はハルトを愛しているから、大切にしたい。先ほどハルトは『ツガイにしてほしい』と言ったな？　それがどういうことか、理解しているか？　……ハルトの返答が肯定を示すものだった場合、私は今からお前を抱く。泣き叫んでも、途中で止めてやることは出来ない。それでも、私のツガイになると言ってくれるか？」

　落ち着いた口調とは裏腹に、ブレットの青い瞳に剣呑な光が宿っている。それは欲情した獣の瞳で、この質問に頷けば、もう彼を止めることは出来ないのだと悟った。

　遥斗の背筋がゾクリと戦慄く。

　それは恐怖でも嫌悪でもなく、ブレットの瞳に煽られ、遥斗自身の情欲にも火が灯されたからだった。

　——なんで、こんな……。

　ブレットに見つめられているだけだというのに、下半身が疼き始める。触れられてもいないのにはっきりと性的な興奮を兆し、遥斗は頬を上気させた。唇からは火照った身体を冷まそうと、熱い吐息がこぼれる。

　童話の中に登場する凶暴な狼を具現化したような姿をしているというのに、彼に組み敷かれ喘ぐ自分の姿を夢想し、得も言われぬ高揚を覚えた。

「……ブレット、早く、して……」

陶酔したかのようにうっとりとブレットを見つめ、半ば無意識のうちに呟いた。

その答えを聞いた瞬間、ブレットの瞳が鈍く光り、両肩に手をかけられ押し倒される。

仰向けに横たえられた身体に、ブレットが覆い被さってきた。長い爪で傷つけないように、ゆっくりと時間をかけてボタンを外され、もどかしさに膝を擦り合わせる。恥ずかしいことに、遥斗の性器は頭をもたげ始めていた。

「あっ、ブレット……っ」

ようやく露わになった素肌に、ブレットの手のひらが滑り込んでくる。

人の手と形は酷似しているのに、感触はまるで違う。手のひらの短く柔らかい被毛は、くすぐったくもあり、また未知の刺激を与えてくる。

細心の注意を払い、触れてくる指先。

首筋から胸、脇腹と、何かを確かめるように優しく動く。寒さからではなく、その淡い刺激に鳥肌が立ってしまう。

やがてその動きは胸に集中し、そんなところで感じたことなどないのに、焦らすように肝心の突起には触れずにその周りばかり円を描くようにまさぐられ、喉をのけぞらせた。

スベスベとした被毛が、そうっとさするように胸の上を撫でていく。

遥斗の胸の飾りは下半身同様、すっかり固く勃ち上がっていた。

「ん……っ、ブレット」

ねだるような甘い声が唇からこぼれる。

それを恥ずかしいと思う余裕すらなく、遥斗は身もだえた。

その反応を確かめるように青い瞳が遥斗を見下ろしてきて、そしてようやく求めていた刺激を与えられる。

「あっ！」

被毛とは違う、硬質なものが胸の尖りを軽く弾く。

遥斗が反射的にビクリと身体を跳ねさせると、ブレットの不安そうな声が耳に届いた。

「痛くはないか？」

「んっ……、はい……っ」

遥斗の返答を受け、胸への刺激が繰り返される。

そっと視線を下げると、ブレットが爪の背で突起を弾いているのが確認出来た。

カーテンの引かれていない窓から差し込む陽光が黒い爪に反射し、ギラリと光る。

「あっ、んぅっ……っ、あっ」

男だから、こんなところが性感帯になるなど、これまで考えたこともなかった。

無用の長物とすら思っていた部分を、ブレットが快感を覚える器官へと変えていく。

尖りを弾かれるたび、ビリビリとした電流のようなものがそこから生まれ、下半身へと溜まっていく。

遥斗の中心は、服の中で完全に勃ち上がっていた。

「ブレット……っ、痛っ」

「痛いのか？」

「違っ、胸じゃなくて、下が……っ」

熱がこもりすぎて痛いほど張りつめた中心が辛く、堪えきれずに思わず口に出していた。

ブレットは胸に爪を立ててしまったかと心配したようだったが、続けて発せられた言葉で視線を下へと移していく。そして服の上からでもわかるほど形を変えた中心に気づき、しばし動きを止めた。

まじまじと欲望の証を見られてしまい、遥斗はさすがに羞恥心を覚える。

「そ、そんなに、見ないで……っ」

手で覆い隠してしまいたかったが、それはそれで逆に恥ずかしくもある。

真っ赤になって訴えると、ブレットが低くうなり、一気に下肢から衣服を剝ぎ取った。

制止する間もなく、遥斗は下半身を剝き出しにされる。

「や……っ、ブレット！」

遮るものがなくなった性器を注視され、遥斗は上体を起こそうとした。

ところが、それよりも早くブレットに両足を大きく開かされ、ギョッとして硬直してしまう。

遥斗が怯(ひる)んだ隙にブレットが足の間に屈み込み、パクリと大きく裂けた口を開く。濡れた牙が白く光り、そのまま口に含まれたら性器が傷つけられてしまうのでは、という恐怖が頭を掠める。

けれどブレットはそそり立つ性器を口腔(こうこう)内に含むことはなく、唾液のしたたる長い舌を出した。

根本にある双球を、伸ばした舌先でつつき、そしてそこから先端に向かって一気に舐め上げる。

「あ、んっ」

あまりの快感に、腰が大きく跳ねた。

ずっと放置され、熱が溜まって痛いほどだったそこに、ようやく与えられた刺激。

しかしそれは指で触られるよりも強い快感をもたらすものだった。

湿った温かい舌には、人間にはない細かな突起があり、それでザラリと舐め上げられ、すぐに達してしまいそうになる。

「ブ、ブレット、やっ、やめ……っ」

脳を突き刺すような強い刺激に、腰をうねらせ責め苦から逃れようとした。だが、ブレットの逞しい腕がそれを許さないと言うように腿(もも)に絡みつき、がっちりと押さえ込まれてしまう。足を閉じようと力を入れると、ブレットの顔を覆う豊かな被毛と硬く弾力のあるヒゲがチクチクと内腿に擦れた。

その状態で、器用に動く長い舌が幹を包むように絡んで蠢(うごめ)き、先端からはダラダラと止めどなく透明な雫(しずく)がこぼれていく。さらにはそれを舐め取るために、先端の敏感な窪(くぼ)みに舌先をねじ込まれ、目の前がチカチカと点滅し出した。

「はっ、ぁっ、ブレッ……っ」

このままでは達してしまう。

遥斗はブレットの口を汚すことだけは避けなけれ

ば、と下半身から引き剝がすために懸命に腕を伸ばした。

熱に浮かされたように朦朧とする意識の中、指先に触れた被毛を摑む。

「……っ！」

ようやくブレットの動きが止まった。

ところがホッとしたのも束の間、下げた視線の先、自身が摑んだのが彼の肉厚な耳であることに気づき、血の気が引いていく。

「ブ、ブレット……」

ごめんなさい、と続くはずだった言葉は、悲鳴となって喉の奥から絞り出された。

「ひっ、あぁ――――っ」

手のひらの柔らかな被毛に中心が包み込まれたと思った次の瞬間、指先で押し潰すかのように先端に刺激を加えられたのだ。

限界を訴えていたそこはあっけなく陥落し、窪みから白濁を噴き上げる。

「あ、あ、……っ」

強烈な快楽に、目の前が白くなった。

立てた両膝がガクガクと震え、背筋がのけぞり、胸を大きく喘がせ必死に酸素を身体に取り込む。

そうして全ての熱を吐き出し、遥斗は再びベッドに沈み込んだ。

ぼんやりと霞む視界の端で、手のひらを濡らした白濁をブレットが舌で舐め取る様子をとらえ、羞恥と申し訳なさから顔を腕で覆った。

謝らなくては、と頭の隅で考えていると、衣擦れの音が聞こえてブレットに視線を送る。

ブレットは荒い息を吐きながらベルトを外し、前を寛げた。

そこから現れたものは、遥斗の性器よりもずっと太くて長くて大きい、怒張した中心だった。それはすでに先走りで濡れそぼり、陽の光に照らされなまめかしく光っている。

凶暴さすら窺わせるブレットの中心を初めて目に

し、さすがに恐怖を覚えてしまう。

男性とのセックスの経験はないが、どこを使うかは知識として知っている。

ブレット自身を後ろに挿れることになる、と頭では理解していたのだが、いざ勃ち上がったものを見ると、サイズ的にどうにもならない気がしてきた。

無傷ではすまなそうな予感に腰が引ける。

しかし、ブレットのツガイになりたいと望んだのは自分だ。

彼のことを受け入れると決意したのだから、覚悟を決めよう。

「ハルト、うつ伏せになれるか？」

「は、はい」

ブレットに手助けされながら身体を反転させ、ベッドにうつ伏せた。

「腰を高く持ち上げろ」

とても恥ずかしい体勢だが、手近にあった枕を顔の下で抱き抱え、ブレットに言われるがまま腰だけを天へと突き上げる。

「足を閉じてくれ」

指示された通りの格好を取ると、剥き出しの腰にフワリとした被毛が触れる。肌がざわつくような柔らかい感触に、遥斗は腰を震わせた。

過去の恋人たちにも見せたことがないような場所を、ブレットの眼前に余すところなく晒しているのだと思うと、無意識に蕾が収縮する。その様すらも見られていることに、恥ずかしさと興奮を覚えた。

——本当に、どうしてしまったんだろう……。

ブレットの前で醜態を晒したくないと思っているのに、肌を合わせている相手が彼だと思うと、これまで経験したどのセックスよりも興奮し、乱れてしまいそうになる。

発情期のブレットに当てられているのだろうか？

獣の姿を併せ持つ彼が相手だから、自分の中にある眠っていた動物的な本能を、呼び覚まされている気がした。

先ほどまでは恐れを抱いていたというのに、今は彼のいきり立つ雄を身の内で感じたいと切望している。

彼の怒張で貫かれる瞬間を想像し、甘苦しい痛みが再び中心に集まり始めた。

「ぁ……、ブレット……っ」

ヒタ、と脈打つ雄芯が尻の合わせに触れる。そのまま蜜を塗り込めるように、蕾の上を熱塊が行き来し、キスをするように秘孔を突かれた。

「ひっ」

反射的に的を逸らすように腰を捩る。

うつ伏せているため、背後を確認することは出来なかったが、先ほど見た光景と今臀部で感じているものの大きさから、とてもすぐに受け入れることは不可能に思えた。

けれど、ブレットももはや限界なのだろう。

荒い息づかいの合間にうなり声を発しながら、遥斗の腰を抱え、何度も蕾を切っ先で突いてくる。

「ま、待って、ブレット！」

なんの準備もなくいきなりというのは、さすがに怖い。

身体がその部分から裂かれてしまう恐怖を感じ、上擦った声を上げた。

すると、浮き出した背骨に沿って背中を長い舌でザラリと舐め上げられ、肌が粟立つ。

ブレットが上体を倒し、背後から抱きしめてきた。彼の大きな身体にすっぽりと抱き込まれ、全身を温かな被毛で包まれる。

すぐ傍で興奮した獣のうなり声が聞こえ、心臓が大きく脈打つ。

「途中で止められないと言っただろう」

官能を刺激する、情欲の滲んだ男の声に鼓膜を揺さぶられる。

「少しの間、我慢してくれ」

「でも、……あっ」

ブレットが再び身を起こし、遥斗の腰を両手で抱え直す。尻を高く持ち上げられ、狭間(はざま)に熱い塊を押し当てられた。

遥斗はもうこの獣からは逃げられないと悟り、衝撃に備えて両目をきつく瞑る。

ズッ、と熱塊が動いた。

けれど予想していた場所に痛みは訪れず、代わりに太腿の間に熱い雄芯の存在を感じた。

「え……？」

予想外のことに、わけがわからなくて戸惑っていると、ブレットが腰を動かし始めた。その動きに合わせ、腿の間にある怒張が遥斗の双球を突き、そして兆し始めていた中心を擦ってくる。

ゴリゴリと容赦なく裏筋に当たる部分を押し上げるように擦られ、陸に打ち上げられた魚のように身体が跳ねてしまう。

ブレットが腰を打ちつけるたび、彼の逞しい身体を覆う滑らかな被毛が臀部に当たった。

――何、これ……。何これ!?

これまでのセックスでは経験したことのない感覚。

足の間に男性器を差し込まれ、自身の双球や中心を激しく擦られ生まれる快感に、次第に遥斗は息を荒らげていく。

「や……、ブレット、激し……っ」

身体を大きく揺さぶられ、二人の動きに連動してベッドが軋む。

背後で獣じみた息づかいが聞こえ、ブレットもこの行為で快楽を得ていることが伝わってきた。

「あっ、ブレット、ブレット……！」

足の間から、濡れた水音が聞こえる。腿を透明の体液が伝い、シーツを濡らす。グチュグチュと、互いの粘液が混ざり合う音。それに腰を穿(うが)たれる音も合わさり、遥斗は頭の中まで犯されているような感覚を味わう。

「いっ……つっ！」

腰骨の辺り、肉の薄い肌を、ガリッと引っかかれた。信じられないことに、痛みよりも快感に打ち震

え、その刺激で遥斗は二度目の絶頂を迎えた。

　呼吸が止まり、全身を戦慄かせる。意識せずに太腿にも力がこもっていたようで、腿の間にあるブレットの雄芯が形を変えた。性器の根本に出来た膨らみを捻り込むように腰を一際強く叩きつけ、ブレットが低くうなり声を上げる。指が食い込むほど腰を鷲掴みにされ、ブレットが動きを止めた直後、濃い白濁が噴き出した。

　熱い飛沫(しぶき)が遥斗の中心と前傾した胸元に飛び散り、辺りに濃密な香りが漂う。ブレットの射精はとても長く、遥斗の身体はシャワーを浴びたように大量の精液でしとどに濡れていく。

「ぁ……」

　ブレットの放出がようやく終わり、腰に回された戒めを解かれると、支えを失い脱力した四肢がベッドに深く沈んでいった。

　シーツも互いの放ったものでぐっしょりと濡れており、ほんのわずか残っていた思考力で、ブレットの寝床を汚してしまったことを心苦しく思った。

「……ハルト」

　ブレットの艶を帯びた声が自分の名を呼び、柔らかな被毛に覆われた指が腰骨に触れる。優しく撫でられ、くすぐったさの中に快楽の名残を感じ、官能を呼び覚まされそうになった。

　ブレットはしばらく腰を撫でた後、「すまない」と呟いてきた。

　情交の後に聞きたくない類の言葉に、遥斗はギクリとし、身を捩ってブレットを見やる。

大きな身体を縮めるようにうなだれたその横顔には、後悔が滲んでいた。

　——僕を抱いたこと、後悔してる……？

嫌な予感に、胸がざわりとする。

　遥斗は不安にかられたが、ブレットの謝罪は全く違うことに対して発せられたものだった。

「大切にすると……、傷つけないと誓ったのに、私はハルトの肌に爪を立ててしまった」

ブレットの視線をたどると、腰骨の辺りが筋状に赤くなっていた。

　出血もしていないし、セックスの最中の不可抗力のようなものだから気にしていない。

　しかし彼は違うようで、肉厚の耳を伏せ、とても反省しているようだった。

「ハルト、こんな私でも、まだツガイになると言ってくれるか？」

　弱々しい声音に、遥斗の心が激しく揺さぶられた。出会ってからこれまで、彼のこんな表情は見たことがない。

　イガルタ王国最強の騎士団長として、常に堂々たる風格を纏い、自信に満ちていたブレット。一見強面だが、彼の心根がとても慈愛に満ちていると知り、恋に落ちた。

　そんな誰よりも強い彼が、遥斗に小さな傷をつけたことをとても悔いて、そして嫌われるのではないかと恐れている。

　愛しいと思わずにいられない。

　ブレットの新たな一面を目にし、嫌になるどころか愛おしさが溢(あふ)れてくる。

　遥斗は力が上手く入らない身体をなんとか起こし、ベッドの上に正座しているブレットに身を寄せる。

　二層の被毛に覆われた頬にそっと手を添え、濡れた鼻先にキスをした。

「僕はもう、あなたのツガイにしてもらったつもりだったんですけど、ブレットは違うんですか？」

　ブレットは青い空色の瞳を数回瞬かせた後、照れたように微笑む遥斗の背に手を添え、またもベッドに押し倒してきた。

「ブレッ……、んっ！」

　何度も唇を押し当てられ、長い舌で顔中を舐め回される。それは大喜びした時のレオと同じ反応で、彼は本当に狼の血を引いているのだな、と感じた。

　小型犬のレオと狼の獣人であるブレットの姿を脳内で重ね合わせ、ふふ、と小さく笑い声を漏らす。

ブレットが訝しそうな顔で動きを止め、遥斗はそのスラリと秀でた鼻先の下にある唇にキスした後、つい「子供みたい」と言ってしまった。

彼を侮辱したつもりはなかったが、ブレットが憮然とした表情になり、それを見て自身の失言を悟った。

「ブレット、あの……」

「私は子供じゃない」

遥斗が訂正する前に、ブレットに腕を引かれ、彼の逞しい腰を跨がせられる。互いの腰を密着させるように引き寄せられ、まだ昂(たかぶ)りの収まっていなかった彼自身を押しつけられて、遥斗は頬を赤くした。

「子供は、こんな風にならないだろう？　私が大人であることを、ハルトの身体を使って証明しよう」

喉を下から上へとザラザラした舌で舐め上げられ、遥斗の下半身が反応してしまう。

「あっ、んっ」

ブレットの舌が胸の尖りにたどり着き、そこを夢中で舐められる。

胸を少し刺激されただけで、あっという間にはしたなくも中心が頭をもたげてしまった。

「ブレット、ブレット……っ」

熱に浮かされた頭で、愛する男の名を呼ぶ。この熱を収められるのは、もう彼しかいないと身体に刻み込まれていた。

ブレットの厚い被毛に覆われた太い首に腕を回し、必死に抱きつく。

「私を煽ったのはお前だ」

覚悟しろ、という含みを持った声音に、遥斗は陶酔したように目を細めた。

＊＊＊＊＊

その手紙が届いたのは、冬の終わりが見え始めた頃だった。

　差出人はチェスター。真っ白い便箋(びんせん)に整った美しい文字で、点滴の試作品が完成したとオットー商会から連絡があった旨が書かれていた。

「ブレット！　点滴の試作品が完成したそうです！　これから見にいきましょう！　あ、その前に、チェスターくんに今から見にいくって連絡しないと」

　遥斗は興奮気味に言うなりライティングデスクに向かい、チェスター宛に用件のみの短い手紙を書きつける。

　待ちに待った試作品の完成の連絡に、逸(はや)る気持ちを抑えきれず、外にいる騎士に手紙を届けてもらおうと扉に駆け寄ったところで、ブレットにやんわりと止められた。

「ハルト、今日は式典があると伝えただろう。オットー商会を訪ねるのはそれが終わってからにしてくれないか？」

「あっ、そうだった」


　今日はイガルタ王国の建国記念日。

　国王のアドニスを始め、王族が一同に集まり、国民の前で直々に言葉をかける日だと聞かされていた。

　アドニスは国民からとても信頼されているが、立場上、滅多に姿を見せることはない。王族にとっても建国日はとても重要なものだが、日頃国王の顔を見られない国民にとっても、この日は一年で一番重要な日なのだという。国王を一目見るために、わざわざ遠い地から王都にやってくる者もいるそうだ。

　そのため、王都は普段の何倍ものにぎわいで、建国記念日を祝うお祭りムード一色になっている。

　アドニスは毎年、王妃と共に城の外側にある城壁に設置されたテラスに姿を現し、集まった国民に労いと感謝の言葉をかけているのだが、今年は待望の王子、エディのお披露目も兼ねている。例年以上の国民が王都に集まってきているとのことだった。

　その席に、神であるレオと、神の遣いである遥斗も同席してほしいと前々から頼まれており、自分たちの姿を見ることで彼らが安心するのなら、と承諾していた。

数日前より、式典で着用する衣装の採寸などをされ、準備も進めてきている。

昨日も最終確認で式典の流れを説明されたのに、チェスターからの手紙ですっぽり頭から抜けてしまっていた。

「式典が終わるのは、夕方でしたよね」

それから商会に行くことは出来ないだろうか。

そう思ったのだが、遥斗の考えていることを察したブレットに止められてしまう。

「今夜は建国記念の祭りが王都で行われる。とても混雑するから、夕方からの外出は控えてもらいたい」

「そうですか……」

一刻も早く試作品を見たかったが、護衛のブレットの許可が出ないのなら仕方ない。

けれど点滴の完成を心待ちにしていた遥斗は、シユンと肩を落としてしまう。


「明日なら、いいでしょうか？」

「王都のにぎわいが落ち着くまで待ってからにした方がいい」

「具体的には？」

「五日後くらいだな」

せっかく試作品が出来たというのに、そんなに待たなくてはいけないのか。

遥斗とレオの安全のためとはいえ、もどかしい。

イガルタ王国内には、まだ死の病に罹った患者がいる。各地に治療施設を設けたことで、爆発的な感染の拡大は収まってきているが、それでも幼い命が毎日失われていると聞く。ほとんどの者が脱水による全身状態の悪化が原因で、水分を摂れないほど重篤な状態になってしまった者が亡くなっていた。

けれど、自力で水分が摂取出来なくても、点滴をすれば助かる確率が上がる。

病に苦しむ患者を、一人でも多く救いたいと思っている遥斗は、一日でも早く点滴の試作品を確認したかった。

だが、タイミングが悪く、今日は建国記念日。この国にとって大切な日を祝いたい気持ちはある。しかし、この状態ではどうしても死の病に倒れた患者のことが頭から離れず、心からお祝い出来ないような気がした。

遥斗がどうにかして試作品を手に出来ないか思案していると、ブレットが嘆息した。

「ハルトとレオ様の出番が終わったら、式典を抜け出せるよう、国王にお窺いを立てておこう。死の病の患者を救うためだと告げれば、国王もお許しになるはずだ。その後、オットー商会に向かおう」

「いいんですか!?」

自覚出来るほど、笑顔になっているのがわかる。

喜びを露わにした遥斗に、ブレットは優しく目を細め頷き返す。

「仕方ない。ハルトの悲しそうな顔は見たくないからな」

ブレットの被毛に包まれた指先が、そっと遥斗の頬をなぞる。

「ハルトの笑っている顔が好きだ」

「ブレット……」

昨夜もブレットの部屋で、人目を忍んで愛し合った。まだ最後までされたことはないけれど、ブレットは発情期の激しい性衝動を必死に抑えながら遥斗に触れてくれる。彼の優しさに包まれるあの時間はとても幸福を感じるもので、遥斗は満足していた。

理性と本能の間で揺れながら、愛を囁いてくれるこの銀色の狼に、日一日と愛おしさが募っていく。

夜は何度も求めてくれるのに、職務に忠実なブレットは、昼間、たとえ二人きりであっても、遥斗に触れてくることは皆無だった。

それを寂しく思う時もあるが、ブレットの眼差しが以前と違い、恋人を慈しむものへと変化したことに気づいているから、昼間は我慢出来ている。

けれど、こんな風に触れられたら、遥斗だって彼に触れたくなってしまう。たまらずに、ブレットの温かい手のひらに頬を擦り寄せた。

身体の大部分は二層になったやや固い被毛で覆われているが、手のひらなど、ごく一部はとても柔らかい被毛が生えている。こうしていると、まるで子犬に頬ずりしているような気分になるほど、彼の手のひらの感触は心地いい。

柔らかな毛並みを堪能していると、ブレットがフッと小さく笑った。

「ハルトは、考えていることがすぐ顔に出るな」

「……子供みたいだと言いたいんですか？」

「いいや。私は鈍感な男だからな。ハルトはわかりやすくていい」

ブレットがいいと言うのならいいか。

彼の青い瞳を見つめながらそんなことを考え、キスされそうな雰囲気に目を閉じようとすると、ブレットの指がスッと離れていった。

「……僕の考えていること、わかるんじゃなかったんですか？」

「わかるが、今は仕事中だ。そんな顔をしたお前にキスしたら、それで終われるはずがない。私はまだ発情期にあるからな」

掠れた声で「我慢出来なくなる」と呟かれ、遥斗は頬を染める。

ブレットといると、初めての恋をしているみたいな感覚になる。同性とつき合うのは初めてだから、戸惑うことはあるだろうと予想はしていたものの、それよりも彼に恋焦がれる気持ちが大きくなりすぎて、そんな自分の中の変化に驚いている。

「この手紙は私が預かっておく。王のお許しが出たら、チェスターの元へ使いを走らせよう。そろそろメイドが来る。ハルトも着替えて準備するんだ」

そう言われたのと同時に、扉がノックされた。

式典の衣装の着つけのため、今日はシェリーだけでなく、他に二人、メイドが入室してきた。

彼女たちにレオの衣装の着つけをお願いし、遥斗は自分用の礼服に着替え始める。

　遥斗の現在の位置づけは、『神の遣わした医師』だからか、純白の三つ揃いのスーツだった。今日はリボンタイではなく、青色のシルクのスカーフが用意されている。

　動物病院に勤めていた時は、仕事中は制服があったし、自転車通勤だったこともあり、スーツを着る機会なんて冠婚葬祭か学会の時くらいしかなかった。最初は堅苦しく感じていたが、この世界に来てから毎日着ていたのでもう身体に馴染んでいる。ブレットが遥斗の身体に合った上等のスーツを仕立ててくれたというのもあるだろう。

　そう時間をかけずに全て着用し終わり、姿見でおかしなところがないか確認する。

　するとレオの支度を手伝っていたシェリーがイスを持ってやってきた。

「お髪を整えます。どうぞ、おかけになってください。今日は大事な式典ですので」

最初の頃と比べ、ずいぶん当たりが柔らかくなった彼女が、髪をセットしてくれるという。

　遥斗がイスに腰を下ろすと、シェリーが爪の生えた指で器用に櫛を持ち、髪をとかしていく。後頭部の辺りに寝癖があったようで、水を吹きかけ直してくれた。

　そうこうしているうちにレオも支度が終わったようだ。

　背もたれのないイスの上にちょこんと座り、レオはやや不服そうな顔をしている。

　レオは特別な時以外は、首輪しか身につけていない。だからたまに服を着せられると、煩わしいと感じるのだろう。それでも、賢いレオは好意からしてくれていることだと感じ取っているようで、嫌がって脱いでしまうことはなかった。

「レオ、よく似合ってるよ」

「ワンッ」

　遥斗とお揃いにしてくれたのか、ほぼ同じデザインの白いスーツを着ていた。襟元からは、父との思い出の品である青い首輪が覗いている。

「お揃いだね」

「ワンワンッ」

遥斗の言葉に返事をするように尻尾を振り、レオがイスから飛び降りた。

足元に駆けてきた毛玉を抱き上げ、王族たちが集まっているという広間へ向かう。

玉座のある広間に来たのは、これで三度目。一度目はこの世界に召喚されてすぐ、国王であるアドニスと謁見した時。二度目はアドニスの息子、エディの病を治した後、王侯貴族が揃っている前で国王直直に礼を言われた。

三度目の今日は、以前広間へ足を踏み入れたどの時よりも、数多くの獣人が集まっていた。

ブレットに続き遥斗とレオが広間へ入ると、まるで道筋を作るかのように獣人たちが左右に分かれる。

けれどそれは遥斗が人間であるがゆえに避けられているからでないことは、彼らの視線が好意的なものに変わっていることで知ることが出来た。

玉座に座るアドニスの隣には王妃の姿もあり、彼女の腕にはもうじき一歳を迎えるエディが抱かれている。

アドニスはレオと遥斗の到着を知ると、玉座から立ち上がり、階段を下りてきてくれた。

「レオ様、ハルト殿、今日は我が国の式典に参列してくれるとお聞きした。死の病の流行を収めた二人の姿を見れば、国民の志気も上がるだろう。国王として感謝する」

「いえ、僕たちでお役に立てることがあるなら、どんどん言ってください。この国の方たちにはお世話になりっぱなしなので、お返しをしたいんです」

「神であるレオ様もだが、ハルト殿も慈悲深い心を持っているのだな。……今日の建国記念の祭典を大いに楽しんでくだされ」

「ありがとうございます」

国王との話が一段落すると、遥斗はアドニスに促され、レオを抱いたまま階段を上る。

久しぶりに会う王妃は、少しふっくらとし、毛艶もよくなっていた。優しい母親の顔をした王妃は、腕の中にいるエディを遥斗に見せてくれた。

「わあ、王子様、前より大きくなりましたね」

まだ幼いから自分のことは覚えていないだろうと思っていたのに、エディは遥斗の声に反応し、じっと見つめてきた。

「命を救ってくださった方だとわかっているようですね」

王妃が微笑む。

エディは遥斗が抱いているレオに興味を持ったようで、一生懸命小さな手を伸ばしてきた。親切心から近づくと、レオが眼前でヒラヒラ揺れるエディの手をペロリと舐めてしまう。

遥斗は慌ててレオを引き剝がしたが、エディは泣くこともなく、むしろ感触がくすぐったかったのか、声を上げて楽しそうに笑い出した。

それを見て、アドニスは感激したように声高らかに広間に集まった獣人たちに伝えた。

「神が、我が息子に祝福をお与えくださった……！」

その一言で広間のいたるところから喜びの声が上がる。レオが神であると、まだこの国の住民は信じているようだ。

アドニスは遥斗の足元に跪くと、頭を垂れた。

「神よ、将来、私が亡き後も、息子エディの御代をお守りください」

国王にならい、広間中の獣人がその場に膝をつき、「お守りください」と復唱する。

すると、腕の中のレオが身じろぎし、またも絶妙なタイミングで「ワンッ」と大きな声で鳴いた。

次の瞬間、いっせいに歓声が上がる。

彼らの喜びようを見て、遥斗は考えを改めることにした。

――レオは、神様なんだ。

元の世界では、特別な力などない愛玩犬だったが、この世界では違う。

レオがここにいるだけで、彼らの心が救われる。

こんなに大勢の獣人たちを、たった一声鳴いただけで喜ばせることが出来るのだから、レオは神様なのだろう。

それならそれでいいのかもしれない。

それで彼らが幸せになれるのなら。

遥斗はレオを見下ろす。

レオは突然の騒ぎ声にびっくりした顔をしていたが、獣人たちを怖がっている様子は見られなかった。

レオも、この国に、獣人たちに、すっかり馴染んでいる。

元の世界とは違う環境だが、遥斗と共に召喚されたのは幸いだった。

遥斗も、レオがいてよかった、と心から思った。

レオがいたから、この世界にこられた。

当初は辛い思いもしたけれど、心から信頼し、愛し合える人と出会うことが出来た。

遥斗にとっても、レオは新しい家族を与えてくれた幸運の神様に等しい。

――この世界で、生きていこう。

元の世界に戻る方法が見つかったとブレットに言われてから二ヶ月半が過ぎていた。もうすぐ銀色の月が昇る夜がやってくる。

元の世界に戻るか、この世界に残るか、ここ数日悩んでいた。

全く未練がないかと問われれば、それは嘘になる。獣医師として学びたいことがもっとあったし、父の動物病院も閉めたままだ。

しかし、向こうの世界には、ブレットがいない。

自分をこれほど愛してくれる人は、この世界にしか存在しない。

それに、獣医師としての自分をこんなに必要としてくれている者たちが、この国にいる。守りたいと思う多くの命が、ここにある。

――だから、僕はこの世界に残る。

ブレットのツガイとして、生きていきたい。

レオと三人で。

この世界でしかそれが出来ないと言うのなら、元の世界には戻らなくていい。

自分の幸福は、ここにあると気づいた。

遥斗は発作的な衝動にかられ、階段を駆け下り、下で控えていたブレットの元へ急ぐ。

「ブレット！」

「どうした？」

「あの……」

ここに残ります、と伝えようと口を開く。

しかしそれが声になる前に伝令がやってきて、城外に国民が集まっている旨を知らせた。

この後、アドニスと王妃、エディと共に、国民の前に立ち、改めてレオと遥斗が何者か紹介してもらうことになっている。

アドニスは王妃の手を取り、階段を下りて城外へと移動を始めた。周囲の者も動き始め、話し声が随所から聞こえてくる。

続きは国民へのお披露目が終わってからゆっくり話そう。ブレットにもそう告げ、アドニスたちの後を追った。

城を出て、用意されていた馬車に乗り、敷地を取り囲むように建てられた高い城壁にたどり着く。

石で出来た階段を上り切ると、そこはテラスのような半円形になっていた。

アドニスは遥斗たちが到着すると、下に集まっている国民に向けて、今年も無事に建国の日を迎えられたことを告げ、王国を支えてくれている彼らに感謝と労いの言葉をかけた。そして次に、王妃との間に生まれた王子、エディの紹介が行われ、最後に遥斗とレオが呼ばれた。

アドニスはレオを神と呼び、遥斗を神の遣いである奇跡の医師と紹介した。先ほどレオがエディの手を舐め、祝福を贈ったことも国民の前で発表し、広間にいた獣人たち同様、城下の国民たちも歓声を上げて喜んだ。

　思いの他、国民への挨拶は短時間で終わり、時刻はまだ昼前だった。

　遥斗はここで式典を抜け出して、点滴の試作品の確認をするために王都に出ることにする。

　今日はレオまで連れていく必要はない。獣人たちの群の中に入り、レオがうっかり押し潰されでもしたら大変だ。

　遥斗は、自分と護衛のブレットの二人だけでオットー商会に向かおうとしたのだが、ここで想定外のことが起きた。

　曲がりなりにもイガルタ王国の騎士団長が、式典の最中に国王の傍を離れるべきではない、との声が重臣たちから上がったのだ。

　それも確かにその通りだ。

　けれど、王都の地理に詳しくない、ましてや人間の遥斗一人で、獣人たちが闊歩する街は歩けない。

　そこで、遥斗の方からブレット以外の者を護衛として連れていくことを提案した。

　ブレットはとても不満そうだったが、これが一番いい方法だと思った。

　そうして遥斗は護衛として面識のある騎士のパウロを従え王都へ、ブレットとレオは城に残って式典に参加する運びになった。

　オットー商会に行き、試作品を確認するだけだから、日が暮れる前に城に戻ってこられる。

　だが、いつもブレットが常に近くにいてくれたからそれに慣れてしまったようで、少しの間、離れているのも辛いと感じてしまう。

　そんな子供じみたことを言えるはずもなく心の中に止めておいたのに、彼には伝わってしまったようだ。ブレットは城壁の門のところまで見送りにきてくれた。

　遥斗はパウロと共に馬車に乗り、その隣を栗毛の馬に跨がったブレットが併走し、城壁にたどり着く。

城外へと出る門が開かれ、馬車が再び動き出す。ブレットの乗った馬はその場にたたずんでいた。

窓の外にあったブレットの姿がどんどん遠くなっていき、門番によって閉められた城門に遮られ、完全に見えなくなる。

別れる前に一言も交わせなかったことを寂しく思ったが、用事がすんだらすぐに戻ってくるのだ。

今生の別れでもないのだし、数時間後にはまた会える。

遥斗は自分を慰め、気持ちを切り替えるために王都の喧噪(けんそう)に目を向ける。

様々な毛色の獣人たちが行き交う店先に、ブレットが好きな果実を見つけ、帰る前に立ち寄ろうとふと思い立つ。

王都に出た土産にと渡した時のブレットの反応を想像し、気を抜くとこみ上げてくる寂しさを誤魔化(ごまか)した。

＊＊＊＊＊

王都一の商家であるオットー商会の前に、細身の獣人の姿を見つけ、遥斗は窓枠に手をかけ目をこらす。あちらも遥斗に気づいたようで、チェスターが頭上で大きく手を振って出迎えてくれた。

「お久しぶりです、ハルト先生。さっそくですが、こちらにどうぞ。店主はお城の式典に参加しているため、僕が代わりに案内する許可をいただいてます」

パウロと共に馬車から降り立った遥斗の手をチェスターが取り、店の中へと引っ張っていく。

以前の彼からは想像もつかない行動だったが、少年らしい快活さを好ましく思った。

「ここに職人が作った器具を全部並べてあります。じっくり見て、何か問題があるようでしたら遠慮なく言ってください」

それほど広くはない室内は、会議室のように中央に大きな長方形のテーブルが置かれており、その上に点滴の器具がずらりと並んでいた。

「わあ……。こんなにたくさん、作ってくれたんだ」

「職人によって、同じ器具を作らせても微妙に出来映えが違ってくるので。こういった道具を作るのが上手い職人に片っ端から声をかけて、作ってもらったそうです」

催促するように「どうぞ」と言われ、遥斗は一番左側に置かれている器具から順番に手に取って確かめていく。

オットー商会に製造を依頼したのは、点滴で使う針、ゴム製の管、そして点滴溶液を入れるガラス製の器だ。

作り手によって出来映えが違うとチェスターは言っていたが、どれも十分、実際に使用して問題のない完成度だった。

これだけのものを作れる職人が何人もいるというのは心強い。同時に製造を依頼すれば、点滴セットが大量に手に入る。王都周辺のみならず、地方の治療施設にも行き渡らせることが可能だろう。

遥斗はここにある器具を全て城に持ち帰ってもいいか聞いてみた。実際に自分に点滴してみて不具合がないか試してみようと思ったのだ。チェスターから「店主から、先生のお好きなように、と言われてます」と言われ、遥斗は点滴用の器具を一つ一つ、傷つけないように用意してくれていた木箱に詰めていく。

力仕事はパウロが申し出てくれたため、木箱の運搬は彼に任せ、遥斗は今後のことをチェスターと打ち合わせてから、オットー商会を後にした。

試作品として用意してくれた器具がどれも質の高いものばかりだったので、予定よりも早く城へ帰れそうだ。

ブレットはこの器具の山を見たらなんと言うだろうか。きっと喜んでくれるはずだ。

そこでふと、点滴器具が手に入ったことでうっかり忘れそうになっていた土産のことを思い出す。

慌てて御者に、ブレットの好物である柑橘類の果物を売っている店に寄ってくれるよう頼んだ。

御者は元々この辺りの出身とのことで、新鮮な果物を売っている店に案内してくれると言う。

店選びを彼に任せ、遥斗はパウロから上司であるブレットの騎士団長としての仕事ぶりなどを聞き出し、自分の知らない彼の姿を頭の中で思い描きながら楽しい時を過ごす。

二人とも話に夢中になっていたため、馬車が停車するまでどんな場所を通っているのか、気にしていなかった。馬車の揺れが収まり車窓に目を向け、そこでようやく何かがおかしいと気づく。

王都の外れの地域に連れてこられたようで、見える範囲に店など一軒もなく、辺りに獣人の気配もなかった。三方を壁のようにそびえ立つ建物に囲まれた薄暗い袋小路に、馬車は停められている。

最初は御者が道を間違えたのかと思った。

パウロもそう考えたようで、御者に声をかけようとして、顔色を変える。

馬車の先頭で手綱を握っているはずの御者がいつの間にか姿を消していたのだ。

——どういうこと？

この時もまだ、遥斗は自分の身に危険が迫っていることに気づいていなかった。

なぜなら、イガルタ王国に来てから、召喚の儀式の時を除き、冷遇されることはあっても危害を加えられることはなかったからだ。

遥斗は外の様子を確かめようとノブに手をかけ押し開けようとして、パウロに強く止められた。

「ハルト様、お下がりください」

騎士でありながらも柔和な雰囲気を纏っていたパウロの声音が、警戒したものに変わっている。

——もしかして何か事件に巻き込まれた？

遥斗が言われた通りドアから手を離した時だった。

突如外側からドアが開かれ、遥斗は両脇から伸びてきた腕に上着を掴まれ、馬車の外へと引きずり降ろされてしまう。

「うわぁっ！」

「ハルト様！」

パウロが腕を伸ばしてくる。それを掴もうとしたが叶わず、遥斗は勢いのまま、舗装されていない道にうつ伏せの形で倒れた。

すぐに起き上がろうとしたが、頭と背中を押さえつけられ、身動きが取れなくなる。

――何？　何が起こってるんだ!?

パニック状態になりながらも、なんとか抜け出せないかと地面を両手でかく。

「大人しくしていろ」

その時、頭上から聞き覚えのない男の声がした。

驚いて一瞬抵抗を止めると、その隙に後ろ手に両手を縛られ、同じく両足も拘束され、顔にも布製の袋のようなものを被せられた。手足の自由と視界を奪われ、遥斗は恐怖にかられ必死に身体を蠢かす。

しかしこの状態ではどうにもならず、そうこうしているうちに身体を担ぎ上げられ、乱暴に固い床の上に放り出された。

「痛っ」

遥斗がうめき声を上げると、遠くの方でパウロの声が聞こえた。

「ハルト様！　貴様等、ハルト様をどうするつもりだ！」

「パウロさん！」

「ハルト様、しばし辛抱を！　今私が助けに……」

パウロの言葉が不自然に途切れ、そして遥斗は自身の喉に何か冷たいものがヒタ、と押し当てられたのを感じた。

「従者よ、それ以上動くな。動くなら、この者の首をかき切る」

「やめろ！」

「我々を見逃せば、この者の命は奪わないと約束しよう。それとも、死体にして城へ連れ帰るか？」

「く……っ」

パウロのうなり声が聞こえてきた。

怒りをはらんだ狼の声。

パウロは葛藤しているようだった。

「行くぞ。早く出せ」

「はっ」

また別の男の声が聞こえてきた。

相手は複数人いるようだ。

男の号令で、遥斗の横たわる地面が動き出す。振動から、どうやら馬車に乗せられているらしいと推測する。

「ハルト様！」

「動くな！」

脅しのためだろう、首筋に鋭い痛みが走る。どうやら突きつけられていた刃物で、首を微かに切られたようだ。

パウロは遥斗の身の安全を第一に考え動けなかったらしい。

馬車は走り出し、車輪が駆ける音に混じって聞こえていた自分を呼ぶパウロの声が、どんどん小さくなっていく。

遥斗はせめて身を起こそうとするが、頭を押さえ込まれ身じろぎすら出来なくなった。

「抵抗しても無駄だ。たとえ我々の隙をついて逃げようとも、必ず捕まえる。我々は王のご命令を何が起きようとも遂行する」

——王？

王とは、アドニスのことだろうか？

遥斗の脳裏に、純白の美しい毛並みを持つ賢王の顔が思い浮かぶ。

彼らの言う王がアドニスだとしたら、なぜこのような手荒な真似をされるのかわからない。

王都に出ることは、目的を話し、許可ももらっている。急用が出来て呼び戻しにきたにしても、遥斗に刃物を向ける必要はない。一言、城に戻るよう伝えれば、すぐに帰城しただろう。

――王とは、イガルタの王様のことではない？

この世界には、遥斗が知っている限り、他に三つの国がある。そのうちのいずれかの国の王の命令だというのか？

――でも、どうして僕を……？

遥斗を拐（さら）った目的はなんなのだろうか。

神の遣いと言われている遥斗を誘拐し、イガルタ王国に不利な要求でもするつもりなのだろうか？

けれど、以前ブレットから聞いたところによると、四つの国はそれぞれ敵対関係にはなかったはずだ。良好とも言い難いかもしれないが、互いの領土を侵さぬよう注意し、時に物資のやり取りなども行い、協力関係を築いている国もあると聞かされている。

それとも、これからイガルタ王国を攻めようと考えている国があるのだろうか……。

遥斗は拘束され目隠しされた状態で馬車に身を横たえながら、唯一自由である思考を巡らせた。そうしていないと、命が脅かされたこの切迫した状況に耐え切れそうになかったのだ。

こみ上げてくる恐怖心から目を背けるため、遥斗は様々な可能性を考えた。

しかし、いくら考えても明確な答えは出てこない。

そうして、どれほどの時が経っただろうか。

馬車の揺れが小さくなっていることに気づいた。

王都を出た辺りから、馬車は舗装されていない道を猛スピードで走っていたため、身体が跳ね上がることもあるほどの揺れを感じていたが、今は規則正しい馬の足音と、いくぶん静かになった車輪の音が聞こえてくる。おそらく、舗装され整備された地区に入ったのだろう。

外の様子は全くわからなかったが、布越しに感じていた陽光も今は陰っている。日が暮れるほど長い時間、馬車で移動していたようだ。ということは、イガルタ王国の領土内から連れ出された可能性もある。

ここはいったいどこなのか……。

彼らの目的地に近づくにつれ、押し込めていた不安が湧き上がり、血の気が引いていく。

今の扱いから察するに、好待遇は期待出来ない。

首筋に当てられた刃物のひんやりとした冷たさを思い出してしまい、ブルリと大きく身震いする。

――ブレット……。

どうして今日に限って彼と一緒に行動しなかったのだろう。

ブレットは反対していたのに。

イガルタ王国での日々が平穏で、すっかり警戒心を解いていた。

騎士団長を務めるブレットが護衛についていることがどういうことなのか、深く考えもしないで……。

遥斗は自身の危機感の薄さを後悔する。

――もう一度、彼に会いたい。

こんな形での離別は嫌だ。

イガルタ王国でしなくてはならないこともある。

やっと点滴の試作品が完成したというのに、その使用方法を医師たちに伝えてもいない。

まだイガルタ王国には死の病に苦しむ患者がたくさんいる。

彼らを救うために、この世界に召喚されたと思っていたのに、こんなことになるだなんて……。

「ブレット……っ」

不安と恐怖で震える唇からこぼれ落ちた小さな声は、幸い誰にも聞かれなかったようだ。

混乱し、取り乱しそうになりながら、正気を保つために、遥斗は彼の名を繰り返し呟いた。

＊＊＊＊

馬車の揺れが緩やかになり、ようやく停止する。

遥斗はついに目的地に到着したことを悟り、身を固くした。

「降りろ」

短い命令と共に腕を摑まれ、乱暴に馬車から降ろされる。

足の拘束は解いてもらえたが、頭の布袋は取ってもらえず、両脇から抱えられるようにして歩かされた。前が見えないから平衡感覚がおかしくなり、小さな段差に何度もつまずいては叱責される。

しばらく歩かされ、引き戸が開くような音が耳に届いた。

少し進んだところで履いていた靴を脱ぐよう言われ、従う。

室内に入ったようで、足元に感じるのは石ではなく木のような感触だった。時折、遥斗たちが体重をかけた時に床が微かに軋む音がする。

緊張から心臓が早鐘を打ち、目眩を起こしそうになった。それでも必死に足を動かし、引っ張られるまま前へと進む。

「止まれ」

厳しい男の声音に反応し、両脇の二人の動きが止まる。そうかと思ったら、突然肩を摑まれ上から押さえつけられた。跪けという合図だったのだろうが、恐怖で足の力が半ば抜けていた遥斗は、がっくりと倒れ込むように床に膝を打ちつけてしまった。

強かに打った両膝が痛かったが、存在を消すかのように息を潜め下を向く。

すると、なんの予告もなく頭の袋を剝ぎ取られ、久しぶりに直接外界の空気を吸うことが出来た。

開けた視界に、数段高く積まれた畳が目に入った。金箔をふんだんに使い描かれた月光の屛風の前に、肘掛けに頰杖をつき座布団の上に座した、小柄な獣人の姿があった。

毛色は黄金色で、被毛よりもやや濃い薄茶色の吊り上がった瞳、シャープな輪郭と尖った耳は、遥斗が見慣れた獣人の姿とは異なっている。

——……狐？

狼の獣人以外を見たのは初めてのことで、驚きで目が離せなかった。

呆然としていると、左側に立っていた男に頭を押さえつけられる。

「貴様、ホムラ様の御前だぞ、分をわきまえろっ」

「痛っ」

小突くように頭を下げさせられ、痛みに呻く。

そこで、ホムラというらしい獣人がゆっくりと口を開いた。

「よせ。私の許可なくその者に乱暴を働くでない。……その者、よく顔を見せよ」

そっと視線を上げると、狐の頭を持つ獣人が、観察するようにしげしげと遥斗の顔を眺めてきた。

「ほう……。噂に聞く通り、奇っ怪な容貌をしておるな。頭部にしか毛がないとは……。よもや、何かの病気ではあるまいな？」

『病気』と聞き、一瞬両脇の二人が怯んだ気配を感じた。

遥斗が生まれつきこの姿であることを伝えると、ホムラを始め、両隣からも安堵の吐息が漏れる。

「その者、名はなんと申す？」

「……有村遥斗です」

「アリムラ……？　聞き慣れぬ名だな。そなたはことは別の世界から召喚されたと聞いたが、それは真か？」

「……はい」

ホムラの目的は未だに不明のままで、下手に正体を隠すとよからぬ疑いをかけられる気がしたので、遥斗は正直に頷く。

ホムラは考え込むように、手に持っていた扇子を開いては閉じ、を繰り返した。

先ほどから感じていたが、どうやらこの国は古の日本と同じような文化を築いているようだ。

ホムラの着ている服は洋装ではなく和装。白い着物に眩い金色の帯を巻き、肩に派手な朱色の羽織をかけている。遥斗の両脇を固める獣人も、裾がつぼんだゆったりとした袴のようなものを穿いている。

　今いる建物も木造で、続きの部屋との仕切りには襖を用いていた。

　現代の日本ではなく、平安時代くらいの文化と似ているように感じた。

　遥斗がさりげなく室内に視線を走らせていると、ふいに大きく扇子を閉じる音が室内に響く。

「アリムラとやら、そなたは医師だそうだな。それも奇跡を起こすとか……。イガルタ王国にて死の病に罹った者を治したというのは本当か？」

「……はい」

　遥斗が頷くと、左側に立っていた獣人が「ご報告があります」と声を上げた。

「こやつが乗っていた馬車の中から、木箱を見つけました。もしかしたら何か医療に使う道具かもしれないため、全て持ち帰ってきております」

　ホムラは配下からの報告を受け、遥斗に確認してくる。

「木箱の中身は医療道具か？」

　遥斗は正直に答えるべきか迷った。

　木箱に入っているのは、点滴に必要な器具の試作品。とても重要なもので、それを知られたら奪われてしまうかもしれず、返答に窮する。

　けれど遥斗が即答しなかったことで、逆に木箱の中身が重要なものであることを悟られてしまったようだ。

　ホムラの瞳に蠟燭の炎が映り込み、怪しく揺らめく。

「どうやら、貴重なものらしいな。木箱の中にあるのは、死の病の治療に必要なものなのか？」

「それは……」

　そうだと素直に答えたら、点滴の器具をどうされてしまうのだろう。

　破壊される？　それとも、イガルタ王国相手に有利な取引を持ちかけるための交渉の道具に使われるのか？

ホムラの思惑がはかれず言いよどんだその時、突然耳鳴りに襲われた。

思考を停止させるほどの強烈な音に、苦悶の表情を浮かべ身を捩る。

——何っ？　なんか変だ……っ。

ひどい耳鳴りに、頭痛までしてくる。

苦痛に呻いていると、頭の中で甲高い声が響いた。

『答えよ！』

「っ!?」

『答えよ！』

頭の中の声が叫ぶたび、耳鳴りと頭痛が強くなる。

まるで直接脳に爪を立てられているような苦痛に耐えきれなくなり、遥斗は答えを口にしていた。

「その……通り、です……っ」

次の瞬間、嘘のようにスッと頭痛が治まり、耳鳴りもかき消える。

今のはなんだったのだろう。

あの声はいったい……。


遥斗が未知なる恐怖にかられていると、ホムラの背後の金屏風の端がわずかに動き、その後ろから、真っ黒な毛並みを持つ小さな狐が顔を覗かせた。

「あ……」

身体の大きさから子供だろうと思われるその獣人は、一目で遥斗が知っている一般的な狐とは違うことが窺い知れた。

毛並みが黒色であることもさることながら、着ている着物も帯まで黒一色。まるで影のような装いなのに、目だけが血のように真っ赤だったのだ。

その獣人まで距離があるというのに、この場にいても、異様な空気を纏っていることが感じられた。他の獣人たちとは明らかに違う異質さに、先ほどの耳鳴りや頭の中で響いた命令は、この獣人の仕業なのではと直感で思った。

「ご苦労。控えておれ」

ホムラが黒色の獣人に声をかけると、再び屏風の陰に姿を消した。

啞然としている遥斗を見て、ホムラは満足そうにうっすらと笑みを浮かべる。

「あれは我が国の守り神とも言える、妖術使いだ。妖術が何かは説明せずとも、その身をもって知ったであろう？」

『妖術』という単語に、頭の中で引っ掛かりを覚えた。

どこかでその話を聞いたことがある。

そう、確かラノフが口にしていたのだ。ヘスナムカ王国は妖術を使う狐族だと。

あの時はなんのことかわからず聞き流してしまったが、ここはヘスナムカ王国で、今のが件の妖術だったのか。

妖術使いが何をどこまで出来るのかは不明だが、人間ばなれした超能力のようなものが使えるのは確かなようだ。

遥斗が警戒を強めていると、ホムラが質問を投げかけてきた。

「イガルタに帰りたいか？」

躊躇いがちに頷くと、ホムラがやや身を乗り出し裂けた口を開く。

「取引をしよう。……先ほどの妖術使いの父親が、もう起き上がれぬほど弱っておる。彼を治療することが出来たなら、無傷でイガルタに帰してやろう」

取引の内容を聞き、自分がこの国へ連れてこられた理由がわかった。

遥斗が獣医師としてイガルタ王国で挙げた功績をホムラが耳にし、治療させるために拐ってきたのだろう。一つの国を滅亡させるほどの死病を治せるのなら、他の病も同様に治療出来ると思われて。

しかし、遥斗がいくら元の世界で獣医師としての知識と経験を積んでいたとしても、世の中の病気を全て治せるわけではない。

加えて、この世界では診断に必要な器具も、治療のための薬も不足している。

「……病名は？」

遥斗の質問に、ホムラは瞳を閉じ、一拍間をおいてから答えた。

「病ではない。妖術使いの宿命だ」

「宿命……？　それって、どういうことですか？」

ホムラの顔が徐々に歪んでいく。

それまで泰然と構えていた男が、目を吊り上げ、獣らしい顔つきに変わる。

「我がヘスナムカ王国は、長きに亘り、妖術の力で守られてきた。他国に頼らずとも、自国の力のみで国力を維持してきたのだ。ヘスナムカの情報を漏らすわけにはいかぬ。そなたは言われた者のみを全力で救うだけでよい。探りを入れることは許さんぞ」

「そんな、探りを入れるだなんて……。僕はただ……」

ホムラが言う通り、ヘスナムカ王国は他国との交流を全面的に絶っている。

それは遥斗もこの世界に召喚されたばかりの頃、図書館で調べて知っていたし、イガルタ王国の外交官を務めているラノフからも聞いていた。

ヘスナムカ王国の王は、国境にも兵を置き、何者であっても領土への進入は許さない。それゆえ、国王であるホムラについて他国の者が知っているのは名前くらいのもので、誰も面会を許されなかったため、姿を見た者もいないという。

ただ、そうした強固な態度から、ヘスナムカ王国は何かしらの莫大(ばくだい)な資源を持っていると噂されているそうだ。それが何かは不明だが、自国だけで国民の生活を守れるような何かがあり、それを独占するために鎖国状態を続けているのではないかと周りの国は見ているようだった。

そうしたことから、ホムラは遥斗を国に帰した時、ヘスナムカ王国の情報を漏らされることを警戒しているのだろう。

遥斗がそんなつもりは毛頭ない、と説明するのを遮るように、ホムラが手に持っていた扇子で畳を強く叩いた。

怒りのこもった動作に、身がすくむ。

「そなたが許されているのは、妖術使いの父、マガネの治療を行うことのみ。これ以上、質問を口にすることは許さぬ」

ユラリ、と彼の背後で豊かな尾が炎のように揺れ動く。それは遥斗の知っている狐の尻尾とは異なり、根本から三つに分かれていた。

思わず両隣に立つ狐の獣人を確認したが、彼らの尾は分かれていなかった。

黄金色の三本の尾。

それを各々揺らめかせながら、ホムラは立ち上がる。

冷酷にすら見える吊り上がった瞳は、遥斗を真っ直ぐ見据えていた。

「わかったな」

念を押すように向けられた言葉に、首を縦に振る。

イガルタ王国の国王であるアドニスとは、まるで雰囲気が違う。冷徹なまでの王たる威厳を湛えた狐の獣人、それがホムラの印象だった。

「連れていけ」

遥斗の返答に満足したのか、ホムラは従者の獣人たちに向かって命令を下した。

再び両腕を摑まれ、引き立てられる。そのまま部屋から連れ出され、廊下を歩かされた。

こうして並んで立つと、狐の獣人は遥斗よりもずいぶんと小柄であることがわかった。身長は遥斗の肩に届くかどうかといったところで、イガルタ王国の狼の獣人たちと比べて華奢な身体つきをしている。

それに、先ほどは布袋を被せられていたから城内の構造を確かめることは出来なかったが、やはり日本風の建物のようだ。

板張りの廊下や、襖や戸板がドアとして使われた建物は、父と暮らしていた実家を彷彿とさせる。イガルタ王国の城と違い、防犯上心許(こころもと)なく思ったが、長い間、鎖国状態を保ち国境で他国の侵略を防ぎ、なおかつ妖術使いの人知を超えた不思議な力を保持しているからこそ、この造りでもホムラの身の安全を守れるのだろう。

両脇を掴んでいる獣人だけが相手ならなんとか振り切って逃げ出せそうだが、王の居城なのだからおそらく他にも獣人たちがそこかしこに控えているはず。彼らに捕まらずに逃げ出すことは難しく思えた。

今はホムラの言葉を信じ、妖術使いの父、マガネの治療に当たる他は、イガルタ王国に帰れる方法はない。

それに、獣医師の本分として、病に倒れた患者を見捨てていくことは出来なかった。

従者たちは一度遥斗を外に出すと、城の裏手にある建物へと連れていった。

それほど大きくはない、平屋建ての一軒家だったが、質素ながらも丁寧な造りで粗末な印象は受けない。日本の文化に当てはめるなら、離れや茶室といったところだろうか。

小さな玄関を抜け、土間で靴を脱がされ、短い廊下の先にある襖が開けられる。

八畳の畳敷きの和室の中央に、布団に寝かされている獣人の姿があった。その獣人が件のマガネであることは、彼が闇夜を思わせる漆黒の毛並みをしていることから察せられた。

室内には他にもう一人、藤色の着物を着た薄茶色の狐の獣人の姿があった。心配そうにマガネの手を握り頬に当てていることから、彼の妻のようだ。

従者たちはこの部屋には入らず、唯一の出入り口である襖の外で見張りをするらしい。

室内に入る前に後ろ手に縛られていた縄を外され、突き飛ばされる。

遥斗が部屋の中へ倒れ込むと、背後で乱暴に戸の閉まる音が響いた。

起き上がり、ずっと縛られていたため凝り固まった腕を解(ほぐ)すように肩を回す。幸い、どこも痛めていないようだった。

遥斗は訝しそうな顔をしてこちらを見ている狐の

獣人に視線を向ける。

「えっと……、初めまして、有村遥斗です。僕は獣医師で、王様からその方を治療するように言われてきました」

「ジュウイシ、というのは医師のことでしょうか。では、あなたがイガルタ王国で高名なお医者様ですか？」

　高名かどうかは不明だが、死の病の治療実績はあるので頷き返した。

　狐の獣人は、化粧なのだろう、紅のようなものを目尻に赤く掃いた瞳を潤ませる。そして遥斗の前に移動し、畳に手をついて深々と頭を下げた。

「どうか、夫をお救いください。よろしくお願いいたします……っ」

　人間という生き物を初めて見ただろうに、この女性は遥斗を気味悪がるでもなく、夫の命を預けてきた。何者かわからなくても、他国の医師であろうとも、助けを乞いたくなるほど、マガネの容態が悪いのかもしれない。きっと藁にも縋る思いなのだろう。

　遥斗は己の意志ではなくここに連れてこられたが、患者がいる以上、獣医師として全力で治療に取り組もうと決意した。

　診察を行うことを一言断ってから、布団に寝かされているマガネに近づく。

　遥斗が掛け布団をめくり、着物の合わせを寛げたところで、妻が「無理が祟って、もう五日、目を覚まさないのです」と伝えてきた。

「国中にあの病が広がって、次々に民が倒れていきました。それを止めるために、夫は妖術を使いすぎたんです。それでこのようなことに……」

　ホムラは質問は許さないと言っていたが、彼女は話してくれそうな雰囲気だったので、遥斗は思い切って尋ねてみた。

「マガネさんも妖術使いなんですか？」

「ええ。この新月の夜のような毛並みが妖術使いの証。妖術は生まれつきの能力なのです」

彼女の話によると、妖術使いは年々生まれる頻度が減ってきていて、現在、生存しているのはマガネと彼の娘だけだという。

まだ幼い娘に妖術使いの役目を負わせたくなかったそうだが、マガネが倒れた今、苦渋の選択で数日前よりホムラの傍につかせているとのことだった。

そこまで語り、彼女は一粒涙をこぼす。

「妖術は、術者の身体を蝕む危険な力。妖術使いが一人になってしまってからというもの、ホムラ様も夫の身体を気遣い、妖術を使わせることはありませんでした。ですが、昨年あの病が流行り出して……」

「あの病とは？」

「イガルタでは、死の病と呼ばれていると聞きました。あっという間に国中に広がり、それを止めるために、夫は倒れるまで力を使ったのです」

死の病はイガルタ王国だけで流行していたのではなかったのか。

そこで、死の病と彼らが呼ぶパルボウイルス感染症に罹患する動物について、思い出した。

獣医師として勤めていた時、病院を訪れる患者は、家庭で飼育されている犬や猫が多かった。そのため、野生動物に対しての識見は低く、すぐに思い至らなかったのだが、このパルボウイルス感染症に罹る動物には狐も含まれていた。

それを思い出したのと同時に、感染の広がりが気にかかった。

脳裏に、イガルタ王国で目にした、病に倒れ苦しむ患者たちの姿が思い出される。

遥斗を無理矢理拐った相手の国民でも、罪のない者たちの命がこの国でも失われているのだとしたら、やはり胸が痛む。

「夫が倒れたと聞き、ホムラ様はひどくご自分を責めておいででした。そして、必ず救うと私に約束してくださったのです。イガルタ王国の高名な医師を連れてくるから、とおっしゃって……」

彼女はそこで「申し訳ございません」と深く頭を

下げた。

「我が国は長い間、他国との交流を絶ってきました。イガルタで死の病が流行した時も、救援の要請に応じなかったと聞いております。それも、ひとえに自国の民が病に罹ることを避けるために下した決断でしょう。ですが、他国の救援を退けておきながら助けを乞いたい時だけ頼ることは出来ず、さらには正規の手順を踏んでいたら夫の命が危ういと判断したホムラ様は、あなた様を強引に拐うことに……。私も、夫の命を救いたいあまりに、お止めしなかったのです」

もう一度、畳に額がつくほど頭を下げられる。

「勝手は承知で申し上げます。どうか、夫をお救いくださいい……！　夫が亡くなれば、娘は死病の流行を収めるために、妖術を使わなくてはならなくなります。近い将来、次は娘が夫と同じことに……」

「……事情はわかりました。どうぞ、頭を上げてください」

ようやく顔を上げた彼女は、着物の袖口で目元を拭う。

「経緯はどうあれ、僕の前には患者さんがいます。マガネさんを救うために、全力を尽くします。だから、あなたにも手伝ってもらいたいんです。お願い出来ますか？」

「はい、はい……！」

遥斗は一つ深呼吸した後、マガネに視線を落とす。今は目の前の患者を救うことのみに集中する。

妻に聞いたところ、マガネはこの五日間、食事はおろか水さえ口に出来ていないそうだ。

外傷は見あたらず、ひどい衰弱状態に陥っている。妖術を使いすぎたと言っていたが、人間でいうところの過労と同じような状態だった。

遥斗は力の抜けたマガネの腕を取り、皮膚を摘（つま）む。張りが失われており、脱水のサインが出ていた。

脱水が改善されれば意識が戻る可能性がある。まずは水分を摂らせなければいけない状況だったが、試しに匙で水分を口に流し込んでも、口角から垂れてきてしまう。それならと喉の奥まで匙を入れ飲ませようと試みたが、上手く飲み込めずに咳込む。誤嚥の危険があるため、口からの水分補給は難しそうだった。

そこで遥斗の頭に、試作品として木箱に入れておいた点滴の器具が思い浮かぶ。

それらも遥斗が拐われる時、一緒に持ち出されたと聞いた。

まだ実際に試していないが、マガネの容態は一刻を争う。何もせずにいるよりも、命を救う可能性があるのなら、試作品であろうと使うしかない。

遥斗はマガネの妻に病状が深刻であることを伝え、早急に水分を体内に入れないといけないこと、けれど自力で飲み込むことは不可能で、つい先日完成したばかりの医療器具を使って水分補給を試みたい旨を説明し、同意をもらった。

その返答を聞くや否や、襖の向こうに控えている従者に、木箱を持ってきてくれるよう伝える。その他にも、点滴溶液を作るために必要な水と塩、秤なども揃えてもらう。水は殺菌のために一度沸かすよう頼んだ。

しばし待っていると、木箱が室内に運び込まれた。少し遅れて、沸騰後の湯と塩も持ち込まれ、それを体液と同じ濃度になる割合で混ぜる。

調合した点滴溶液が冷めるまでの間に各器具を組み立て、チューブの先に接続したガラス瓶に熱の取れた溶液を流し入れる。

妻は初めて目にする器具に不安そうな顔を見せたものの、遥斗を信頼し、口を挟まずに傍で見守ってくれていた。

腕の被毛を剃り、脱水のため細くなってしまっている血管をなんとか探り当て、針を刺す。血管内に針を留置し、マガネの様子を観察しながら点滴を落とし始める。

おそらくこれが、この世界で初の点滴による治療。

実際に針を刺してみて、その切れ味のよさから、十分に患者に使用して問題のない仕上がりになっていることに感動した。他の部分の作りにも問題はなく、これならイガルタ王国に戻ったらすぐに点滴器具の量産を提案出来る。

遥斗は点滴の速度を調整しつつ、マガネの容態に変化がないか見守った。

一刻の予断も許さない状況だったが二回ほど空になったガラス瓶に溶液を足し、それが半分ほど落ちきった頃、マガネがフッと目を開けた。

「マガネさん！」

まだ完全に意識がはっきりしていないようで、マガネは焦点の定まらない瞳で枕元に座る妻を見て、点滴をしていない方の手を彼女に向けて弱々しく伸ばした。

「あなた……！」

妻がその手をしっかりと握りしめる。

――意識が戻った……！

とりあえず一番の山場を乗り越えられたと、ホッと身体から力を抜く。

やがてマガネは右手に点滴の管が繋がっていることに気づき、不思議そうな顔を見せ、引っ張ろうとした。

それを二人で止めながら、まだ油断は出来ないけれど、動けるまでに回復したことを喜ぶ。

いつしか夜は明けていたようだ。

壁に開けられた明かり取り用の丸窓からは陽光が差し込み、薄暗かった室内を柔らかな光で満たしている。

時間の経過すらわからなくなるほど集中していた。

ここを訪れた時に室内を照らしていた蠟燭はいつの間にかなくなっている。おそらくマガネの妻が頃合いを見て片づけてくれたのだろうが、それにも気がつかなかった。

時間の経過を意識した途端、それまで全く感じていなかった疲労感と睡魔が突如として襲ってきた。

今入っている点滴が終わったら、少し休ませてもらおう。そう考えていると、マガネの手をしっかりと握った妻が、目元に涙を溜めて声をかけてきた。

「先生のおかげで、夫が目を覚ましました。ありがとうございます……！」

この後も適切な治療を続け自分で食事を摂れるようになれば、確実にマガネは回復していくだろう。

自分が命を救ったのだと……救うことが出来たのだと、彼女の言葉で急に実感し、喜びがじわりと広がる。

獣医師として、治療の成果が出たことはとても喜ばしかった。

それに、点滴の試作品が実用化出来そうな代物であることも証明でき、技術を持つ医師が増えればより多くの患者を救うことに繋がる。

死の病だけでなく、他の病気で苦しむ患者も救えるだろう。そのことも遥斗の気持ちを高揚させた。

――ブレットに、会いたい。

唐突に、ここにはいないブレットのことが頭に浮かび上がる。

彼とはイガルタ王国に召喚されて以来、どんな時も一緒だった。

東の棟で病気の子供を治療した時も、エディ王子の死の病の治療をした時も、イガルタ王国から死の病を撲滅するために動いている時も。

遥斗の傍にはブレットが寄り添い、共に悩み苦しみ、そして喜びを分かち合った。

その彼が今、自分の隣にいない。

遥斗の胸に寒風が吹き抜けていく。

今、ここにブレットがいてくれたら、きっと一緒にマガネが回復したことを喜んでくれる。点滴を実用化出来そうなことも。

それが出来ない今の状況がもどかしく、寂しさがこみ上げてくる。

――でも、もうすぐ会える。

マガネは目覚め、回復に向かっている。ホムラとの取引の条件を、遥斗は満たした。

きっとブレットは心配しているだろう。早くイガルタ王国に戻り、ブレットに元気な姿を見せてあげたい。

身体は疲労を訴えているけれど、一つ大きな仕事をやり遂げた心地で、遥斗はすっきりとした笑みを浮かべる。

「本人の生命力が強かったからでしょう。それに、お礼を言うのは僕の方です。見ず知らずの僕を信用し、新しい治療法を試させてくださり、ありがとうございました」

遥斗はガラス瓶の中の透明な点滴溶液を見上げる。

「これで、この試作品が十分実用可能なものだと証明出来ました。点滴が出来れば、多くの命が救える。これまで救えなかった患者さんも、救うことが出来ます」

丸窓から差し込む光がガラス瓶に反射し、キラキラと星のように輝く。その光はまるで命の輝きのようだった。

遥斗の言葉を聞き、マガネを挟んで向かいに座る妻が呟いた。

「先生は、イガルタ王国で神の遣いと呼ばれているそうですね。失礼ですが、私は神など存在しないと思っていました。けれど、先生の仕事ぶりをお傍で拝見していて、会ったばかりの夫を心から救おうとしてくれているのが、伝わって参りました」

妻が優しく微笑む。

「先生は真実、神の遣いだと思いました」

この上ない褒め言葉に、面はゆくなる。

遥斗は特別な治療を行ったわけではない。ただ、それは元の世界での話。この獣人たちの住む異世界では、遥斗の行った治療はまさに神業とも言えるものなのだろう。

自らが発見し編み出した治療法ではなかったが、この世界で自分に出来ることはもっとある気がする。

住まう国に関係なく、獣人たちのために、これまで培ってきた獣医師としての知識と技術が使えるのなら、それは本望だと思った。

体力の落ちているマガネは、少ししたら再びウトウトと眠りについた。寝息は穏やかだ。

遥斗は今のうちに少し休ませてもらうことにしたが、外の従者からこの部屋を出る許可は下りなかった。それを聞いた妻が隅にあった屛風を広げ、その裏に布団を用意してくれた。妻はまだ眠くないと言うので、遥斗が休憩している間、マガネの看病をお願いした。

先に休むことに気が引けつつも、横になり目を瞑る。疲れのため、スッとそのまま眠りに落ちていき、目が覚めたのは昼をいくぶん回った頃だった。

起き出した遥斗がマガネの診察をしていると、食事が運ばれてきた。

イガルタ王国で食べていた食事とは違い、海に面しているこの国の食事は、メインが焼き魚だった。他にさつまいもをふかしたものや、なんと米まで出てきた。日本食に近い膳を出され、久しぶりの米をすぐに口に運んだ。

黙々と食事をする遥斗を見て、マガネの妻が安心したような顔をする。

「お口に合ってよかったです」

「この国に連れてこられた時から感じてたんですけど、ヘスナムカ王国は僕が元いた世界とよく似てるんです。家や服装もそうだし、この食事も。またお米が食べられるなんて思ってなかったから、とても嬉しいです」

「まあ、そうだったんですね」

ホムラや外の従者たちに対して警戒心は解けていないが、一晩共にマガネの看病をした彼女とは、身構えずに話が出来るようになっていた。

彼女の方も、夫の命を救った遥斗に心を開いているようで、話し方に親しみがこもってきている。

遥斗が食事を終えると、今度は妻にも休憩を取ってもらい、その日も二人で代わる代わるマガネの看病に当たった。

そしてヘスナムカ王国に来て三日目の朝。

マガネは自力で飲食が出来るまでに回復した。

まだ立ち上がることは出来ないが、点滴の効果で脱水も改善されている。後はこまめに水分を摂らせ、栄養のあるものを食べてもらい、ゆっくり寝ていれば、少しずつ回復していくだろう。

それを妻に告げると、涙を流して礼を言われた。着物の袖口で目元を拭う妻の肩に、マガネが労るように手を置く。それを見つめながら、遥斗は胸を撫で下ろす。

マガネが回復したという知らせは、外の従者を通してホムラに報告されたようだ。

その日の昼前に、遥斗にホムラの元に参るよう伝令が来た。

遥斗はホムラとの取引の内容を思い出す。

ホムラは、マガネの命を救ったらイガルタ王国に帰してくれると言っていた。

マガネが回復に向かっている今、呼び出しがあったということは、それについて何かしらの話があるのだろう。

――このまま帰してもらえるだろうか。

そうならいいが、相変わらず遥斗を連れていこうとする従者たちの対応は乱暴で、一抹の不安がよぎる。

「早くしろ!」

従者に背中を小突かれた遥斗を見て、マガネの妻が形相を変える。

「妖術使いである夫の命を救ってくださったお方です。丁重に扱ってください」

彼女は遥斗の腕を両脇から拘束する従者たちを咎めてくれたが、やや力は弱まったものの、逃亡を警戒してか拘束を解かれることはなかった。

「大丈夫ですから。マガネさんの看病をよろしくお願いします」

遥斗に気遣わしげな視線を送ってくる彼女にそう

言い置き、ホムラの元へ向かう。

離れを出て城内へ入り、ホムラの待つ王の間に通される。

あの時と同じように、ホムラは畳を高く積んだ玉座に座して遥斗がやってくるのを待っていた。

遥斗がその前に跪かされると、すぐに声をかけられる。

「マガネが回復に向かっていると、報告を受けた。まずはそなたの働きに対し、労いを」

ホムラの合図で、膳に載せられて日本酒のようなものが運ばれてきた。

元々あまり酒を飲まない上に、ホムラから出されたものを気軽に口にするのは躊躇われ、手を出さないでいると、彼の語調がやや低いものに変わる。

「どうした？　飲まぬのか？」

「……お酒は飲まないので」

この言葉を反抗的と見なされるかと危惧したが、マガネの治療が成功したことで気をよくしているのか、ホムラは膳を下げるよう言っただけだった。

「そうか、なら褒美として何を望む？　ああ、ヘスナムカで穫れた米をいたく気に入っていたそうだな。夕餉に豪華な食事を振る舞おうか」

「お気遣いはけっこうです。僕は獣医師として、当然のことをしただけですので」

「ほう……。従者から報告があった通り、志の高い男のようだな。気に入った」

ホムラに敵意を向けられるよりは気に入られた方がいいのだろうが、彼から提示された条件を満たした今、望みは一つだった。

「あの……、それで、僕はいつ帰してもらえるんでしょう？」

「なんの話だ？」

ホムラはとぼけるように首を傾げ、ニヤリと口角を持ち上げた。

「取引をしたでしょう？　僕がマガネさんを治したら、イガルタ王国に帰してくれると言ったじゃないですか」

　忘れているはずがないだろうに、ホムラは遥斗の反応を楽しむようにしばらく考え込む素振りをした後、ようやく口を開く。

「ああ、あの話か！　思い出したぞ」

「取引の条件は満たしました。どうか僕をイガルタに帰してください」

「それは出来ぬ、と言ったら？」

「な……っ」

　言葉を失った遥斗を見て、ホムラはゆったりと笑みを浮かべた。

「冗談だ。約束通り、イガルタに帰してやろう。ただ、その前にそなたにもう一つ、仕事を頼みたい」

「なんでしょうか？」

「マガネの妻から聞いたであろう？　この国に蔓延している、死病の話を。その治療を頼みたい」

　遥斗は即答する。

「わかりました。僕も死の病の話を聞いて、気になっていたんです。僕で力になれるのなら、治療に当たらせていただきます。ただし、そのためにも一度、イガルタ王国に帰らせてください」

「なぜだ？」

「イガルタ王国には、死の病を治療出来る医師たちが大勢います。その方たちに協力してもらえば、より多くの患者さんを救うことが出来るからです。僕一人では、さすがに限界があります」

　獣医師として、患者がいるというのなら、持てる力を全て注いで治療に当たる。けれど、一人でも多くの命を救うためには、イガルタ王国の協力が不可欠だ。

　医師の派遣と点滴の輸送をアドニスに頼み、協力を仰ぐ。それが最善の方法だ。

　しかしホムラはすぐに遥斗の提案に賛同しなかった。

　これまで他国との関わりをはねのけてきたという事実から、協力を要請することを躊躇っているのかもしれない。

しばらくじっと考え込み、ホムラは長いため息をついた。

「……我が国は長い間、妖術に頼りすぎていた。そして私も、自国の民のことだけを考えすぎていたようだ。マガネが倒れる前に、決断するべきだったのかもしれぬな」

長い逡巡の末、ホムラが遥斗の提案に同意する兆しを見せた、その時。

廊下側から襖が開け放たれ、腰に刀を差した狐の獣人が飛び込んできた。彼は肩を大きく上下させながら、荒い呼吸のままホムラに向かって報告する。

「ホムラ様、国境が突破されました！　こちらに兵が向かっております！」

「何!?　どこの兵だ？」

「破られたのは、イガルタ王国との国境。兵の姿から、イガルタ王国の騎士団のようです」

「イガルタの……」

立ち上がったホムラが遥斗を見つめる。

おそらく……、いや、確実に、イガルタ王国の目的は、遥斗の救出。

あの穏やかな賢王アドニスが、よもや国同士の争いに発展しかねない武力行使を、気まぐれに許すはずがない。遥斗がヘスナムカ王国に拉致されたと知り、大きな争いになってもいいという決意のもと、騎士団を差し向けたのだろう。

ホムラはイガルタ王国騎士団の侵略の一報を受け、内心の戸惑いを押し隠しているのだろう、毅然として再び玉座に腰を下ろす。

「……そうか。して、現在の兵の位置は」

「もうじき城下街に入ると思われます。途中の村で我が国の兵士たちが撃退しようと試みましたが、ことごとく突破されております」

国境のいたるところに兵士を置き鎖国を続けてきたのだから、元々の兵力はあった国だろう。しかし、死の病が蔓延した現在は、国力が落ちているようだった。イガルタ王国がそうであったように、ヘスナムカ王国もゆっくりと滅亡へ向かっていたのかもしれない。

「……城内にいる兵士たちを全員城下街へ向かわせろ。国民を避難させるんだ」

「城内が手薄になってしまいます！　動ける者も少なく、交戦に回す兵力が……」

「かまわん。最優先は国民の安全。不要な応戦は禁ずる。兵士たちも、国民を守りそのまま騒動が収まるまで身を潜めていろ」

「では、ホムラ様も急ぎ避難を……」

ホムラはこの状況で、なぜか余裕の笑みを浮かべた。

「私はここに残る」

そう宣言すると自身の後ろを振り返り、それが合図のように、金屏風の端から小さな黒い狐が顔を覗かせる。

「私には、妖術使いがいる。こやつがいれば護衛など無用」

「ただちにご命令を実行します」

駆け込んできた兵士はそれで納得したようだ。一礼し、慌ただしく退室した。

遥斗を連行してきた従者たちも国民の避難誘導を命じられ、不気味なほどシンと静まりかえった室内には、遥斗とホムラ、そして妖術使いの少女のみが残った。

今なら警護は手薄になっている。遥斗を拘束する従者もいない。

しかし遥斗は逃げ出す気は起きなかった。

それは、この緊迫した局面で出したホムラの命令が、自身の安全確保のためのものではなく、国という形を保つためのものでもなく、国民の命だけはなんとしても守らなくてはという気概が窺えるものだったからだ。

ホムラは冷酷な王などではなかった。アドニス王と同じ、国民を想う心を持っている。

「アリムラ、そなたに聞きたいことがある」

ホムラは初めて顔を合わせた時と変わらぬ、泰然とした面持ちで問いかけてきた。

「なんでしょうか」

「イガルタ王国のアドニス王は、どのようなお方だ？」

「とても聡明で、穏やかな方です」

「そうか……」

ホムラはいくぶん安堵したように呟いた。

「十年前、アドニス王から協力を求められた時に違う選択をしていたら、今このようなことにはなっていなかったかもしれぬな。ただ、あの時はどうしても手を貸してやれなかったのだ。……マガネに娘が生まれたばかりだったからな。イガルタを助けるために、あやつに大きな妖術を使わせて死期を早めさせることは、避けたかったのだ」

そこでホムラは背後を振り向き、屏風の陰に隠れるように立っている少女を呼んだ。

「カエデ、こちらへ」

小走りに駆けてきた小さな獣人を、ホムラは自らの膝に座らせる。

「礼を言うのが遅れたな。アリムラよ、マガネを救ってくれてありがとう。あやつは私の唯一の友人なのだ。妖術使いだからではなく、大切な友人だから、なんとしても救ってやりたかった」

そして次に、カエデにも遥斗に礼を言うよう促す。

「カエデよ、アリムラがそなたの父を治してくれたぞ。感謝を述べよ」

二人の話を大人しく聞いていた黒い被毛に包まれた子狐の、果実のように真っ赤な瞳が見開かれる。

「本当に、お父様を治してくれたの？」

「うん。まだ完全に体調は戻ってないけど、ゆっくり休めばどんどんよくなるよ」

カエデは初めて子供らしい弾んだ声を出した。

「先生、ありがとう。それと、最初に会った時に妖術を使ってしまって、ごめんなさい」

「いいんだよ、気にしてないから」

遥斗がそう返すと、ホッとした顔になる。こうして会話をすると、普通の女の子だということがわかった。こんな小さな子供が、国のために妖術を使わなくてはならなかったのだ。さぞかし不安だっただろう。

ホムラは膝に座るカエデの頭を撫でながら、彼女に言い聞かせる。

「カエデ、今日限り、そなたはもう妖術を使う必要はない。いや、絶対に使ってはならぬ。よいな、これは王の命令だぞ?」

「……はい」

急にそんなことを言い出したホムラを、カエデは不思議そうに見つめていたが、逆らうことなく素直に頷いた。

「いい子だ」

ホムラは目を細め、カエデの背を押す。

「さあ、そなたも両親の元へ行くのだ。そしてマガネに、もう私に仕える必要はないと伝えてくれ。家族を守るようにと」

カエデは了承の返事をし、駆け出した。

小さな獣人の姿が見えなくなると、ホムラは遥斗に視線を戻す。

「アリムラ、私の頼みを聞いてほしい。頼み事など出来ない立場だということはわかっているが、これが国王としての最後の務め。……アドニス王に、我が国の民の安全を保障するよう、口添えをしてもらいたい。そして病に罹った者には適切な治療を施してほしい。……私の命と引き替えに」

「えっ!?」

——命と引き替えって、それって……。

予想外の言葉を聞き、遥斗は動揺する。

ホムラは達観したかのような、穏やかな眼差しをしていた。

「イガルタ王国から『神の遣い』を拐ったのだ。いかなる処罰も受ける覚悟はある。けれど、こんな愚王の私を信じ、ついてきてくれた国民のことだけが気がかりなのだ。……死病によって、ずいぶん民が減ってしまった。もう民の命を失わせたくない」

ホムラは玉座を降り、遥斗に歩み寄って床に手をつく。

「私の命と引き替えに、民を救ってくれ。どうか、頼む」

覚悟を滲ませ頭を下げたホムラに、遥斗は数秒、かける言葉が見つからなかった。

ヘスナムカ王国に突然拉致され、城に連れてこられるまでは、イガルタ王国に帰りたいと、それればかり祈っていた。

しかし、マガネの治療を終えた後、改めてホムラと対面し言葉を交わし、彼はただやり方を間違えてしまっただけで、悪い王ではないとわかった。そして、その過ちに彼も気づいている。

ヘスナムカの抱える問題を知った今、死の病で苦しむ患者がいるのなら、進んで手を貸そうとも思っている。

だから、これらのことをアドニス王に話せば、理解を得られると思ったのだ。

「あの、待ってください。そんなに思い詰めなくても……」

遥斗がホムラの肩に手をかける。

それとほぼ時を同じくして、廊下から幾人もの足音と争うような声が聞こえてきた。

その中に、遥斗を探し呼ぶ声を見つける。

——あの声は……！

間違えようがない。

「ハルト！」と自分を呼ぶあの低い声は、自分のツガイの声。

遥斗はすぐに呼びかけに答えた。

「ブレット！　ここです！」

叫びながら、戸口に走る。

遥斗が手を伸ばしたところで、襖が勢いよく開け放たれた。

鎧を纏った逞しい体軀。

銀色の毛並みを持つ美しい狼が、蒼穹の色を湛えた瞳に、遥斗の姿を映し出す。

「ハルト！」

「ブレット……！」

拐われてから、何度願ったことか。

この豊かな銀色の被毛をたたえた腕に、もう一度抱きしめられたいと。

それが今、ようやく叶えられた。

ブレットの胸に飛び込むと、温かな両腕がしっかりと抱き返してくれる。

――やっと、会えた。

一時はもう会えないのではないかとまで考えていたが、ブレットは自分を迎えにきてくれた。

こんなに遠い、ヘスナムカの地まで。

「ブレット、会いたかった……！」

喜びで声が震えてしまう。

それに応えるように、抱きしめてくる腕に力が込められる。

彼も遥斗同様、突如訪れた別れに苦しんでいたことが、触れ合わせた身体から感じられた。

「ハルト、無事でよかった」

しかし、ブレットの安堵した声に、怒号が被さり再会の喜びが消し飛ぶ。

「いたぞ！　こっちだ！」

遥斗がブレットと同時にそちらに目を向けると、刀を抜いた兵士たちがブレットめがけて猛然と走ってきていた。皆、ヘスナムカ王国の兵士で、ブレットの他に騎士団の姿は見あたらない。

「心配いらない。ハルトは私が守る」

「ブレット……」

鎧を纏った背中を、とても頼もしく感じた。

ブレットは自身の背後に遥斗を押しやると、剣の柄に手をかけ一息に抜き取る。鈍く銀色に光る被毛を逆立て、咆哮と共に兵士めがけて駆け出した。

先頭を走る兵士が向けてきた刀を剣で受け止め、

そのまま力づくで押し返す。倒れた兵士の後ろから刀を振りかざし飛びかかってきた別の兵士を身を反転させてかわし、横から突き出された刀を避ける。

イガルタ王国最強の騎士と呼ばれる由縁（ゆえん）が伝わってくる身のこなしだった。

ところが、前方の兵士と剣を合わせている最中に、背後に回った兵士がブレットに斬りかかっていくのが見えて、遥斗は悲鳴混じりに叫んだ。

「ブレット！」

遥斗の声が廊下に反響する。

しかし、ブレットは相手の動きを読んでいたようで、背後を振り返り様に剣の柄で襲いかかってきた兵士のこめかみを殴打した。

あっという間に五人の兵士の攻撃を受け流したブレットだったが、一度倒れた兵士が再び起き上がってまたも刀を向けてくる。

ブレットが交戦している間にも、廊下の奥からさらに兵士たちが駆けつけてきて、その数はおよそ十五人に膨れ上がった。

狐の獣人は小柄で力はないようだったが、その代わり身のこなしが速かった。

彼らの倍は身長のあるブレットに刀を向け、次々に飛びかかっていく。

それらの攻撃をブレットは難なく避（よ）け、時には剣で受け止めいなし、それでも間に合わない時は足で蹴り返していた。

一対一なら決して負けることはないだろう。

けれど今は、人数の差に苦戦を強いられている。

遥斗はどうにかこの争いを収められないか考えたが、何も策が思い浮かばない。

途中で騒動に気づいたホムラも廊下に出てきたが、すぐに兵士に部屋の中へと押し戻された。

ハラハラしながら状況を見つめていると、ふとあることに気づいた。

――ブレット、剣を使ってない。

兵士の刀を剣で受けることはあるけれど、相手が

倒れ込んだ時や反撃の隙を見つけた時も、決して斬りつけようとはしなかったのだ。

そのため、兵士は床に倒れ込んでも何度も立ち上がり、ブレットに向かっていく。

彼は自身に危険が迫っているこんな時でも、相手の兵士たちが血を流さずにすむように、体力を消耗させることで戦いを終わらせようとしているようだった。

しかし、ブレットの取ったこの作戦は、非常に危険をはらんでいる。

彼らの疲弊を待っている間に、また新たな兵士が参戦するかもしれない。それに、数の面で圧倒され、ブレット自身が怪我を負ってしまう可能性もある。

騎士でありながら、他者を出来る限り傷つけたくないという姿勢をブレットらしいと思う反面、今はその優しさが怖かった。

——ブレット、どうか無茶をしないで……！

遥斗は胸の前で手を組み合わせ、祈る思いで易々と兵士たちを退けるブレットを見つめた。

次第に兵士たちの動きは鈍くなっていったが、それはブレットも同じで、肩で息をしている。

その状況がしばらく続いた後、それは起こった。

ブレットの右側にいる兵士が大声を上げ彼に突進する。

そちらにブレットが気を取られた瞬間、一人の兵士が遥斗に向かってきた。

予想外のことに、接近する兵士を呆然と眺めていると、ブレットが兵士の間を素早く抜け、猛然と走り出した。

「ハルト！」

「ブレッ……、っ！」

だが、ブレットの到着よりも早く、兵士の刀が遥斗に迫ってくる。

——避けられない……！

遥斗は振りかざされた刀の動きを目で追うだけで精一杯だった。

しかし、あと少しで斬りつけられるという時、突然キンッという耳鳴りに襲われた。

それは遥斗だけではなく、ブレットや兵士たちも同様だったようだ。

一同の動きが一瞬止まった。

耳鳴りはすぐに止み、妖術の威力を知らないブレットは訝しそうな顔をしながら、けれどまだ敵陣にあるため警戒は解かず、剣を手にしたまま遥斗の傍に駆け寄ってきた。ヘスナムカの兵士たちも動揺しつつも、ブレットに刀の切っ先を向けている。

「ハルト、怪我はないか!?」

「はい。でも、今の……」

ヘスナムカ王国に来た初日に、カエデにかけられた術と同じ。けれど、彼女はもうこの場にはいないはず。

――いったい誰が妖術を？

遥斗が困惑していると、ホムラの声が響いた。

「今のは……マガネか!?」

「ホムラ様……！」

「マガネ、どうしてここに……」

廊下に出てきたホムラが、廊下の隅で壁に身を預けるようにして立つマガネを見つけ、咎めるような声を出す。

「家族と共にいるように、言ったではないか……！」

マガネは壁に手をつきながら、ホムラの元へ歩み寄ろうとする。けれどまだ体力が戻っていないため、途中で崩れるように座り込んでしまった。それを見て、ホムラが弾かれたように駆け出す。

「マガネ、無理をするでない」

「私はあなたの妖術使い。あなたをお守りするのが、私の使命です」

「もう妖術は必要ない。……本当は、もっと早く禁ずるべきだったのだ。そなたが身体を壊す前に。使うたびに術者の身体を蝕む力などに、頼るべきではなかった」

ホムラは立ち上がると、ヘスナムカ王国の兵士たちに命じる。

「国民を守るように言ったであろう。ここはよい。早く国民を守り避難するのだ」

「はっ……！」

　兵士たちは躊躇いながらも、ホムラの命令に従い廊下を走っていった。

「騒がしくしてすまなかったな」

　ホムラは静かな声音でそう言うと、ブレットの前に進み出る。

「私はヘスナムカ王国の王、ホムラである。そなたの名は？」

　遥斗を誘拐したことで、ブレットはホムラに対し敵意を抱いているようだ。他国とはいえ一国の王を前にしても頭を垂れず、憮然とした表情で返す。

「イガルタ王国騎士団長、ブレット＝マクグレン。アドニス王のご命令により、我が国の医師、ハルトを救出に来た」

「他の騎士たちはどうした？　まさか単身城へ乗り込んできたのか？」

「城下に人気がなかったため、ハルトを連れどこかへ逃げるつもりかもしれないと思い、先に私だけ乗り込んだ。じきに部下たちも到着するだろう」

　ホムラは小さく嘆息し、頷いた。城下街の国民の避難が間に合ったと判断したからだろう。

　彼の思惑を知らないブレットは、焦燥感を微塵も覗かせないホムラに怪訝そうな顔をしたが、それにかまわず三つの尾を持つ狐の王は話を続けた。

「さて、では私も最後の仕事に取りかかろう。ブレットとやら、私の首を撥ねよ」

「……何？」

「そこのアリムラに頼み事をしたのだ。私の命と引き替えにな。このたびの一件は、全て私一人の考えで行ったこと。責任は私が取らねばならぬ」

　ホムラの言葉を聞き、マガネが叫ぶ。

「ホムラ様！　何をおっしゃいますか！」

　マガネは這ってホムラの元へ近づこうと床をかく。

けれど、ホムラは決して背後を振り返ることなく、きっぱりとした声音でマガネに告げた。

「この国の業は、国王である私が背負う。これは命令だ。そなたは早く家族の元へ戻るのだ」

命令と言われ、マガネは牙を剝き鼻面に皺を寄せながらうなる。主の固い決意を知り、俯いた黒い狐の全身が葛藤のためか戦慄いていた。

ホムラはブレットの足元に両膝をつき、首筋がよく見えるように頭を下げる。

「さあ、頼む」

ブレットはいきなりの事態に困惑しているようで、遥斗に説明を求めてきた。

「ハルト、頼み事とはなんだ？」

「それは……」

遥斗は先ほどのホムラとのやり取りを、言うべきか迷う。

おそらくブレットのことだから、ヘスナムカ王国の窮状を知れば、アドニスに口添えしてくれるはずだ。アドニスもヘスナムカ王国に協力してくれると思った。ホムラが命をかける必要はないとも言ってくれるだろう。

しかし、それではホムラの気持ちが収まらない。

彼は気高き一国の王。

ホムラの覚悟を実際に聞いた遥斗は、会って間もないけれど、彼の性格がわかってきていた。

遥斗はしばし考えた後、ブレットに頭を下げた。

「すみません！　僕が勝手にヘスナムカ王国に入ってしまったんです。この国でも死の病が流行していると聞いて……。何も言わずに出てきてしまって、すみませんでした！」

「ハルト、何を言ってるんだ？」

ブレットはますます困惑しているようだった。

わかっている。

自分が辻褄の合わないことを言っていることは。

それでも、この主張を通す他はない。

「全部、誤解なんです。僕は拐われたわけじゃないし、ヘスナムカの王様は国民のことを考えている優しい方なんです。だから僕は力を貸したいと思って、この国に……。どうか、アドニス王にブレットからも協力をお願いしていただけませんか？」

遥斗の言動に、ホムラが面を上げる。

「待て。何を言い出す？　哀れみは無用だぞ。私は私の責任を……」

「責任を取るとおっしゃるなら、ちゃんと国民の面倒を最後まで見てください。あなたは国民に慕われています。あなたがいなくなったら、皆が悲しむ。イガルタとヘスナムカの国民の間にも、亀裂が入ってしまう。あなたの責任は、ヘスナムカ王国の国民を幸せにすること、そうでしょう？」

「……こんな事態を招いた私を、国民はもう信頼していないだろう」

「本当にそう思ってるんですか？　国民を避難させるために、城中の兵士を向かわせたあなたを、彼らが見放すと？　自分の命をかけて皆の命を守ろうとした王様を、嫌うはずがないじゃないですか」

ホムラが目をすがめる。

「それでも、私は責任を取らねば……」

「何に対する責任を取るんですか？　あなたは、何もしていない。僕は自分の意志でヘスナムカ王国へやってきて、マガネさんの治療をして、他にも患者さんがいると聞いて、救いたいと思った。悪いのは、それをうっかりブレットやイガルタ王国の王様に言い忘れてた僕です。……ブレット、そうですよね？」

一連の話を聞き、ブレットは事情を察したようだ。

遥斗の苦しい嘘にももちろん気づいているだろう。

遥斗の護衛を任されているブレットの立場もあるし、遥斗を救出するために、イガルタ王国はヘスナムカ王国に強引に侵入してしまった。アドニスにも多大な迷惑をかけている。

けれど、それらを全て承知の上で、ブレットは遥斗の嘘を肯定してくれた。

「……ああ、ハルトの言う通りだ。幸い、今回の一件で死者は出ていない。重傷者もいない。騎士団を派遣してしまったのは、我々の早とちりだったようだ。だからホムラ王に非はない」

　ブレットはそう言うと、片膝をついた。

「ホムラ王、こちらの勘違いで大変な失礼をいたしました。どうか、許可なく領地に足を踏み入れたことをお許しください」

　ホムラは一度反論しかけたが、這いずって傍にきたマガネに肩を叩かれ、言葉を飲み込んだ。

　——これでいい。

　ただでさえ、両国で多くの者が病によって命を落とした。

　ホムラの行動は罪に当たるのだろうが、彼は私利私欲のために遥斗を拐ったのではない。

　国王として、国民のためにしたこと。

　アドニスに一言の相談もなく、ホムラを不問にすると決めてしまったが、同じ死の病に苦しめられた国の王として、あの賢王なら彼を罰することはないだろう。

「……ありがとうございます」

　誰にも聞こえぬ声量で囁くと、ブレットが微かに頷き返してくれた。

　遥斗の想いを言葉にせずとも悟ってくれ、同調してくれたブレット。自分にとって彼はかけがえのない存在だと痛感した。

　今回、離れてみてわかった。

　自分にはブレットが必要なのだと。

　治療中は患者を救うことのみに全神経を集中させているが、疲れ切った心と身体を癒やしてくれるのはブレットだった。何があっても自分の傍にいて、守ると言ってくれる存在があるというだけで、どんな困難にも立ち向かう力を得られる。

　ヘスナムカ王国へ訳もわからぬまま連れてこられた時も、我を忘れずにいられたのはブレットが自分を待っていると思ったから。ホムラに治療を強要された時も、余計なことを考えずにマガネの治療に当たれたのも、根底にブレットに会いたいという想いがあったからだ。

　この国でするべきことを成し遂げて、そうして堂堂と彼の元へ帰ろうと、取り乱すことなく獣医師としての本分を全う出来た。

　今、遥斗を動かしている原動力は、ブレットによって与えられたものだ。たとえ離れていても、遥斗の心を守ってくれている。

　今回は国は違えど同じ世界にいるから、また会えるという希望が持てた。

　けれど、もし遥斗が元の世界に戻ってしまい、ブレットと永遠に再会する機会を失ってしまったら……。

　きっと、今のように心を強く保っていることは出来ない気がした。

　ブレットを想い、悲しみにくれる。どれほど強く想っても、会いたいと願っても、それは叶わないことだからだ。

　それは、ブレットを失うことと変わりない。

　そうなった時、片方の翼をもがれた鳥が二度と空へ羽ばたけないように、遥斗の心は行き場を失う。

　遥斗の中で、ブレットに対する気持ちがさらに大きくなっていく。

　――ブレットが僕の伴侶なんだ。

　彼の隣でしか、もう生きられない。ブレットと引き離されたら、肉体は機能していても、心が生を感じられなくなる気がした。

　そんな風にしか生きられないのならば、この世界で、愛する人の傍で忙しい毎日を送りたい。

　ブレットのツガイとして。

　改めて、彼と生涯を共にしたいと強く思った。

「ブレット」

　三日ぶりだからだろうか。彼の名前を呼び、その瞳が自分の姿をとらえるだけで、なぜか鼓動が速くなる。

　鎧に身を包んだ、長身の獣人。その毛並みは光に反射して銀色に光っている。瞳は青。空を想起させる、どこまでも澄んだ色。

思わず、彼の美しさに見とれてしまう。

自分の愛した男は、こんなにも美しい姿をしていただろうかと、惚れ直しそうだった。

「帰りましょう、イガルタ王国に。早く、帰りたい」

「ああ」

ブレットが騎士団長の顔から、一瞬だけ恋人の顔になる。あまり表情を動かさない、強面の堅物で通っている男が、遥斗への恋慕の情をその顔に滲ませ、口元を緩めた。

自分の前でだけ見せるのであろうその顔が愛おしく、今すぐに口づけたい衝動にかられたけれど、グッと我慢する。

「帰ろう、私たちの国へ」

ブレットがこちらに向けて手を差し出してきた。

かつて、彼への恋心を自覚したばかりの頃は、嫌われることを恐れ、容易に触れられなかった。

けれど今は、なんの躊躇いもなく手を重ねられる。

それがどれほど幸せなことかと、自身の幸福を噛みしめた。

遥斗はブレットと共にヘスナムカ王国の城を出る。

イガルタ王国でも、まだやるべきことが残っていた。そして新たに、ここへスナムカ王国も、遥斗の力を必要としている。

獣医師として、国や種族に関係なく、病に苦しむ患者を救いたい。

それが遥斗に科せられた天命に思えた。

——でも、今だけは……。

イガルタ王国の騎士団一行と合流するまでは、それらを忘れ、ブレットの手の温もりだけを感じていたい。

彼はとても仕事に忠実な男だから、昼間に恋人らしい振る舞いはしてもらえないけれど、今日くらいは許してほしい。

遥斗は疲れたふりをして、ブレットにそっと身を寄せる。ひんやりと冷たい鎧からは、ブレットの纏う草原の匂いに混じり、少し土の香りがした。

＊＊＊＊＊

ブレットと彼の部下である騎士団一行と共に、遥斗は無事にイガルタ王国へ戻ることが出来た。

遥斗は城へ帰り着くと真っ先にアドニスの元へ行き、今回の一件について、ブレットに話したように事実をねじ曲げて報告し、勝手に国から出たことを謝罪した。

アドニスは遥斗の言動の矛盾点に気づいたようだが、その裏にある思いをくみ取ってくれたようで、特にお咎めはなしだった。

次に遥斗は、ヘスナムカ王国の状況についても報告した。イガルタ王国と同じく、ヘスナムカ王国内でも死の病が蔓延していること、それによって国力を維持することも難しくなっていることを告げ、医師を派遣してもらえないか頼んだ。

アドニスはすぐさま了承し、早急に医師を派遣することを約束してくれた。

ひとまず先にアドニスからホムラへ、全面的に協力する旨をしたためた書状を送ってもらい、明日にでも医師たちを向かわせる手はずを整えてくれた。

遥斗はすぐにヘスナムカ王国へ引き返し、患者の治療に当たろうと思っていたが、さすがにそれはアドニスを始め、周囲の者たちに止められてしまった。

表向きの理由があるため、他の者が立ち会っている前ではっきりとは言えなかったようだが、アドニスは突如誘拐された遥斗自身の心身の状態を心配してくれている様子だった。それはブレットも同じで、完全に体力が回復するまでは城を出ないように、きつく言い渡されてしまった。

遥斗がブレットに想いを馳せていたのと同じく、

ブレットもまた遥斗の無事を祈っていたのだろう。

アドニスも、神の遣いである遥斗を危険に晒してしまったことに、とても責任を感じているらしい。

遥斗は彼らを安心させるためにも、まずはしっかり休養し、それからヘスナムカ王国に向かうことを決めた。

アドニスの元を辞し、急ぎ足で自室に向かう。

部屋の前にはメイドのシェリーの姿があった。

ここに来た当初は目すら合わせようとしなかったシェリーが、遥斗の無事な姿を見て心底安心したように瞳を潤ませたことに心が温かくなり、彼女にも心配をかけたのだと悟った。

遥斗はノックするのももどかしく、すぐさま扉を開け放つ。

絨毯敷きの廊下を歩く微かな足音の違いを敏感に聞き分けていたようで、レオが飛びかかってきた。

小さな身体をしっかり抱きとめ、フワフワの毛並みに頬ずりする。


「レオ、ただいま」

「ワンッ」

尻尾を千切れんばかりに振りながら、顔中を舐められた。

いつも以上の喜びように、今回の遥斗の不在はただごとではないと、レオなりに感じていたのかもしれない。

父を亡くし、たった一人になった時、新たに家族になってくれたレオ。

彼の存在を腕の中に感じ、目頭が熱くなった。

帰ってくることが出来たのだと、ようやく実感が湧いてくる。

レオと再会を喜び合っていると、おずおずと一人の獣人が進み出てきた。

遥斗の足元に跪き、頭を下げる。

「ハルト様、お守り出来ず、申し訳ありません！」

「パウロさん……」

「護衛を任されておきながら、何も出来ず……。私は騎士失格です！」

　遥斗が拐われた時、護衛についていたのはこのパウロだった。

　レオと共に室内にいたということは、彼はヘスナムカ王国へ共に行くことは許されなかったのかもしれない。そうしたこともあり、『騎士失格』の発言に繋がったのだろう。

　あの状況では、誰が護衛としてついていたとしても、結果は同じだったかもしれない。パウロはあの場で遥斗の命を守ることを優先し、その結果、手出し出来なかったのだ。

　そのことは、当事者である遥斗自身が誰よりもわかっていた。

「パウロさん、顔を上げてください」

「……はい」

　黒い被毛に包まれた、騎士らしい屈強な身体つきをした獣人が、耳を伏せ、不安そうに瞳を揺らしている。

　彼と同じ目線を取るために膝をつき、緊張を解すように笑顔を向ける。

「あなたが無事でよかった。あの時、最後まで助けようとしてくれて、ありがとうございました」

「ハルト様……っ」

　ブワッとパウロの褐色の瞳が潤み出す。

　それでもギリギリ泣かずにいようとしているのか、パウロは鼻の頭に皺を寄せ、必死に涙を堪えている。肩を震わせながら涙腺の崩壊を防ごうとしている部下を見かねてか、ブレットがパウロに退室するように命じた。

　しかし、彼が部屋を出ていきかけた時、何事か思い出したかのようにブレットが再度呼び止める。

「パウロ、ハルトをゆっくり休ませてやりたい。レオ様を散歩に連れていってもらえるか？」

　パウロは快く引き受けてくれたが、レオの方は不満そうだ。遥斗の腕から降りようとしない。離れている間に遥斗の身が危険に晒されたことがわかっているかのように、主を守るために傍についていたがった。

レオのその様子を見て、ブレットが突如床に片膝を立てて跪いた。

「神であるあなたの前で誓います。私は決してハルトを傷つけない。だからどうか、私にハルトを託してください」

それはまるで、愛の誓いのようだった。

レオへ立てた誓いの中に、遥斗への強い想いが込められているように感じ、胸を打たれた。

しかし、レオがいくら賢く、ここでの生活にも慣れてきているとはいえ、ブレットの言葉をどこまで理解したかはわからない。

けれど、ブレットの真摯な想いを言葉以外の部分で感じ取ったのだろう。

レオは黒目がちの瞳でブレットをじっと見つめた後、遥斗を仰ぎ見た。そして遥斗が頬を赤らめながら唇に微笑みを湛えていることを確かめ、全てを悟ったかのように自ら腕の中から抜け出し、パウロの元へと駆けていった。

それをレオからの許しと取ったブレットは、一礼し立ち上がる。

扉が閉まり、二人きりになるとブレットが遥斗にシャワーを勧めてきた。

ヘスナムカ王国ではマガネにつきっきりで入浴する時間もなく、そういえばしばらく身体を洗っていなかった。鼻のいいブレットにしたら我慢出来なかったのかもしれない。

慌てて浴室に入り服を脱いでいると、ノックもせずにブレットが入ってきた。

訝しく思っていると、ブレットが鎧を外し始める。胸、手、足と防具を取り、上半身裸になると、驚くべき申し出をしてきた。

「私が洗おう」

そんなこと、今まで一度も言ってきたことはない。

ブレットがなぜ突拍子もないことを言い出したのか

理由はわからなかったが、とりあえず自分で洗えると返した。

彼にはもう何度も裸を見られているが、それとこれとは状況が違う。いや、本当は、ただ気恥ずかしいのではなく、ブレットにその気がなくても彼にあちこち触られたら、どうも自分だけがその気になってしまいそうで、とても頼めなかったのだ。

ブレットはどうやら遥斗が疲労のあまり入浴中に眠ってしまうことを心配してくれたらしい。

しきりに「疲れているだろうから」と気遣われて、変に意識している自分に羞恥心がこみ上げてくる。

ヘスナムカ王国からいつ帰れるかもわからなかった時は、もう一度、一目だけでも彼の姿を見たいと願っていたが、こうして実際に彼を近くに感じると、それだけでは到底満足出来なくなっていた。

たった三日だというのに、ブレットを求め、身体の熱がくすぶり出す。

しかし、そんなことを純粋に心配してくれているブレットに打ち明けられるはずもなく、しかし彼の気遣いを強固に拒むことも出来ず、最終的に入浴の手伝いをしてもらうことになってしまった。

この世界では、シャワーを使うには人の手を借りなくてはならない。シャワーヘッドとホースで繋いだ先のバケツに湯を入れてくれる人が必要だからだ。

メイドのシェリーにも、ましてやブレットにもそんなことをさせるのは気が引け、遥斗の入浴方法は、身体を石鹸で洗った後にバスタブに張られた湯を汲み身体にかけ流してから、湯船に浸かる、というもので落ち着いていた。

明るい日差しの下で自分だけ裸になるのがいたたまれず、ブレットに背を向け服を脱いだ。

いつものように湯を身体にかけ、石鹸に手を伸ばしたところでブレットに止められ、そのまま立っているように言われた。

チラリと視線を送ると、タオルに石鹸を擦りつけ泡立てている。それが終わると、遥斗の背中にそれを押し当て、そっと身体を洗い始めた。

誰かに背中を流してもらうのは、子供の時以来。自分で洗う時とは違い、ブレットは優しく丁寧に手を動かす。

背中が終わると、右腕、左腕を洗われ、次に左足にタオルを当てられた。

臑の辺りを洗われている時はまだ我慢出来た。しかし、だんだんとブレットは上へと手を滑らせてきて、太腿の中ほどを通過した辺りで、遥斗はついに上擦った声を上げた。

「も、もういいですっ。後は自分で洗いますから」

これより上を洗われたら、反応してしまいそうだった。

ブレットには下心など全くないのに、勝手に彼の手に感じてしまっている自分が恥ずかしく、そしてそのことを彼に知られたくなかった。

けれどブレットは無言で再び手を動かし始める。内腿の間に手を差し込まれ、際どい部分を擦られて、小さく悲鳴を上げてしまう。

「ひっ、……ブ、ブレット！」

遥斗が泣きそうになりながら制止を促すと、ようやく足の間からブレットの手が抜かれた。だが、ホッとしたのも束の間で、今度は反対の足を下から上へと洗い出した。そうしてまたも抵抗むなしく内腿にたどり着き、性器に触れそうな部分を優しく擦られる。

「ぁ……っ」

ついに口から微かな喘ぎ声が漏れてしまい、慌てて手の甲で口元を押さえる。ブレットは身体を洗うことに集中しているのか、気づかなったようだ。

危なかった、とドキドキしていると、ブレットが臀部を洗い始める。尻の合わせまでタオル越しに触れられ、いつぞやの夜、そこに押しつけられた彼の熱塊を思い出してしまい、下腹部に熱が集まり出す。

反応しては駄目だ、と強く思っているのに、すでに中心は半分ほど勃ち上がっている。ブレットに見られる前になんとか収めようと密かに深呼吸を繰り返し、昂りを静める努力をした。

「前を洗う。こちらを向いてくれ」

「へっ⁉」

振り向くことなど出来ない。そんなことをしたら、身体を洗われているだけなのに、一人で興奮していることを知られてしまう。

遥斗が頭を左右に振ると、強要はされなかった。しかし、背後から太い腕が伸びてきて、背中から抱き抱えるような格好で上半身を洗われ始める。

「ちょっ……、ブレット……！」

――これは、駄目だ。

こんなに密着された状態で、胸を触られたら……。

「んんっ」

固く尖った胸の先をタオルで擦られ、ビリビリとした甘い刺激がそこから広がり、遥斗は息を詰めた。

「ブレット、待って、……っ、あっ」

はっきりとそれとわかる高い声を上げてしまった。

彼にも聞こえただろうにブレットの手は止まらず、胸から腹、さらにその先へと下がっていく。

「おねが……っ、それ以上は……、はぁっ……っ」

「まだ、ここを洗っていない」

「あぁっ！」

泡だらけのタオルで、完全に勃ち上がった性器を包み込まれた。

身体の他の部位を洗っている時よりもいくぶん強めにそこを擦られ、遥斗は快感に打ち震える。

「やぁっ、ブレット、やめっ」

「ハルト……っ」

腹部にもう片方の手を回され、逃げようとした腰を引き寄せられる。背後から逞しい身体に抱きすくめられ、耳元で熱っぽく名前を囁かれて、遥斗は唇を噛みしめる。それでも身体の内側からこみ上げてくる熱を抑えることは出来ず、遥斗はたまらず銀色の被毛に包まれた太い腕に縋るように指を滑らせた。

腰の上辺りに、服越しに存在を主張する大きく固いものを押し当てられる。

ブレットも興奮しているのだとわかり、遥斗は嬉しくなる。

会えない時間を取り戻すかのように、相手の存在を確かめ合いたいと思っていたのは、自分だけではなかった。

ちゃんと彼も求めてくれていた。

彼の欲望の塊を背後に感じたことで、さらに熱が中心に集中していく。

「あっ、あっ、ブレット、あぁ――っ」

ブレットの手によって、あっけなく吐精する。

最後の一滴まで絞り出すように幹をしごかれ、全てを出し切ると足からフッと力が抜けてしまう。

ブレットが抱きとめてくれたため倒れずにすんだが、もはや入浴どころではなくなってしまった。

浴室にこもる熱気のせいもあり、のぼせたように頭がぼうっとする。

床にへたり込んでいると、ブレットが湯をかけ泡を流してくれた。

バスタオルで身体を拭われた後、横抱きに抱え上げられベッドまで連れていかれた。

豪華な天蓋つきの大きなベッドはレオのものだから、その隣の、二回りほど小振りなベッドに降ろされた。衣服は身につけず、全裸の状態で横たえられた遥斗は、期待のこもった瞳で恋人を見上げる。

ブレットの欲望の証は滾(たぎ)ったままで、当然この先もあると思っていたのに、彼は遥斗の身体に首元まできっちりシーツをかけてしまった。

「これで終わりですかっ?」

想定外のことに驚き、思わず本音が口から飛び出した。

ブレットが目を瞠り、遥斗はセックスする気満々だと自己申告してしまったことに気がついて赤くなる。

恥ずかしかったけれど、これが本心だ。

好きな人に触れてもらいたいし、自分も触れたい。

一緒に気持ちよくなりたい。一人だけなんて寂しい。
恐る恐るブレットの反応を窺う。

彼は困ったようにぎこちなく口元を緩め、遥斗の頬を指の背でそうっと撫でてきた。湯で濡れたため、いつもより一回りほど細く見える指は、温かさと優しさを含んでいる。

「無理をさせたくない。今は身体を休ませるべきだ」

身体を気遣ってくれてのことだとわかっているが、遥斗自身が彼を欲していた。

「無理だなんて……。ここでお終いにされる方が身体に悪いです」

「しかしな……」

遥斗はむずがる子供のように左右に頭を振って訴える。

「ブレットが欲しいんです。お願い、ブレット……っ」

離れていこうとする優しい手を掴み、手のひらに頬を擦りつける。

ブレットのまだ湿った手のひらからは、いつもと違う石鹸の匂いがした。それだけで熱に浮かされたように、熱い吐息がこぼれる。先ほど放ったばかりだというのに、またすぐに兆してしまいそうだった。

「ブレット……」

ブレットは鼻の上に皺を刻み、唇をめくり上げ牙を見せる。

まだ発情期は終わっていない。

遥斗の発情に誘われ、ブレットの抑え込んでいた雄が顔を覗かせる。

荒ぶる本能と戦っているのか、喉の奥で苦しそうなうなり声を出しながら、ブレットはゆっくりと遥斗の裸身を覆うシーツを剝いだ。上にのしかかられ、彼の体重を受けたベッドが軋む。

狼の獰猛さを湛えた獣人が、本能に支配されつつある瞳で遥斗を見下ろし、優しい口づけを落とす。

唇を大きな舌で軽く舐められ、遥斗は無意識に口を開き、自らもそれに応える。

「……血の匂いがする」

ブレットが首筋に顔を伏せ、拐われる時につけられた小さな切り傷に鼻をひくつかせる。やがて怒りをはらんだ喉鳴りが聞こえてきて、遥斗はブレットの頭をなだめるように撫でた。

「ほんの少し、刃が当たってしまっただけです」

遥斗がそう告げると、ブレットはしばし動きを止めた後、傷口を舐め上げてきた。ザリザリと幾度か舐められ、いつもはしない甘噛みをされる。

「あっ」

傷がつかない力加減で、急所である首筋の皮膚に牙が当たる。

「お前は、私のものだ」

興奮した獣の吐息を肌で感じ、遥斗は彼の背に手を回し身もだえた。

痛みは感じない。

恐怖も感じない。

ただ、とてつもない快感を与えられ、遥斗の中心が頭をもたげる。

「んっ、ブレット、……っ」

遥斗がよがるたびに、ブレットの呼吸がフッフッ、と荒くなっていく。合間に、グルル、といううなり声を発しながら、執拗に首筋を舐め牙を立ててきた。

自分よりも大きな獣に組み敷かれ、けれどそれにすら興奮し、どこを触られても敏感に反応してしまう。

首筋に顔を埋めた愛しい狼に、頬をすり寄せる。フカフカとした厚い被毛はとても肌触りがよく、遥斗は彼の頭をかき抱くと飽きもせずに頬ずりを繰り返す。

「そこっ、んっ、だめ、ブレットっ」

体中を余すところなく濡れた舌で舐め回され、再び固くなった中心を、爪の背でツゥッとなぞられ背が弓なりに浮き上がる。夢中で彼の背にしがみつき、胸元の豊かな毛並みに思う存分顔を埋めた。

「ハルト……」

切羽詰まった声が間近で聞こえ、上体を起こしたブレットに、いつものように両腿を閉じさせられる。そのわずかな狭間に滾った性器を挿入するため彼が前を寛げた時、遥斗はついにそれを口にした。

「待って、ブレット」

「……どうした？」

ゴクリと唾を飲み込んでから、いつかはと望んでいたことを告げる。

「今日は、後ろに……」

「後ろ？」

問い返され、遥斗は視線を泳がせた後、羞恥心を押し込めて足を開き、その場所を示す。

「この奥に、ブレットが欲しい」

予想外のことだったのか、ブレットは閉じた蕾をじっと注視する。

ずいぶん長い間思案してから、ボソリと呟いた。

「……入る気がしない」

確かに、それは遥斗も考えた。


だからこそ、今日までそこへの挿入を促してこなかったのだ。

しかし今、遥斗はこれまでの行為では満足出来なくなっている。

彼の全てを、自分のものにしたかった。彼と肉体的にも完全に繋がりたい。

「私はハルトに負担をかけたくない。ハルトに苦痛を感じさせる行為を、私は望んでいないんだ」

「僕は、ブレットと繋がりたい。僕はあなたのツガイなんでしょう？」

「ハルト……」

「お願いです、身体も全部、あなたのものに……」

「お前は、どうしていつも私を煽るんだ……！」

ブレットは吠えるように言い放ち、遥斗の腰を掴んで高く持ち上げた。

下半身が宙に浮き、不安定な体勢に心許なさを覚えるが、そんなことを考えていられたのは、ほんのわずかな間だった。

ブレットの眼前にまで持ち上げられた腰の奥、まだ開いていないその部分に、長い舌が触れる。表面に細かな突起を持つそれで繰り返し蕾を舐められ、むず痒い感触に腰が戦慄く。

「ブレット、あっ、くっ……！」

唾液で十分に濡れたそこは、徐々に柔らかくなってきたようだ。しばらくすると舌の動きが変わり、こじ開けるようにそこをつつき出す。

「ひっ、あぁっ」

ヌルリ、とついに舌先が蕾へ押し入ってきた。そのまま潜り込んだ舌を内側で動かされ、奇妙な感覚を味わう。

「やっ、そんな……」

唾液をたっぷり塗り込めたからだろうか、少しずつ、少しずつ、舌が奥へと入ってくる。

痛みはないが、猛烈な羞恥に見舞われる。時折、遥斗の双球にブレットの濡れた鼻先が当たるのも、たまらなく恥ずかしい。


けれど、これは彼と一つになるためには必要なことだと理解出来たから、拒むことはしなかった。

ブレットの舌はまるで一つの意思を持った生き物のように、固く閉ざされていた箇所になおも進入を続け、人間の舌では到達出来ない部分にたどり着く。

「奥まで、入って……っ、あぁっ！」

深く入った舌先が、内壁のある部分をザラリと舐めた。

ビリビリとした電流のような快感がそこから湧き上がり、中心からドロリと濃い蜜が滴る。

「そこ、……だめっ」

執拗にその一部分を擦るように突かれ舐められ、腰が溶けそうになる。触れてもいない中心は膨れ上がり射精感が徐々に高まっていく。

「ブレトっ、やっ、あっ……、あ——っ！」

足の指をキュッと縮め、身体が痙攣（けいれん）を起こす。

勢いこそないものの、熱い飛沫が中心から滴り落ちた。

「な……、何……？」

達しているのかなんなのか、自分でもわからない。

遥斗が自身の身体に起こったことに困惑している間にも、舌を抜き差しするようにして中の弱いところをなおも舐め上げられ、そのたびにダラダラと白色の蜜が垂れる。

射精する時のあの快感がずっと続いているような感覚で、頭がおかしくなりそうだった。

怖いくらいの快楽に、やめてほしいと思う気持ちと、ずっとされていたいという欲望がせめぎ合う。

「ひぁ……、あっ、あ……っ」

目尻から涙がこぼれ、開きっぱなしの口角を唾液が伝う。だらしない顔をしているとわかっているが、自分でもどうすることも出来なかった。

「も、やぁ……っ、助け……、ブレット……っ」

胸を大きく喘がせ、ブレットに懇願する。

すると、何をどうしてほしいのかよくわからず口走ったうわ言に応えるかのように、中にある舌の動きが変化した。

弱い部分への責め苦が止み、まだ開かれていない場所へ舌先が進み、道筋を作っていく。いささか強引に奥を開かされ、遥斗は息を弾ませた。

「はっ、あんっ、あっ！」

ブレットの舌が奥深くに行き着き、ズンッ、とそこを一際強く叩かれて、その刺激で風船が割れるかのように中心が弾けた。勢いよく顔にまで飛んできたのは、透明に近いサラサラとした液体で、それが何か考えている間にまた舌が奥を突いてきて、先端から再度体液が飛散する。

「ブレ……、なんか、変……っ」

身体が訴えているのは確かに快感だが、これまで知らなかった類の強烈な刺激に、どうしたらいいのかわからず身もだえる。

――本当に、変になる……っ。

奥を舌で叩かれるたびに体液が噴出するのを諫めるため、中心を両手で押さえる。それでも射精感と共に噴き出す透明の体液を止めることは出来ず、舌の動きに合わせ、勃起した中心から壊れたように熱いものが飛散する。

「やだ、ブレット……っ、壊れちゃ……っ」

そうしてどれくらいの時間が経っただろう。

涙声で遥斗が訴えたことで、ブレットの舌がようやく後孔から抜き取られた。

しかし、甘い責め苦から解放されたというのに、丹念に解され緩んだ蕾は、そこにあったものを再び欲するかのようにひくついてしまう。

遥斗は全身にびっしょりと汗をかいており、かなりの体力を消耗していた。

ベッドに力なく横たわっていると、ブレットが遥斗の両足を大きく割り広げ、その間に腰を進めてきた。内腿に引き締まった腰が挟まり、期待と興奮に背筋が震える。

蕾に押し当てられた切っ先が熱くてたまらない。

「ハルト……」

「あっ……」

ブレットは遥斗の顔を見つめながら、ゆっくり中へと入ってきた。

「あ、はっ」

解されていても、かなりの質量を持つそれをすんなりと受け入れることは難しく、ブレットはズズ、ズズ、と慎重に腰を進める。

ブレットが満足のいく位置まで自身を埋め込むまでには、相当な時間を要した。

それでも膨らみのある根本まで彼を受け入れることは出来ていなかったが、初めて彼を身体の奥深くで感じられたことに、心の奥からジワジワと喜びがこみ上げてくる。

「辛くないか？」

「ん……」

頷くと、ブレットが「動くぞ」と宣言し、律動を開始する。

遥斗を傷つけないようにだろう、とてもゆっくりと腰を動かされた。

最初は圧迫感を拭えなかったが、ブレットの人間よりもはるかに多い先走りで中を潤され、徐々に穿つスピードが速くなっていく。それと比例するかのように、繋がった部分から快感がこみ上げてきた。

「ん、ぁ、はぁっ」

遥斗は熟れた果実のようにはちきれんばかりに膨らんだ中心に、自ら指を絡める。それだけでは足りず、蜜が伝う固い幹を擦り上げた。

前と後ろ、同時に襲い来る快楽に理性が支配されていく。

ブレットの優しい動きを次第にもどかしく感じるようになり、先ほど舌で奥を突かれた時の感覚が恋しくて腰が勝手に蠢いてしまう。

――もっと、してほしい……。

最奥が疼く。

あの狂おしいまでの快感を、身体が欲している。

この熱い楔のようなブレット自身で、激しく身体を貫かれたい。荒々しく揺さぶられ、剛直を突き立てられ、内壁を抉られたら、いったいどれほどの快楽を得られるのか……。

想像しただけで期待が高まり、後ろが収縮する。

それはダイレクトにブレットに伝わったようで、ピタリと律動が止まる。

せっかくよくなってきていたところを途中で止められ、思わず口走ってしまった。

「ブレット、止めないで……」

「ハルト……」

「お願い……、もっと、……して」

その言葉でブレットのわずかに残っていた理性も消し飛んだようだ。

遥斗の腰を強く摑み、激しく腰を打ちつけてきた。大きく抜き差しされ、尖った先端で内側の敏感な箇所を強く突き上げられ、頭が真っ白になる。

自身の身体の変化についていけず、意識を引き留めるためにブレットにしがみつく。彼の腰に両足を絡め、広い背に腕を回す。気がつくと自ら腰をうねらせ、柔らかな毛並みを湛えた腹筋に疼く性器を押しつけ、互いの身体の間でしごいていた。

「すご……、ブレット、いいっ……っ」

ブレットの銀色の被毛が、遥斗の放ったもので濡れていく。この美しい獣人は自分のものだとマーキングしたようで、ますます昂りを覚えた。

もっと欲しいと内壁がブレットの雄芯に絡みつく。巨軀を持つブレットに身体を抱え込まれ、大きく揺さぶられ、絶え間なく絶頂感が続くこの行為に夢中になった。

きつく抱きつくと大きく腰を動かせないのか、今度は奥深くを狙うかのように突き上げられる。

これ以上ないと思っていたところのさらに奥を開かれ、悲鳴のような嬌声を上げてしまう。

「ぁ――っ！」

もう空になったと思っていたのに、ドロリとした濃厚な蜜がパタパタと肌に落ちた。

遥斗の上気した肌に滴った飛沫を、ブレットがパックリと口を開き牙を覗かせながら、真っ赤な舌で舐め取ってくる。その仕草は子犬がミルクを無心で飲むような純粋さと、肉食獣が獲物の生き血をすする獰猛さとを併せ持っていた。

耳に届く、狼のうなり声。荒々しい獣の息遣い。恐怖の対象である姿を持つブレットに煽られる。

全身でぶつかるように穿たれ、荒々しく揺さぶられ、息も出来ないほど苦しいのに、それを凌駕する快感に、我を忘れてはしたなく声を上げた。

背中の分厚い被毛の上から爪を立て、身を捩る。

ブレットも感じてくれているようで、身の内にある雄芯がさらに二回りほど大きくなった。根本の瘤も大きさを増し、腰を打ちつけられるたびに少しずつ中へと入ってきて、限界まで広げられた蕾をさらに開かされる危うい快感に、涙がこぼれた。

「ブレット、だめっ、入っちゃう……っ」

ブレットは両腕で遥斗の身体を覆うように抱きし

め、深く腰を打ちつけ始めた。

「あっ、やぁっ！」

獣じみた声を上げ、二人で本能のまま互いの熱を貪り、快楽を分かち合う。

そのことに恍惚（こうこつ）とするほどの興奮と喜びを感じた。

「全部、入っちゃ……、あぁ――っ！」

ズッ、と後ろの蕾がブレットの性器の瘤を飲み込んだ。そのまま最奥まで到達した彼の雄芯は、ググッと嵩（かさ）を増した後、ついに弾けた。熱い大量の奔流を勢いよく叩きつけられ、遥斗はガクガクと全身を小刻みに震わせる。

「こんな……、いっぱい……」

根本の瘤で外にこぼれぬよう栓をされ、ブレットの全てを注ぎ込まれて、下腹部が焼けるように熱くなった。

「……ハルト」

ブレットが甘い声で自分の名前を呼び、汗の浮かぶ額にキスし、そのまま顔中を舐め回す。

ギュウッと強く抱きしめられ、体格差から全身を彼の被毛に包み込まれた。

「愛している」

「ブレット……」

ブレットの身体はとても温かく、力強い鼓動も耳に心地いい。

遥斗は愛する人のツガイになれた幸福感に満たされ、柔らかな胸元の毛並みに頬をすり寄せながら、至福の時間を過ごした。

＊＊＊＊

城に新たに設けられた専用の庭で走り回る茶色の毛玉、愛犬のレオを見つめながらフッと息を吐いた。

イガルタ王国にレオと共に召喚されてから、二年が過ぎている。

レオもすっかりここでの生活に慣れ、必死に後を追いかけてくる護衛兼世話係のパウロをからかうように元気に駆けていく。

「あっという間だったな」

遥斗は、ふとここに来てからのことを思い返した。

イガルタ王国の国王アドニスから、死の病対策責任者に正式に任命され、国中の医師たちと連携し、流行の沈静化に奔走した日々だった。

国内のみならず、並行してヘスナムカ王国内の患者の治療にも力を貸し、現在、両国を滅亡の危機にまで陥らせていた死の病は、新たな患者の報告が上がってきていない。

それだけでも喜ばしいことだが、もう一つ、思いがけない成果があった。

豊富な資源を持ちながら他国との繋がりを拒んでいたヘスナムカ王国の国王であるホムラは、イガルタ王国の協力に多大な感謝を示し、協定を結びたいと申し出てきたのだ。もちろんそれを長い間望んでいたイガルタ王国は、喜んで協定書にサインし、近頃では盛んに交流を持つようになった。

ヘスナムカ王国の保有していた資源は主に鉱山で、鉄や金などの貴重な鉱物がイガルタ王国に優先的に流れてきている。対価は支払っているが、相場よりもずっと安価な上に不純物の少ない上質なもので、それを輸出してもらう代わりに、遥斗が定期的にあちらに出向き、ヘスナムカ王国の医師たちに医療技術を伝授している。

国同士でよい関係を結べ、またどちらの国にも繁栄をもたらしていた。これは狙ってそうしたわけではないのだが、遥斗は『幸福を呼ぶ稀人（まれびと）』と両国の国民の間で呼ばれるようになっていた。

そんな遥斗の隣には、いついかなる時も、王国最強の騎士、ブレット＝マクグレンの姿があった。

「でも、今日で最後か……」

「何がだ？」

ポツリとこぼした呟きに、背後から返事があった。

振り向かずとも、声だけで誰かわかる。

遥斗は我に返り、笑顔で出迎える。

「おかえりなさい。騎士団の皆さんに挨拶は終わったんですか？」

白い軍服に身を包んだ、銀色の狼。出会った頃と変わらず、美しい獣人。

ブレットは遥斗の隣に立つと、澄んだ青い瞳を穏やかに細める。

「早く帰れるよう、努力した」

ブレットの不器用な笑みを、少し寂しく思いながら見上げる。

今日、遥斗はアドニスに死の病の流行が終息したと報告した。責任者である遥斗の仕事は、これで一段落したことになる。国の運命を左右しかねない重要な任務を終え、これでようやく肩の荷が下りた気分だ。

もちろん、病に苦しむ患者がいなくなったことは嬉しい。そのためにこの二年、国中を飛び回ったのだから。

けれど、それはブレットが護衛から解任されることでもあったのだ。

ブレットは遥斗がヘスナムカ王国に拉致された一件以来、以前にも増して護衛としての職務に忠実になった。どこへ行くにも必ずついてきて、警護の目を光らせてくれていた。

それはとても心強く、また愛する人が傍にいる幸せを感じられる日々だった。

けれど、このまま騎士団長であるブレットを自分の護衛にしておいていいのだろうか、という葛藤も次第に生まれていったのだ。

ブレットにそれを伝えると、「我が国を死の病から救う医師の護衛以上に、重要な仕事はない。だが、ハルトが気が引けるというのなら、死の病の流行が収まってからまた話し合おう」と言われた。

そうして先日、二人で話し合った結果、正式に終息を宣言した日を最後に、ブレットは護衛役を辞し、元の騎士団長としての仕事に戻ることになったのだ。

だから今日が、ブレットとこうしていられる最後の日。明日から、彼は騎士団長としての仕事に戻ってしまう。

昼夜関係なく護衛を務めていたため、これまでは隣室で寝起きしていたが、今後は王都にある屋敷から仕事に向かうことになる。そうなったら、毎日顔を合わせることも出来なくなるかもしれない。

散々話し合い、むしろ遥斗の方がブレットに本来の仕事に戻ってほしいと言っていたのに、実際にこの日を迎えると感傷的になってしまった。

ブレットが傍にいないと寂しい。一緒にいたい。

本心ではそう思っているが、それを言葉にしてはいけない。これは自分の我がままだからだ。

ブレットには、彼にしか務まらない仕事がある。騎士団長としての仕事が。

遥斗は押し寄せてくる悲しみを押し込め、「今までありがとうございました」と礼を言った。

ブレットは表情を引きしめ、こう返してきた。

「ハルトがいたから、死の病に打ち勝つことが出来た。……この病で家族を失った者として、礼を言わせてほしい。心から感謝する」

彼も、生まれて間もない妹を亡くしている。それにたった一人の家族である弟のチェスターは、病の後遺症に今も苦しんでいる。

死の病の流行は収まったが、残された家族の心の傷痕は大きい。

今の遥斗に出来ることは、ブレットのような遺族を増やさないこと。死の病に限ったことではなく、獣医師として、持てる技術を使い、苦しむ患者を救い続けていきたい。

「ところで、ハルトは明日からは医師として王都に新設された治療院で働くのだったな？」

「ええ」

これは自ら選んだ仕事だった。

王族や貴族諸侯には城に常駐する医師として働い

てほしいと言われたが、より多くの患者の治療がしたく、新たに設けられた入院設備もある治療院で働くことを望んだのだ。

　遥斗が頷くと、ブレットから提案をされた。

「これからはお互い別の仕事に就き、前より忙しくなるだろう。……ハルト、私の屋敷に引っ越してこないか？」

「ブレットの屋敷に？」

　遥斗はこの世界に召喚されて以来、最初に与えられた城内の一室でレオと共に寝起きしている。それは神とされているレオが城から出られないからだった。

　王都の治療院で働くことも許可されたし、遥斗だけならばアドニスの了承も得られるだろう。けれど、さすがに神であるレオは、城から出て暮らすことは簡単に許可されないと思った。

　レオを城に残し、自分一人でブレットの屋敷に移ることなど出来ず、遥斗の心は揺れ動く。

　けれど遥斗がレオとブレットのどちらと共に生活するかで悩むことなどお見通しだったらしく、先手を打たれていた。

「レオ様が私の屋敷に移り住むことも、王から許しを得ている。神といえど、レオ様も生身のお身体。我々と同様、心安らぐ者のいる場所での休息は必要。城にいては神としてのお仕事があるため満足に休めないのでは、と進言し、夜の間は私の屋敷でお休みになれるよう許可を取りつけてきた」

　この国の住人は、未だにレオを神と崇めている。けれど、レオが実際に何か役割を担っているわけではない。この城にいても、護衛のパウロと今のように遊んだり、仕事から帰った遥斗の傍で眠ったり、メイドのシェリーに毛繕いをしてもらったり、王妃と王子であるエディに誘われ共に散歩に出かけたりと、実にここでの生活を満喫していた。元の世界にいた時よりも、快適な暮らしぶりだ。

　レオ自身も不満に感じていることはないと思うが、

それを知っているであろうブレットがあえてレオの休息を進言したのは、おそらく遥斗から引き離さないためだろう。

　レオが神でないことは、以前ブレットには打ち明けている。それでも彼はレオを神として敬ってくれる。けれどそれ以上に、遥斗の唯一の家族として、大切にしてくれていた。

「じゃあ、すぐに荷造りしますね。今晩からでもブレットの屋敷に移れるように」

　たとえ一晩でも彼と離れていたくない。

　そんな想いから遥斗が明るい声で告げると、ブレットは急に口を閉ざし、そして重々しい声を出した。

「……その前に、確認しなければいけないことがある」

「え？　なんですか？」

「二ヶ月後、銀色の月が昇る。前回の時は、まだ死の病が収まっていないからと、ハルトはここに残ることに決めてくれた。私もハルトと共にいたいばかりに、その決断に異論を唱えなかった。ただ、次に銀色の月が昇る時に、もう一度確認しようと考えていたんだ」

　ブレットと初めて身体を繋げた日の夜、遥斗はこの世界に残ると彼に告げていた。

　彼の傍で生きていきたいという想いは、現在も変わっていない。

　けれど、すぐに答えを言おうとした遥斗を、なぜかブレットは制してきた。

「前回の銀色の月が昇った時からは二年しか間隔が空いていないが、今回を逃したら、次に元の世界に帰れるのはずいぶん先になってしまう。だから、慎重に考えてほしい」

「この次って、いつなんですか？」

「テオタート王国の神官の話では、およそ二十二年後だ」

「二十二年……」

　前回と今回が二年ほどの間隔だったため、そのくらいの周期で銀色の月は昇るのだと思っていた。

二十二年という予想よりもはるかに長い歳月を告げられ、遥斗は目を瞠る。

「まだ時間はある。じっくり考えてくれてかまわない。……銀の月が昇る前に死の病が終息したのも、何かの巡り合わせなのかもしれない」

イガルタ王国が神であるレオを召喚したのは、死の病を根絶するため。

それが叶い以前の活気を取り戻しつつある今なら、レオと遥斗が立ち去っても王国に重大な影響は及ぼさないだろう。

だが、遥斗は獣医師として患者を救いたいという想いだけで、ここにとどまることを決めたわけではない。

ブレットがいるから、彼の傍にいたいから、ここに残ると決めたのだ。

それを伝えようとすると、ブレットがおもむろに遥斗の前で膝を折った。強い想いを湛えた青色の瞳が遥斗に向けられる。

「これから告げることは、全て私の勝手な言い分だとわかっている。だが、あえて言わせてほしい」

「……はい」

ブレットは自身の気持ちを落ち着けるかのように、短く嘆息した後、意を決したように話し出した。

「私は、ハルトにここにとどまってほしいと思っている。それはハルトが神の遣わした医師だからではなく、私がハルトを愛しているからだ。お前と離れたくない」

銀色の被毛に包まれた手が遥斗の手をすくい取る。そこに唇を寄せられ、口づけを落とされた。

「種族が違っても、同性であってもかまわない。生涯ただ一人のツガイとして、これからも私の傍にいてほしい」

彼の想いが、触れ合った部分から流れ込んでくるようだった。

言葉が出てこない。

これほどまで強く想い合っている相手と、この先ずっと離れて暮らすなんて、到底考えられなかった。

元の世界に、全く未練がないわけではない。父の動物病院も出来ることなら再開させたかった。けれど、あの世界には自分の他にも、獣医師はたくさんいる。

でも、ブレットのツガイは自分しかいない。

器用な男ではないから、遥斗が立ち去った後に、他のツガイを持つことはないだろう。

それに遥斗自身も、ブレットと離れたくなかった。

――彼のツガイでいたい。

お互いがお互いを絶対的に必要としている。もう離れるなんて無理だった。

遥斗は自らも膝をつき、ブレットと目線を同じくする。ブレットの手を、もう片方の手で包み込む。

「僕も、あなたを愛しています。ずっとブレットと一緒にいたい。そのためなら、元の世界に戻れなくていい。イガルタ王国で、あなたと共に生きていきます」

「ハルト……」

どちらからともなく指を絡め、手を繋ぐ。

互いの体温が合わさり、繋いだ手から温もりが生まれていった。

「改めて、誓わせてくれ。私は生涯をかけて、ハルトを守る。これは騎士としてではなく、男としての誓いだ」

「それなら僕も誓いを。あなたを生涯かけて幸せにします」

遥斗の言葉に、ブレットがフッと微笑む。

「それは頼もしい限りだ。何しろハルトは、『幸福を呼ぶ稀人』だからな」

立ち上がり、二人並んで庭に視線を送る。

互いの手は繋いだまま、この世界に来るきっかけとなったレオを見つめる。

今いる場所は、生まれ育った世界ではない。

人間は自分一人。

生活習慣も種族も違う獣人たちの中、それでも孤独を感じずにいられたのは、レオと、そしてブレットが傍にいてくれたからだ。

一人じゃないから、心細くない。

全く知らない世界であっても、愛した人の生まれた場所だから、遥斗もこの国を好きになった。この世界の獣人たちを守りたいと思った。

遥斗はそっとブレットに身を寄せる。

逞しい体軀と、豊かな被毛。大地の匂い。

それをすぐ近くで感じられることが、この上ない幸せ。

この先も愛する獣人と共にこの地で生きていくことを、遥斗は改めて心に誓った。

あとがき

こんにちは。月森（つきもり）です。

このたび、二冊目を出していただくことになりました！　ありがとうございます！

今回は異世界トリップファンタジーです。

攻は獣人。異世界ということで、私の好きな騎士にしました。そして受は獣医さん。これも私の好きな職業です。私自身が動物大好き人間なので、獣医さんに対する憧れがとても強いんです！　うちの子たちも獣医さんにはよくお世話になりました。その節はありがとうございました。

前作は主人公の相棒をハリネズミにしたのですが、今作はポメラニアンを起用してます。なぜポメラニアンかと言うと、ただ単に私が小型犬の中でポメラニアンが一番好きだからです！

このように私の好きなものを詰め込んだ一冊になってます。狼・騎士・獣医師・ポメラニアンがお好きな方、または、優しいお話がお好みの方、パラパラとページを捲っていただけますと幸いです。

このお話を作るにあたり、設定を考える段階でいくつか悩んだことがあります。その一つが、攻をどの動物の獣人にするか、です。最初は違う動物にしていたのですが、提出したプロットを読んだ担当さまに、「狼はどうですか？」とご提案いただき、狼好きな私は二つ返事で攻を狼の獣人に変更しました。

狼、大好きなんです！

実は前作を書くことになった時に、幼少期の読書遍歴を担当さまに聞かれたことがあったのですが、その時の私の返答が、「シートン動物記とか、歴史……、戦国武将の本とか……？」という、ファンタジーとは程遠い史実に基づいた本ばかりで、私自身、ちゃんと書けるのか心配になったのですが、まさか今作で、その役に立たないと思われた読書遍歴が生きようとは……！　人生、どこで繋がってくるかわからないものですね。過去に何回も読んだシートン動物記を思い出しながら、このお話を書きました。まだ読んだことのない方がいらっしゃいましたら、ぜひ一度お読みください。狼の情の深さがわかる最後のシーンで、私は号泣しました。

ここから先の狼うんちくは読まなくても本編には差し支えないのですが、イガルタ王国の獣人たちには、それぞれモデルとなった狼がいます。ブレットやチェスター、騎士団の方々はハイイロオオカミ、ラノフや貴族諸侯はタテガミオオカミ、シェリーや王都の人々などの平民はメキシコオオカミ、王族はホッキョクオオカミです。狼の種類によって、体格や性格も違っているそうです。ちなみにブレットは、ハイイロオオカミとホッキョクオオカミとのハーフなので、身体が大きく、毛並みも厚くフカフカしているイメージです。

以上の狼の情報を、参考資料として、イラストを描いてくださった絵歩先生にもお渡ししていただいたのですが、ブレットを私の理想的な狼にしてくださいました！　私の萌えツボの白い軍服も、イメージ通りに描いてくださり、拝見した時は家で発狂せんばかりになりました(笑)。他にも、とても細かいところまで読み取ってイラストを描いてくださっていて、感動しました。私の文章表現が乏しく、ご迷惑をおかけしたと思いますが、このたびは素敵なイラストをありがとうございました！

担当Mさま。今作でもたいへんお世話になりました。私のアイデアの引き出しが少なく、ご相談することが多くなってしまいすみません。色々とアドバイスをありがとうございました。(ラフの確認のお電話を頂戴した時に、眩暈に襲われ伏せっていたため、変態みたいにハアハア言いながら受け答えしてしまい、申し訳ありませんでした！)

このお話を本という形にするためにお力をお貸しくださった皆さま、本当にありがとうございます。お陰様で無事に日の目を見ることが出来ました。お世話になりました。

そして、今作をお読みくださった読者さま。数ある書籍の中からお手に取ってくださり、ありがとうございます！　少しでも心に響く部分がありましたら、これ以上に幸せなことはありません！　もし出来ることなら感想をいただけますととても嬉しいです。こんなところまでお読みくださり、ありがとうございました。

今回、ページ数がギリギリかも、ということで、削れるところを削った結果、なんと数ページ余るという事態になったため、あとがきを多めに書かせていただきました。

このあとがき、一月の最後の週に書いているのですが、なんと、雪、降りました。カバーのコメントでは雪が降ってないと書いたのですが、その数日後に五センチほど積もりました。新調したスタッドレスタイヤが活躍の場を得られました（笑）。

この獣人騎士のお話は電子書籍にもしていただく予定でして、そちらには電子限定でちょっとした小話を書き下ろさせていただいてます。コミコミスタジオさまでご購入いただいた方にも、電子とは別に書き下ろしのお話をつけていただく予定です。どちらも本編には関係のないお話なのですが、ブレットの友人のラノフが登場してますので、彼をまた見たい方はそちらもお読みいただけると嬉しいです。

長くなりましたが、ここまでおつき合いくださり、ありがとうございました。

楽しんでいただけましたなら幸いです。

月森　あき

天上の獅子神と契約の花嫁

てんじょうのししがみとけいやくのはなよめ

月森あき

イラスト：小禄

本体価格 870 円+税

天上の楽園・リリスへようこそ、我が花嫁——明るく天真爛漫なマクベルダ王国の皇子・アーシャは、国王である父や兄を支え、国民の暮らしを豊かにするために日々勉学に励んでいた。しかし、成人の儀を一ヶ月後に控えたある日、父が急な病に倒れてしまう。マクベルダ王国では、天上に住む獅子神に花嫁を差し出すことで、神の加護を得る習わしがあった。アーシャは父と国を救うため、獅子神・ウィシュロスの元へ四代目の花嫁として嫁ぐことを決める。穏やかで優雅なウィシュロスに心から惹かれていくアーシャだが、自分以外にも彼に愛された過去の花嫁の存在が気になりはじめ——？

リンクスロマンス大好評発売中

臆病ウサギのお嫁入り

おくびょううさぎのおよめいり

石原ひな子

イラスト：古澤エノ

本体価格870円+税

貧しい島国ウォルトリアに住むウサギ科の少年ミミは、獰猛な獣人たちが住むという大国・ルズガルト王国へ、年に一度の貢物として贈られることになり、怯えながら海を渡った。ところがミミを迎えたのは、故郷とはまったく違う豊かな街と、きらびやかな王宮の人々。そこで"神官"と呼ばれるオオカミ科の青年・レクシュアに引き合わされ、彼の館でルズガルトのしきたりを学ぶことに。デジャヴめいた不思議な想いからレクシュアに心惹かれるミミ。しかし、レクシュアの役目はミミたちウォルトリアの客人を貴族たちの花嫁として送り出すことで…!?

この本を読んでの
ご意見・ご感想を
お寄せ下さい。

〒151-0051
東京都渋谷区千駄ヶ谷4-9-7
(株)幻冬舎コミックス　リンクス編集部
「月森(つきもり)あき先生」係／「絵歩(えぽ)先生」係

リンクス ロマンス

獣人騎士と幸福の稀人

2019年2月28日　第1刷発行

著者……………月森(つきもり)あき
発行人…………石原正康

ISBN978-
Printed in J

幻冬舎コミック　…　cs.net

本作品はフィ　…　係ありません。